KB242957

# 양주사 凉州詞

맛좋은 포도주 야광 술잔에 담아
마시려는데 비파가 말 위에서 떠나기를 재촉하네
술취하여 사막에 누웠다고 그대 웃지 말지니
예로부터 전쟁에 나가 몇이나 돌아왔던가

葡萄美酒夜光杯
欲飲琵琶馬上催
醉臥沙場君莫笑
古來征戰幾人回

Fantastic Oriental Heroes
老兵歸還

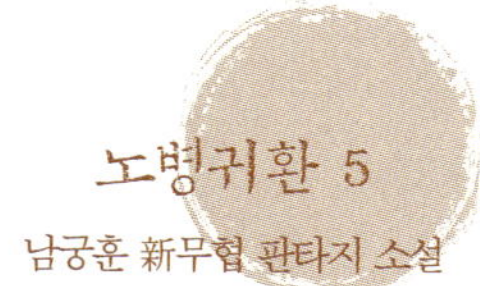

# 노병귀환 5

## 남궁훈 新무협 판타지 소설


초판 1쇄 찍은 날 § 2005년 3월 18일
초판 1쇄 펴낸 날 § 2005년 3월 28일

지은이 § 남궁훈
펴낸이 § 서경석

편집장 § 문혜영
편집책임 § 김민정
편집 § 장상수 · 최하나

펴낸곳 § 도서출판 청어람
등록번호 § 제1081-1-89호
등록일자 § 1999. 5. 31
어람번호 § 제2-0550호

주소 § 경기도 부천시 원미구 심곡1동 350-1 남성B/D 3F (우) 420-011
전화 § 032-656-4452  팩스 § 032-656-4453
http://www.chungeoram.com
E-mail § eoram99@chollian.net

ⓒ 남궁훈, 2004

ISBN 89-5831-468-0 04810
ISBN 89-5831-324-2  (SET)

# 노병귀환

老兵歸還

■ 남궁훈 新무협 판타지 소설
Fantastic Oriental Heroes

**5** 북평행(北平行)

도서출판 청어람

─목차─

第三十七章
고민(苦悶)

# 고민 苦悶



어느덧 시절은 삼월로 접어들고 있었다. 천하를 하얗게 물들였던 동장군의 흔적 대신 나뭇가지에 점점이 박혀 있던 파란 벽옥들이 앞 다투어 나무들을 잠식해 가고 있었다. 잔뜩 좁혀 있던 사람들의 어깨도 언제 그랬냐는 듯 봄 기운을 가득 담고 있었고, 코끝을 간질이는 바람에는 이른 꽃 내음마저 담겨 있는 듯했다. 잠자던 대지가 한껏 기지개를 켜고 있던 삼월의 어느 날부터인가 천하 무림이 하나의 소문으로 인해 봄날 아지랑이 피어나듯 조금씩 술렁이고 있었다.

소림의 한 달 봉문.

소림의 봉문 소식은 장강을 타 넘은 따스한 봄바람에 실려 천하 각지로 기척없이 빠르게 퍼져 나갔다. 고작 한 달이라는 짧은 기간이었지만 천하에 그 명성이 자자한 명사찰이며, 무림의 태산북두라 불리는 소림의 봉문이었기에 천하의 이목이 조심스레 소림으로 모아지고 있었다.

소림은 경내에서 일어난 화재로 소실된 불당을 보수하기 위한 한시적 봉문이라 밝혔지만, 어디서 흘러나왔는지 모를 한 가닥 소문은 그저 기이하다 여기던 사람들의 호기심을 힘껏 부채질하고 있었다.

'소림의 화재가 화탄이 터지는 폭음과 함께 일어났다.'

'정체불명의 괴인들이 소림을 습격했다.'

당당한 혹은 은밀한 움직임이 하남성의 곳곳에서 일어나고 있었다. 그리고 그 호기심이라는 이름의 움직임은 숭산이라는 한 점으로 모이고 있었다. 하나 여러 경로를 통해 숭산을 올랐던 사람들 모두, 반나절도 채 걸리지 않아 고개를 저으며 산을 내려와야만 했다. 굳게 닫힌 소림의 산문은 사람들의 호기심만으로 열기에는 너무나 육중했고, 너무나 당연하게도 그 산문의 육중함은 일반인과 무림인을 구분하지 않았다.

소림은 이상타 싶을 정도로 침묵하고 있었다. 소림의 침묵은 산문 안에서도 마찬가지였다. 곳곳에서 들리던 독경 소리가 눈에 띄게 줄어들었고, 그나마 들리는 독경 소리마저도 사자의 극락왕생을 비는 축문이 전부였다. 소림의 경내를 맴돌던 적막의 정체는 망자에 대한 애도였다.


"아미타불……."

대소림사의 방장이며, 이미 세수 팔십을 넘긴 지 오래인 고승 혜원 대사의 입에서 묵직한 불호가 새어 나왔다.

“이제 어떻게 하실 생각이십니까?”

혜원 대사의 앞에 자리하고 있던 계율원주 혜정 대사가 조심스레 입을 열었다. 그 목소리에 눈을 뜬 혜원 대사가 사제인 혜정 대사를 바라보며 조용히 입을 열었다.

“글쎄, 어찌하였으면 좋겠는가?”

“…어려운 일입니다. 만약 그 사람의 말이 사실이라면, 정녕 큰일이 일어나고 있는 것입니다.”

“큰일이지, 마교의 발호나 반역의 음모나…….”

혜원 대사의 입에서 다시금 갑갑한 한숨이 새어 나오고 있었다. 하나 그의 입에서 나온 두 단어는 방 안의 공기를 차갑게 얼려 버리기 충분한 말이었다.

반역, 세인들에게 가장 두려움을 주는 말을 꼽으라 했을 때, 백이면 백 주저없이 꼽는 말이 바로 역모이다. 황실에 대한 역적모의는 구족을 멸할 수도 있는 대죄이다. 잘못을 저질러 자기 한 목숨 죽는 것이야 어쩔 수 없다. 하나 역모의 죄는 한 사람의 피로 지워질 수 있는 것이 아니었다. 구족의 멸은 아버지의 일족 사대와 어머니의 일족 삼대, 아내의 일족 이대를 하나도 남김없이 참수하여, 말 그대로 그 집안의 씨를 말려 버리는 잔혹한 형벌이었다. 일벌백계의 위엄을 보이기 위한 엄중한 국법이었고, 황실의 존엄을 지키기 위해 이미 수백 년 전부터 시행되어 온 가혹한 형벌이었다. 만에 하나 잘못되어 역모에 이름 석 자 잘못 거명되었다가는 변명 한 번 제대로 해보지 못하고 수백 명의 일가와 함께 비참하게 죽게 된다.

승상 호유용의 모반에 연루되어 일만 오천이 죽었고, 십 년 후 태사

한국공 이선장이 사사되었을 때에도 일만이 넘는 자가 죽어야 했다. 그리고 불과 몇 해 전 양국공 남옥이 역모로 처단당하였을 때는 근 이만에 달하는 인물들이 형장의 이슬로 사라져야만 했다. 역모라는 말 자체를 입에 담지 않는 것이 사람들 사이의 예의였고 상식이었다.

강호에 몸담은 자 역시 역모라는 것에 두려움을 느끼는 것은 마찬가지였지만, 역모만큼이나 오한을 느끼게 하는 존재가 있었으니 다름 아닌 마교라는 존재였다.

사실 마교라는 것은 어느 특정한 문파를 지칭하는 말은 아니었다. 어느 시대에나 마교는 있었다. 달마 대사가 일위도강의 신위를 보이며 중원에 나타났을 때에도 마교는 있었고, 그로부터 구백여 년이 지난 지금도 마교는 존재하고 있었다. 그 뿌리나 존재는 다를지 몰라도, 강호에서 그들은 마교라는 이름으로 통한다. 그들이 스스로를 신교라 부르든 천사교라 부르든 명교라 부르든 정파 강호인들에게 있어 그들은 그저 마교일 뿐이었다.

그들이 마교라는 말로 규합되는 이유는 한 가지였다. 그들은 정도를 걷지 않고 마를 숭상했고, 사이한 술법으로 양민을 현혹한다. 무지한 백성들은 그들에게 고혈을 빨렸고, 목숨을 저당 잡혔으며, 정도를 숭상하는 자신들에게 칼을 들이밀었다. 그들의 무공은 사이하였고, 악랄하였으며, 정도인의 생명을 무수히도 빼앗아갔다.

가장 두려운 것은 그런 자들의 수가 순식간에 기하급수적으로 늘어난다는 점이었다. 도고일척(道高一尺)이면 마고일장(魔高一丈)이라 했던가? 어렵게 설명하면 마도의 기세는 쉬이 천하에 퍼지고 정도의 추구는 그마만큼 지난하다는 뜻이지만, 쉽게 설명한다면 정도인 한 명이 생길 때 마도인 열 명이 생긴다고 말할 수 있다. 한 손이 열 손을 감당하지 못한다. 더군다나 그 열 손이 기이한 수법으로 무공이 급성장한 자들이라면 더욱 그렇다.

그것이 마교가 두려운 이유였고, 배척당해야 하는 이유였다. 그들은 이해하기 힘들게 쉬이 강해졌고, 감당하기 어려울 만큼 그 수가 빠르게 늘어났다. 그들이 발호를 시작했을 땐 이미 늦는다. 그들의 꼬리가 잡혔다면 서둘러 그 몸통을 찾아 제거해야 한다. 더 많은 양민들이 잘못된 길로 빠져들기 전에…… 자신들에게 독아를 드러내기 전에…….

그리고 십 년 전 파양호에서 잠재운 마지막 마교의 잔당들은 그들 스스로를 백련이라 하였다.


"무림첩을… 돌려야 하지 않겠습니까?"

혜정 대사의 목소리가 조금 낮게 깔렸다. 무림첩은 강호에 중대한 사건이나 위협이 닥쳤을 때, 무림십주로 불리는 구파일방의 장문인을 소집하여 강호의 위난을 극복하기 위한 회의를 열겠다는 첩지를 말하는 것이었다. 이것은 지난 수백 년간 강호에 커다란 혈겁이나 위난이 닥쳤을 때만 선별적으로 발송되었으며, 그 최초의 발행지가 무림의 태산북두라 일컬어지는 대소림사였기에, 아직까지 그 어떤 문파도 그 권위를 무시했던 적은 없었다.

하나 무림첩이라는 것은 전 강호의 힘을 응집시키는 효력이 있으니 그마만큼 신중을 요했고, 자칫 소문이 잘못 흘러 나가면 무림에 커다란 여파를 미칠 것이 분명하였기에 말을 꺼내는 혜정 대사로서도 조심스러울 수밖에 없었다.

"아직 이르네. 사안으로 보자면 분명 무림첩을 돌려 강호의 힘을 모아야 하겠지만, 아직은 무림첩에 적을 내용이 너무나 부족하네."

혜정 대사는 가만히 고개를 끄덕여 방장의 말에 동의했다. 대법에서 깨어난 주 왕자의 입에서 나온 이야기들은 분명 천하를 경동시킬 만한 이야기였다. 하지만 그것을 입증할 만한 증거가 너무나 부족하였기에 혜원 대사는 무림첩의 발송에 회의적인 것이다.

"그건 그렇지요. 그가 어디인지 확실치 않은 곳에 붙잡혀 있다 우여곡절 끝에 탈출하였고, 괴인들에게 쫓겨 막다른 벼랑으로 몰려 하는 수 없이 벼랑에서 뛰어내릴 수밖에 없었다 했지요. 벼랑 아래 흐르던 강물에 휩쓸리며 정신을 잃었고, 얼마의 시간이 흘렀는지도 모른 후에야 하남으로 왔다 했으니 결국 그가 있었던 장소를 찾기란 불가능하다고 봐야 합니다. 그리고 그가 대법 도중에 들었다는 역모에 관한 이야기들도 너무 단편적인 것뿐이고……."

"그가 주 왕자인지도 아직 확실치 않고……."

혜원 대사의 조용한 목소리에 혜정 대사는 가만히 입을 다물었다. 대법에서 깨어난 자는 분명 연왕부를 상징하는 옥패를 가지고 있었다. 탈출의 와중에 어찌 그 물건을 챙길 수 있었는지도 의문이었지만, 왕자일지도 모르는 자를 심문할 수도 없었다. 다만……

"그래도 그가 주 왕자인 것은 분명한 것 같습니다. 그토록 상세하게 연왕부의 일을 알고 있다는 것도 그렇고, 그가 말해 준 몇몇 사적인 이야기들도 그렇고……."

"그래, 그일 수도 있고 아닐 수도 있지. 가장 중요한 것이기도 하고……."

혜원 대사의 눈에 어떤 결심이 선 것 같았다. 가만히 자리에서 일어나는 혜원 대사를 따라 혜정 대사도 따라 일어섰다.

"그에게 가보세."

혜원 대사의 걸음이 천불전(千佛殿)으로 향했다.

*     *     *

철웅은 거처를 옮겼다. 이미 며칠 전에 북평으로 떠났어야 했지만, 적지 않은 양기의 손실을 입어 거동이 불편해진 철웅이었기에 부득이 며칠간 소림의 신세를 지기로 하였다. 상현 진인이 나서 혜원 대사에게 철웅 일행의 유숙을 부탁하였고, 철웅이 경내에 난입한 괴인들의 퇴치에 큰 힘이 되어준 일도 있고, 주 왕자의 목숨을 구한 은공도 있었기에 혜원 대사는 웃으며 그 청을 받아들였다. 또한 방장실과 가까운 백의전에 묵게 하였다.

"몸은 좀 어떻습니까?"

"많이 좋아졌습니다. 괜한 수고를 끼치게 하는군요."

승방 특유의 단출하고 정갈한 방 안에 철웅이 벽에 등을 기대고 누워 있었고, 그 옆에는 다시 면사를 두른 재희가 앉아 그를 바라보고 있었다. 그들은 서로 공대를 하고 있었다. 우여곡절 끝에 서로의 마음을 알았다 하더라도 아직은 쉬이 서로를 대하기 어려운 그들이었다. 물론 이곳이 소림이 아니었거나, 그들 주위에 상현 진인과 재희의 사매들이 없었다면 그 벽을 조금 쉽게 허물어뜨릴 수 있었겠지만, 아직은 말과 행동이 조심스러운 그들이었다.

"그 사람은 어찌 되었습니까?"

철웅의 말에 재희는 그간 자신이 들었던 이야기를 소상하게 말해 주었다. 누가 들었다면 엄중히 여겨야 할 기밀을 쉬이 이야기한다 말할지도 모를 일이었지만, 철웅에게 전하지 못할 말이란 것이 그녀에게 있을 리 없었다. 그나마 대법을 받은 자의 신상을 모두 밝히지 않은 것이, 그녀가 지킨 화산의 제자 된 도리였다.

"아니, 황실의 인물이었단 말이오?"

철웅의 눈이 놀람을 감추지 않았다. 평소 차분하고 조용한 그의 성격으로 보아 그가 얼마나 놀란 것인지 알 수 있었지만, 군부에 몸담았던 그이니 황실과 연루되었다는 것에 놀라는 것이라 생각하는 재희였다.

"예. 마교라는 세력에 납치되어 그런 사이한 대법을 받았다 했습니다."

"어찌 그런 일이……."

"대인, 저 영우입니다."

문밖에서 들린 목소리에 재희가 자리를 조금 무르며 옷매무새를 추슬렀다.

"들어오게."

철웅의 허락이 들리자 영우가 문을 열고 방으로 들어왔다.

"헤헤, 방 안이 뜨끈하네요."

영우가 자리에 앉으며 넉살 좋은 웃음과 함께 농을 건네자 재희의 얼굴이 붉게 달아올랐다. 철웅도 가만히 미소 지을 뿐 다른 말을 꺼내지는 않았다.

"그래, 무슨 일인가?"

"그냥 어떠신지 궁금해서 와봤죠. 뭐, 특별히 샘이 나서 들어온 건 아닙니다. 하하."

붉어졌던 재희의 얼굴이 홍당무처럼 빨갛게 변했다.

"허허, 농은 그만 하게. 누가 들을까 겁나는구먼."

"히히, 이미 알 만한 사람은 다 아는데요 뭐."

철웅과 재희가 서로를 바라보며 놀랐다. 누가 무엇을 안다는 소리인지.

"뭐, 노총각 일삼 형님이 안 되긴 했지만, 장 대인이 먼저 장가를 가셔야 자기 차례도 오는 것 아니겠습니까. 아니지… 그럼 장 의원님이 먼저인가?"

혼자 갸우뚱거리는 얼뜨기의 말에 재희는 안절부절못하더니 결국 조용히 자리에서 일어나 방을 나섰다. 철웅은 그 모습을 가만히 보며 미소 짓다가 영우에게 물었다.

"이보게, 우리… 이야기를 누가 알고 있는가?"

"장 의원님이랑 강추 형님은 잘됐다고 하셨고, 일삼 형은 툴툴거리고 있고, 소아랑 소소랑 또……."

"상현 진인도… 알고 계신가?"

"글쎄요, 그것까지는 잘 모르겠고……."

영우의 말에 철웅은 가만히 고개를 끄덕였다. 자신의 일행이야 눈치로 알아맞혔다 해도 상현 진인은 어느 정도 짐작하고 있을 것이다. 자신이 음약에 중독되었던 것도, 재희가 자신의 뒤를 쫓은 것도 알고 있을 테니 대강의 사정은 짐작하고 있을 것이다. 사실과는 많이 다르겠지만. 아무래도 조만간 자신이 직접 찾아가 말하는 편이 나을 것 같았다. 아직은 재희에게 이렇다 할 이야기를 묻지 않은 것 같았지만, 언제까지 모른 척해주길 기다릴 수도 없는 일이었다.

"그건 그렇고… 일삼하고 강추는 좀 어떤가?"

"에… 어제까지는 아파 죽겠다고 하더니, 오늘은 조금 나아진 것 같아 보이더라구요."

철웅은 가만히 고개를 끄덕였다. 일삼은 왼쪽 어깨에, 강추는 우측 옆구리에 자상을 입었다. 소림에 침입했던 자들의 무위가 그마만큼 매서웠던 까닭이었고, 돌격의 선봉에 섰으니 위험이 더욱 컸을 것이다.

"한번 가보세."

철웅이 자리에서 일어나 밖으로 향했다. 강추와 일삼을 찾아 걸음을 옮긴 곳은 천불전이었다.


천불전으로 향하던 철웅의 눈이 이채를 띠었다. 천불전은 백팔나한들이 자리하고 있는 곳으로, 사방 삼십 장에 이르는 연무장이 그 앞에 있었다. 수십 명의 무승이 구슬땀을 흘리며 무공을 연마하고 있었다.

"나태함을 버려라! 소림의 이름은 물려받는 것이 아니라 지켜내는 것이다!"

"하앗!"

수십 명의 무승이 우렁찬 기합 소리와 함께 주먹을 내지르고 있었다. 바닥을 밟을 때마다 땅이 울리는 듯한 울림이 전해져 왔고, 내지르는 주먹에는 하나같이 강맹한 기운이 서려 있는 듯했다. 하지만 그들을 다그치고 있는 자는 그들의 그런 모습을 못마땅해하는 듯 보였다.

"본 산이 유린당한 책임은 담을 넘은 자들에게 있는 것이 아니라, 그들을 막지 못한 너희에게 있다!"

"챠앗!"

크게 휘둘리는 무승들의 주먹에 연무장 위에는 때 아닌 바람이 몰아치고 있었다. 누가 보아도 찬탄을 금치 못할 모습이었지만, 그들을 지휘하는 승려는 더욱 매섭게 몰아치고 있었다.

"기합 소리가 작다! 이런 기백으로 어찌 소림의 무승임을 자처할 수 있단 말인가! 투계를 열지 않아도 적을 승복시킬 수 있고, 살계를 열지 않아도 적을 제압할 수 있는 것이 소림의 기백이다!"

"타아!"

수십 명이 일사불란한 움직임으로 권각술을 연마하고 있었다. 구릿빛 피부는 외문기공의 성취가 높음을 말해 주고 있었고, 갈무리된 수십 쌍의 눈은 그들의 내력 역시 경시할 수 없음을 보여주고 있었다.

"이야! 정말 대단하네요."

천왕전과 연무장 사이로 난 작은 길을 따라 천왕전으로 오르던 영우가 감탄 어린 한마디를 내뱉었다. 철웅 역시 고개를 끄덕여 영우의 말에 동의했다.

'과연 구대문파의 수좌라 불릴 만하구나. 이런 자가 일백이라면 능히 천하제일문파라 불려도 손색이 없을 것이다.'

철웅은 그들의 모습을 보며 자연스레 화산파의 매화검수를 떠올렸다. 각파를 대표하는 무인들. 천하에 이러한 문파가 열 개나 되고, 이보다는 못할지 몰라도 이들처럼 무공을 수련하는 곳만 수천 곳이 넘을 것이니, 강호라는 곳의 잠재된 힘을 다시금 생각하는 철웅이었다.

철웅의 발길이 멈춘 곳은 천왕전 안에 있던 한 내실 앞이었다. 문을 열기도 전, 아니, 복도 저만치에서부터 맡아지던 그윽한 약재들의 냄새에 이곳이 약전의 역할을 하는 곳임을 눈치 챌 수 있었다. 방문을 열려던 철웅이 멈칫하며, 안에서 들리는 의형의 목소리에 잠시 귀를 기울였다.

"과연 소림의 약전주이십니다. 이렇게 해박한 약론은 난생처음입니다."

"아미타불. 장 시주의 박학함이야말로 이 빈승이 일찍이 듣지 못했던 새로운 세계를 열어주시는 것 같소. 풍문에 섬서에서 반위를 다스린 용한 의원이 있다 들었지만, 장 시주의 이야기를 들으니 그 풍문은 본질의 반에 반도 다 보지 못한 소문이었구려. 허허."

"반위가 아니라 절맥이라 하여도 결국은 몸의 이상으로 인한 것 아니겠습니까. 지금의 약학은 너무 환부의 탐구에만 집중되어 있습니다. 기실 병환이 생기는 이치는 조화가 깨지기 때문이 아니겠습니까? 그렇다면 응당 그 부조화의 원인을 찾아야 할 터인데, 오로지 환부의 차도만을 위해 약을 처방하고 침을 놓으니 쉬이 날 병도 어렵게 치료하는 꼴입니다."

"맞소, 맞소. 참으로 옳으신 말씀이시오."

"이미 혜선 대사께서는 그 이치를 아시고 환자를 다스리시니, 과연 천하에 손꼽힐 만한 명의십니다."

"허허, 빈승을 약학으로 놀라킨 장 시주야말로 천하에 다시없을 명의시지요."

철웅은 가만히 미소 지으며 방문을 잡았던 손에 힘을 주었다. 문이 열리며 내실의 풍경이 한눈에 들어왔다. 작은 다탁을 사이에 두고 얼굴에 잔주름이 가득한 노승과 자신의 의형이 마주 앉아 있었다. 자리에 앉아 있던 장 의원이 반갑게 일어나 철웅을 자리로 이끌었다.

"아니, 자네 벌써 돌아다니면 어쩌는가? 아니지, 일단 이리로 앉게."

장 의원은 철웅을 자리에 앉히고 철웅의 맥을 짚었다. 아주 잠시 손을 올렸다 내린 장 의원이 다행이라는 듯 말했다.

"흠… 일단 큰 이상은 없구먼. 그래도 양기가 많이 빠져 고생 좀 할 것이라 여겼는데, 자네 보기보다 기운이 넘치는가 보구먼. 허허."

장 의원의 농에 철웅은 가만히 웃어 보였다.

"아차, 인사드리게. 이분은……."

"아미타불. 혜선이라 하오."

"장철웅이라 합니다."

혜선 대사의 합장에 철웅이 마주 인사했다. 철웅을 가만히 바라보던 혜선 대사가 고개를 끄덕이며 말했다.

"과연 듣던 대로 강골이오. 거기다 아주 혹독한 수련을 하셨구려. 몸을 이루고 있는 근육과 골격에 빈틈을 찾을 수가 없을 정도이니……."

혜선 대사의 말에 철웅은 조금 놀란 듯한 표정을 지었다. 그런 철웅의 놀람을 풀어주듯 장 의원이 입을 열었다.

"허허, 혜선 대사께서는 소림의 약전주이시네. 천하에 다시없을 명의시지."

"아미타불. 말씀하셨던 대로 의제 분의 몸은 이 소림에서도 그 상대를 찾아보기 힘들 정도로 충실히 단련되어 있소. 특별한 외문기공을 익히지 않은 상태에서 이 정도의 신체를 만들 수 있다는 것이 정말 놀랍구려."

혜선 대사는 정말 놀랍다는 듯한 표정으로 철웅의 전신을 다시 한 번 훑었다.

"형님, 일삼과 강추는 어느 방에……."

"아, 그 친구들은 저 방에 함께 있네."

장 의원은 손을 들어 내실 안쪽의 한 방을 가리켰다. 철웅은 고개를 끄덕여 보이곤 자리에서 일어났다.

"그럼, 말씀들 나누십시오."

철웅은 가만히 인사한 후 강추와 일삼이 있다는 방으로 향했다. 그 뒷모습을 보던 혜선 대사의 눈에는 아직 놀랍다는 표정이 지워지질 않고 있었다.

"장 시주께서 무엇인가 잘못 알고 계신 듯하오."

"예? 무엇을……."

"일전에 나에게는 장 시주의 의제 분이 실전만으로 단련되어 있을 뿐, 정상적인 무공 수련이나 내공심법을 익히지 않았다고 하셨지 않소."

"분명 그리 말씀드렸지요."

혜선 대사의 눈은 방 안으로 사라지는 철웅의 뒷모습을 좇고 있었다.

"무언가 잘못 알고 계신 듯하오. 저 시주는 분명 내력을 지니고 있소. 그것도 하루 이틀 수련한 것이 아니라 꽤 오랜 시간 수련을 한 것이 분명하오. 저 단단한 몸이 만들어질 만큼 오랜……."

장 의원의 시선이 혜선 대사의 눈을 따라 움직였다. 그의 시선이 머문 곳에서 철웅의 모습은 찾을 수 없었다. 다만 놀라움 가득한 표정만이 혜선 대사의 그것을 닮아가고 있었다.


"그래, 좀 어떤가?"

"후후, 선불 맞은 멧돼지마냥 무작정 치고 받은 게 잘못이지요."

일삼은 어깨에 붕대를 동여매고 있으면서도 아무렇지도 않은 듯 털털한 웃음을 짓고 있었다. 그 옆에 누워 있던 강추 역시 별일 아니라는 듯한 표정이었다.

"저야 어깨를 조금 스친 것이라 한 며칠 이러고 다니면 금방 나을 것이고, 강형 역시 옆구리를 조금 긁힌 것뿐이니 너무 심려치 마십시오."

"쳇, 조금 스쳐서 팔려고 가져온 금창약을 세 알이나 쓰고, 조금 긁혀서 세 치나 생살을 꿰맸수? 아이고, 머리 조금 깨졌다간 염라대왕한테 인사드리러 가야겠네."

옆에서 듣고 있던 영우가 어이없다는 듯 혀를 찼다. 그 모습에 일삼이 눈을 부라리며 말했다.

"이놈의 새끼가 뭐가 어째? 그럼 그렇게 아파 뒈질 만큼 다친 형님들을 놔두고, 네놈은 소아랑 소소 데리고 그렇게 쏘다니냐?"

일삼의 일갈에 영우는 냉큼 철웅의 뒤로 숨으며 투덜거렸다.

"씨발, 만날 나만 밥이지."

"뭐가 어째?!"

"아니, 만날 쏘다녀서 미안하다구요. 헤헤."

영우가 언제 그랬냐는 듯 웃으며 고개를 내밀자 일삼의 표정이 찡그려지며 고개를 내저었다.

"어휴, 저놈의 자식 때문에 내가 늙지."

"젠장, 이젠 나이 먹는 것도 내 탓이라네. 쳇."

영우의 작은 속삭임을 들었는지 일삼이 다시 눈을 부라리자, 영우는 또다시 입을 헤 벌리며 멍청한 웃음을 지어 보였다.

"다들 고생이 많았네. 그리고 미안들하네."

철웅의 조용한 말에 으르렁거리던 일삼과 영우, 강추의 시선이 철웅에게 향했다.

"그게 무슨 소립니까?"

"내 입으로 자네들을 보살핀다 말해 놓고 위험으로 몰아넣었으니, 이는 스스로 약조를 어긴 것이나 진배없는 일. 참으로 미안하게 생각하네. 그리고 앞으로는……."

"그런 말이라면 더 이상 하지 마십시오."

일삼이 자신의 두 무릎 사이로 고개를 숙이며 말했다.

"내 나이 올해로 마흔셋입니다. 따지자면 어느 무가의 집사나 대주 자리 정도는 꿰차고 있어야 할 나이지만, 이곳저곳에서 칼밥 먹으며 주워 배운 무공인지라 이제 겨우 삼류를 벗어난 이류무사지요. 이 나이 먹도록 제대로 된 문파에 몸담아본 적도 없고, 싸움이 있는 곳에 달려가 돈에 몸을 파는 인생이었습니다. 그러다가… 아시다시피 련이란 곳에 몸을 담게 되었지요. 자그마치 십오 년의 세월 동안. 하지만 그곳에서도 저 같은 삼류무사가 할 일은 정해져 있더이다. 언제나 얼굴에는 복면을 하고, 남들의 눈에 띄지 않게 움직여야 하고. 덕분에 몇 가지 잔재주를 얻긴 했지만, 십오 년 세월이 아깝지 않을 만큼은 아니지요."

일삼은 말을 하다 말고 갑자기 자신의 머리를 헝클어뜨렸다.

"에이 쌍. 나도 내가 무슨 말을 하고 있는지 모르겠지만… 그냥 지금도 괜찮다는 말입니다. 똑같이 나가서 칼을 맞아도 은자 몇 푼 받는 것보다 고생했다, 미안했다 말해 주는 지금이 더 낫다 이 말입니다."

철웅은 일삼을 바라보고 있었지만, 일삼은 그런 철웅의 눈을 마주하지 못했다. 나이 마흔 넘게 먹는 동안 이런 마음을 누군가에게 전해보는 것은 처음이었다. 그저 임무를 받고, 임무를 수행하고. 며칠 전까지 함께 누웠던 동료의 침상에 얼굴도 모르는 낯선 자가 들어와 그 자리를 메우고. 목표랄 것도 없는 하루하루의 연속이었지만, 그때는 특별히 그런 생활이 좋다거나 나쁘다거나 하는 마음조차 가지질 못했었다. 하지만 이제는 다르다.

그렇다고 그때와 지금이 그렇게 달라진 것도 아니었다. 똑같이 먹고, 똑같이 잔다. 그때처럼 움직이고, 싸우기도 했다. 칼에 베어 누워 있는 것도 마찬가지. 하지만 지금의 자신은 흠집난 도구가 아니라, 상처 입은 사람으로 누워 있다. 자신을 걱정해 주는 사람들도 있다. 지금 이 생활이… 너무나 좋았다. 말로 표현하기 힘들 만큼 좋아서 아무런 말도 하지 못할 만큼.

"저 역시… 그런 말씀은 거두어주시는 게 좋을 듯합니다."

가만히 앉아 있던 강추가 아픈 허리를 움켜쥐면서도 몸을 바로 했다. 그리고 일삼과는 달리 철웅의 눈을 바라보며 입을 열었다.

"저희… 어차피 과거를 묻어야 하는 사람들입니다만, 무인이라는 것마저 잊으라 하진 말아주십시오. 칼과 함께 살아온 인생입니다. 장 대인의 곁에 머물면서도 그 칼을 놓지는 않을 것입니다. 무인이 칼을 놓으면 제아무리 좋은 보검이라도 결국 무딘 박도가 되어버리고 맙니다. 저희에게 칼을 놓으라는 말은, 결국 무인으로서의 생을 마감하라는 뜻입니다. 농부가 고기를 잡을 수 없고, 어부가 농사를 짓지 못하는 법입니다. 저희가 가장 잘할 수 있는 일입니다. 누구 때문도, 누굴 위해서도 아닙니다."

철웅의 고개가 가만히 끄덕여졌다. 그의 말은 냉정했지만, 분명 일리있는 말이었다. 그리고 뒤이은 강추의 한마디에 철웅은 고개를 저으며 자신이 한발 물러서야 함을 느끼고 있었다.

"…그리고 저 역시 일삼 형처럼 이 생활이 마음에 듭니다. 기왕 칼을 들어야 한다면… 장 대인 같은 분을 위해 드는 것도 괜찮다 생각하고 있습니다."

철웅은 강추와 일삼을 바라보고 있었다. 강추의 시선이 철웅의 시선과 맞닿아 있었고, 일삼의 시선 역시 철웅의 시선을 좇고 있었다.

"…고맙네들."

철웅의 한마디가 울리고 나서야 멈추어 서 있던 방 안의 공기가 정상적인 흐름으로 움직이기 시작했다. 다른 말은 필요없었다. 강추와 일삼에겐 그 한마디면 족했다.

"나도… 끼워줘요."

우물쭈물하던 영우의 입에서 나온 한마디에 어색한 공기가 풀어지며 박장대소가 터져 나왔다.

사내들의 웃음소리가 적막했던 소림의 경내에 흩날리고 있었다. 산문 밖을 서성이던 봄바람이, 그들의 웃음소리를 좇아 조심스레 산문을 넘고 있었다. 적막했던 산사에도 봄이 찾아오고 있었다.

연무장에서 무공 수련에 열중이던 무승들의 얼굴에 작은 찡그림이 자리하고 있었다. 그리고 그들을 지휘하던 무승이 고개를 돌려 소리의 진원을 찾아 나서려던 그때, 천불전으로 다가서는 두 사람의 인영이 있었다.

"아미타불."

"그래, 수고가 많구나. 음?"

천불전으로 들던 혜원 대사의 귀에도 사내들의 웃음소리가 들려왔다. 그의 옆에서 걷던 혜정 대사의 얼굴이 굳어지고 있었다.

"감히 본 사에 흉액이 닥쳤음에도 박장대소라니……. 내 저자들을 당장……."

"그만두게, 혜정. 듣기 좋지 않은가."

혜정 대사가 놀란 눈을 하고 사형인 혜원 대사를 바라보았다. 두 눈을 감고 있는 혜원 대사의 얼굴에 핀 미소가, 때마침 불어온 온기 가득한 바람을 타고 번지는 듯했다. 혜원 대사는 크게 숨을 몰아쉬며 불어온 바람을 폐부 깊숙이 끌어들였다. 파릇한 새싹의 내음이 실린 듯도 했고, 향긋한 봄꽃의 향이 담겨 있는 듯도 했다. 그리고 혜원 대사의 코로 스민 자연의 내음은 주변을 가득 메운 사내들의 호방한 웃음소리와 어울려 그의 답답했던 가슴에 청량함마저 느끼게 하였다.

"참으로 고마운 소리구나. 번뇌를 잊고 웃을 수 있는 것이 공덕이니

라. 내 깊은 시름이 이만큼이나 덜어졌으니 나는 저들에게 은혜를 입은 것과 같구나."

혜원 대사의 말에 혜정 대사는 가만히 불호를 외우며 눈을 감았다. 자신의 경솔했던 처사와 불같은 성정을 스스로 탓하고 있었다.

"들어가세."

혜원 대사와 혜정 대사의 모습이 천불전 안으로 들어서고 있었다. 산사를 울린 웃음소리에 인상을 찡그리던 수십의 무승들도 가만히 고개를 숙여 장문인의 발걸음을 쫓았다.

"소림에서 웃음소리가 들렸기로 그것이 어찌 죄악이랴. 웃음을 일컬어 죄악이라 한다면, 소림은 만악의 근원이 되어야 할지니……. 허허."

혜원 대사의 목소리가 울려 무승들의 뇌리에 각인되고 있었다. 그리고 그들의 입에서는 스스로의 번뇌와 실책을 꾸짖는 불호가 연신 되뇌어지고 있었다.


"왕부로 돌아가야겠소. 도와주시오."

조용한 사내의 말에 혜원 대사와 상현 진인은 서로 얼굴을 바라보며 당혹스러움을 감추지 못하고 있었다.

천불전에는 모두 일흔일곱 칸의 승방이 있다. 그중 쉰네 개의 승방에는 백팔나한이라 불리는 무승들이 기거하고 있었고, 나머지 스물세 칸에는 스무 명 남짓한 혜 자 배 무승들이 기거하고 있었다. 십계십승이라 불리는 열 명의 절정고수를 포함한 그들은 평소 대외적인 활동은 하지 않았지만 소림무학의 정수들로, 소림 무승들의 교두와 같은 역할을 하고 있었다. 하나 그들 중 대부분은 평소 숭산의 이곳저곳에서 홀로 명상을 하거나 수련을 하며 지냈기에, 스물세 개의 승방은 제 주인을 기다리는데 이력이 난 지 오래였다. 그중 주인이 들지 않은 지 일 년이 넘은, 가장 깊숙한 곳에 있던 한 승방에 그가 있었다.

혜원 대사는 말없이 사내를 바라보고 있었다. 좁은 어깨가 더욱 좁아 보이는, 두툼한 복부와 여인의 살결처럼 새하얀 피부로 인해 더욱 커 보이는 살집 두둑한 얼굴. 보통 사람의 두 배는 됨직한 덩치라 마주앉아 있는 혜원 대사와 상현 진인이 왜소해 보일 지경이었다. 그나마 팔 척 장신에 우람한 덩치의 혜정 대사만이 그와 비등해 보였다.

"왕자, 북평까지는 먼 길. 지금은 전신의 기력을 회복하는 것이 우선입니다."

혜원 대사가 타이르듯 말했다. 혜원 대사의 시선을 받고 있는 사내는 연왕의 장자인 주고치였다. 아직 약관도 넘지 않은 주고치였지만, 왕부의 왕자라는 신분은 소림의 장문인도 조심스러워해야 할 상대였다.

"아니오. 내가 겪은 일을 생각한다면, 한시라도 지체할 수 없는 노릇이오. 아버님께 내가 겪은 고초를 고해 나를 능멸한 자들을 찾아 오체분시를 해도 가슴에 맺힌 원한을 다 풀지 못할 것 같소."

주고치의 작은 눈에 살심이 피어올랐다. 혜원 대사의 입에서 나직한 불호가 새어 나왔다.

"아미타불……."

주고치는 혜원 대사의 불호를 듣고 나서야 눈에 어린 살심을 추스르는 듯하였다.

"음, 내가 실언을 했소. 소림의 불전 안에서 할 말은 아니었던 것 같소. 사과드리리다."

열아홉이란 나이가 믿기지 않게 주고치는 금세 평정심을 되찾았다. 상현 진인은 그 모습에 내심 고개를 끄덕이며 그가 황제의 핏줄임을 실감하고 있었다.

"무량수불. 왕자를 연왕부로 모시는 일은 당연한 일입니다. 하나 지금은 때가 아니란 것을 말한 겁니다."

"알고 있소 진인. 하나 아버님의 상심을 생각하니 마음이 조급하여……."

주고치의 눈에 작은 파문이 일었다. 걱정하고 있을 부모를 생각한 효심이 절로 우러나오는 듯 보였기에 혜원 대사와 상현 진인 등은 절로 고개를 끄덕였다.

"아미타불. 왕자, 지금부터 빈승이 하는 말은 한 치의 가감도 없는 사실입니다."

"……?"

"음… 연왕께서는 왕자의 실종을 모르고 계십니다."

"……?!"

주고치의 작은 눈이 놀람으로 크게 떠졌다. 자신이 왕부를 떠난 지 몇 달이 지났는데, 왕부에서 자신의 부재를 모를 수 있단 말인가? 아무리 두문불출하며 책과 살아온 자신이지만, 몇 달간의 부재를 모를 정도로 부자간의 정이 소원한 것은 아니었다. 주고치의 눈이 금세 무언가를 눈치 챈 듯 좁혀졌다.

"설마… 가짜?"

"아미타불."

과연 연왕의 장자였다. 혜원 대사의 한마디 말로 어렵지 않게 상황을 파악해 내었다. 주고치는 힘이 빠진 듯 서탁의 모서리를 손으로 짚었다. 잠시 어찌해야 좋을지 모르겠다는 표정이었지만, 이내 결심이 선 듯한 굳은 얼굴로 입을 열었다.

"서둘러… 북평으로 가야겠소."

혜원 대사는 입을 다물고 있었다. 상현 진인은 그 모습을 보며 자신이 나서야 할 때라는 것을 알았다. 혜원 대사가 쉽게 입을 열지 못하고 있는 그것은, 자신이 생각하고 있는 그것과 같을 것이 틀림없기에.

"왕자, 빈도의 말도 노기로 받아들이지 마십시오. 분명 왕자는 북평으로 가서야 합니다. 왕부에 이 사실을 알려야 할뿐더러… 왕자의 진위 역시…….

주고치의 눈이 상현 진인에게 향했다. 무슨 말이냐고 묻는 듯. 하나 그의 머리는 그의 외모와는 다르게 역시나 비상하였다.

"나를… 의심하는 것이오?"

"무량수불. 사안이 너무나 중대합니다. 조심하지 않는 것이 이상한 일이지요."

주고치의 눈에 작은 노기가 떠올랐으나 이내 사라졌다. 주고치는 바보가 아니었다. 아니, 기실 누구보다 명석한 두뇌를 가지고 있었다. 자신의 외모에 대한 자괴로 인함인지, 그는 평생토록 책을 벗 삼아 살아왔다. 그와 만나는 사람들도 몇몇으로 한정되어 있을 정도로 외인과의 접촉을 꺼렸으니, 그 남은 시간 동안 그가 읽은 서책의 양이란 상상을 초월할 정도였다. 둔재라 하여도 그 정도의 학업이라면 성취가 있을진

대, 하물며 어릴 적 신동이라 불렸던 그의 성취는 두말할 나위도 없는 것이었다.

"…그렇군. 무슨 말인지 알겠소. 내가 주고치라는 것을 확실히 하는 것이 우선이겠구려."

"과연 영명하십니다."

상현 진인은 고개를 숙여 감읍했다.

"좋소. 내가 어떻게 증명하면 좋겠소?"

혜원 대사는 물론, 이번에는 상현 진인도 쉽사리 입을 열지 못했다. 이 문제는 그들도 오랜 시간 고민하였던 문제였다. 급할수록 돌아가란 말이 있지만, 어디로 돌아가야 하는지도 막막했다. 그들의 답답함을 느꼈는지 주고치가 조용히 말했다.

"방법을 찾아오시오. 내 기꺼이 그대들의 의견을 따르리다."

혜원 대사는 그가 적이 맘이 상했음을 알 수 있었다. 누구라도 그렇지 않을까. 자신의 신분이나 존재에 대해 의심받는다면, 누구라도 맘이 좋을 리 없다. 하물며 왕부의 왕자라는 신분을 의심받는 입장이니 그 노기가 이만저만이 아닐 것이다. 그나마 이렇게 조용히 방법을 찾아오라니 고마울 뿐. 혜원 대사는 가만히 합장하며 방을 나설 수밖에 없었다.

방을 나선 혜원 대사와 혜정 대사, 상현 진인이 나란히 걷고 있었다.

"허어……."

상현 진인의 입에서 낮은 한숨이 새어 나왔다. 혜정 대사의 마음 역시 그와 별반 다르지 않은지 걷는 내내 굳어진 인상을 펼 줄 몰랐다.

"왕부에 가짜가 있다 하나, 아직까지 왕부의 인물들마저 알아채지 못했다면 그만큼 역용이 뛰어날 것입니다."

"하나 역용이라는 것도 하루 이틀 이야기지, 몇 달간 역용할 수는 없는 일 아닙니까?"

상현 진인의 이야기에 혜정 대사가 반문했다. 하나 상현 진인은 충분히 가능성이 있는 이야기라는 것을 역설하고 있었다.

"듣자 하니, 평소에도 사람들과 내외가 없고, 온종일 자신의 방에서 나오지 않는다 들었습니다. 연왕조차 한 달에 한두 번 정도 안부차 들를 정도라니, 충분히 역용으로 사람들의 눈을 속이고 있을 가능성이 있습니다."

혜정 대사는 상현 진인의 말에 가만히 고개를 끄덕였다. 본래 역용에는 두 가지 종류가 있다. 내력으로 얼굴의 몇몇 부위를 바꾸는 역용과 인피면구를 이용하는 방법. 내력으로 얼굴의 피부를 강직시키거나 도드라지게 만드는 방법은 그것을 유지하는 데만도 상당한 내력이 소모되고, 또한 따로 세밀한 분장을 요하는 것이라 오랜 시간 사람들의 눈을 속이는 데는 그다지 효용이 없다.

인피면구를 이용한 역용의 경우는 탈바꿈하고자 하는 자의 얼굴과 흡사한 면구를 써 본래의 모습을 감추는 방법으로, 어지간한 고수나 눈썰미 좋은 사람의 눈은 피할 수 없었다. 부자연스러움이란 항시 눈에 띄게 마련이니. 하지만 한 달에 한두 번, 그것도 아주 잠시의 시간만 역용을 하여 모면하는 것이라면 충분히 가능한 일이기도 하였다.

"어쩌면 아예 처음부터 주 왕자와 닮은 자를 찾아 잠입시켰을 수도 있고……."

"천하가 넓다고 하지만 그런 수고가 가능하겠소?"

"만약… 실혼대법을 행한 자들이 그들이 맞다면… 가능하고도 남지요."

상현 진인의 입이 무겁게 떨어지자 혜정 대사의 얼굴도 함께 굳어져 갔다. 혜정 대사도 수긍할 수밖에 없었다. 정녕 그들이라면, 천하의 어둠 속에 살고 있는 그들이라면…….

"일단 그 방법이라는 것을 찾는 것이 먼저일 것 같습니다. 오늘은 이만 헤어지고, 진인과는 내일 아침 다시 만나기로 하지요."

혜원 대사가 조용히 합장하곤 방장실로 걸음을 옮겼다. 혜정 대사도 상현 진인에게 합장한 후 그의 뒤를 따라 사라져 갔다. 상현 진인은 그 자리에 서서 그들의 뒷모습을 바라보고 있다가 다시금 걸음을 옮겼다.

'어쩌면 천하에 위난이 도래할지도 모르는 상황이다. 본 산을 비운 지 벌써 석 달. 화산에도 연통을 넣어 이 사실을 알려야 하지 않을까? 아니야. 아직은 시기상조다. 어차피 일의 전모가 밝혀질 때쯤이면 절로 알게 될 일. 미리 알린다 하여 나아질 일도 아니다. 음… 왠지 본 산에 침입했던 자들과 소림에 침입했던 자들이 같은 자들일 것이라는 생각이 떠나질 않는구나. 만약 그렇다면 이미 그들의 발호가 시작된 것이나 마찬가지이다. 이렇듯 공공연하게 출몰하여 목적을 달성하려 한다면, 조만간 스스로 그 정체를 밝힐 때가 올 것이다. 하나 그때는 이미 모든 준비가 갖추어지고 난 뒤일 것. 음… 어찌해야 좋을 것인가…….'

상현 진인의 상념은 그 끝을 알 수 없었다. 당면한 문제만도 머리가 아플 지경이었지만 자신의 상념이 현실로 나타난다면, 그때는 마교와의 정사대전이 재현되는 것이다. 십 년 전과 같은 파죽지세의 소탕전이 아닌, 시체의 산과 피의 바다가 펼쳐질 진정한 정사대전이…….

第三十八章
계책(計策)

# 계책(計策)



하루가 더디게 지나고 있었다. 언제나 불공을 드리러 찾아온 사람들로 북적이던 경내가 한적하다 못해 쓸쓸하게만 느껴졌고, 사람들의 귓가를 간질이러 찾아든 봄바람도 흥미를 잃고 떠나 소림의 경내에는 작은 미풍조차 남아 있지 않았다. 그러나 소림의 경내에 사람이 있든 없든 상관없다는 듯, 불에 타 앙상한 뼈대만 남은 육조전의 잔해를 비추던 태양은 숭산의 서녘으로 말없이 지고 있었다.

소림의 식사도 화산보다 나을 것이 없었다. 그래도 끼니때마다 하얀 쌀밥이 나오니 그나마 다행이라면 다행이지만 소금을 치긴 한 건지, 한 눈에 보아도 기름기 하나 보이지 않는 찬을 보면 들던 입맛도 가실 지경이었다.

철웅 일행은 입맛을 적응시키기가 힘들었는지, 화덕 하나를 빌려 알아서 끼닛거리를 챙기곤 했다. 소림의 경내에서 고기를 구울 수는 없었지만, 나름대로 입맛에 맞춰 간도 하고 국도 끓이니 그 냄새가 경내에 퍼지며 승려들의 코끝을 간질이고 있었다. 몇몇 승려들은 그 모습에 인상을 찌푸리기도 하였지만, 방장인 혜원 대사가 웃으며 바라보니 뭐라 말도 꺼내지 못하고 애꿎은 발우만 긁어댈 뿐. 하나 덕분에 상현 진인과 재희 일행의 입은 화산의 벽곡보다 나을 게 없는 소림의 공양 신세를 지지 않을 수 있었다.

"이거 번번이 미안하구먼."

"허허, 수저 몇 벌 더 놓는 것이 무슨 일이겠습니까."

상현 진인이 상석에 앉으며 입을 열자 철웅이 웃으며 답했다. 상현 진인이 철웅 일행과 끼니를 함께한 것은 며칠 전 일이었다. 우연치 않게 식사를 함께하게 되었는데, 음식 맛이라는 게 재료 탓이 아니라는 만고의 진리를 다시금 깨달은 식사였다. 똑같은 밥이고, 똑같은 나물인데 어찌 이리 맛이 다른지. 입에 안 맞는 소림의 공양 신세를 지는 것보다야, 철웅에게 신세 지는 것이 여러모로 나을 것 같다는 상현 진인의 판단은 참으로 잘한 선택이었다. 몇 끼니 지나지도 않았건만, 소림의 주방 쪽으로는 눈길도 가지 않는 것을 보면.

"자, 어서 드시지요."

혜원 대사의 배려로 백의전에서 가장 넓은 방을 차지하고 앉은 사람들. 상현 진인과 철웅, 장 의원이 상석에 앉고, 그 좌측에 소소와 일삼, 강추, 영우, 소아가, 그 우측에는 종령과 종홍, 재희가 앉아 식사를 하고 있었다.

영우는 뭐가 그리 좋은지 혼자 히죽거리며 숟가락을 코로 들이밀고 있었고, 그 모습에 혀를 차면서도 일삼의 숟가락은 강추의 밥그릇으로 향하고 있었다. 평소보다도 더 점잔을 빼는 강추를 보니 여인들과 함께하는 식사가 나쁘지만은 않은 모양이었다. 종령과 종홍의 시선은 밥그릇에서 떠나지 않고 있었지만, 안절부절못하던 건너편 사내들을 내심 의식하고 있는 듯 입으로 가져가는 숟가락마저도 조심스러운 듯 보였다. 재희의 시선 역시 자신의 밥그릇에 고정되어 있었지만, 마음은 다른 사람들 못지않게 식탁을 떠난 지 오래였다.

"무슨 걱정이라도 있으십니까?"

상현 진인은 철웅의 목소리를 듣고 나서야 자신이 숟가락을 들고 멍하니 있었다는 사실을 알게 되었다.

"허, 허험. 아무것도… 아닐세."

상현 진인은 이미 비워진 그릇을 내려놓으며 물 한 그릇을 받아 남김없이 비워냈다. 그 모습을 유심히 보고 있던 철웅이 다시 입을 열었다.

"잠시… 시간을 좀 내주십시오."

"……?"

철웅의 말에 상현 진인은 이상함을 느꼈지만 내심 짐작되는 부분이 있었기에 고개를 끄덕였다.

"알았네. 안 그래도… 나도 할 말이 있었던 참인데."

상현 진인과 철웅이 밖으로 나가는 모습을 보고 사람들은 의아해했지만, 딱히 떠오르는 일도 없어 그냥 그러려니 하는 듯했다. 말없이 앉아 있던 재희만이 살짝 입술을 깨물어 무엇인가를 알고 있다는 듯한 행동을 취했을 뿐이었지만, 그것을 눈여겨본 사람은 아무도 없었다.

밖으로 나온 상현 진인과 철웅은 어느새 뿌옇게 떠오른 저녁달을 보며 걷고 있었다. 월광이라 부르기도 뭐한 흐릿한 달빛이 숭산에 떠오르고 있었지만, 곳곳에 켜진 승방의 불꽃이 월광을 대신해 두 사람의 걸음을 밝혀주고 있었다. 그들의 걸음을 비춰주던 불빛이 모두 사라질 때쯤이 되어서야 두 사람의 걸음이 멈추어 섰다.

“진작 말씀을 드렸어야 했는데…….”

“나는… 아무 말도 않겠네.”

“……?”

상현 진인의 말에 철웅의 시선이 상현 진인에게로 향했다. 상현 진인은 고개를 들어 흐릿한 달을 바라보고 있었다.

“그때 자네와 재희가 사라진 것을 아는 사람은 나뿐일세. 종령이란 아이는 혼절해 있었고, 종홍이란 아이는 상처를 입은 채 대법을 진행하느라 미처 신경 쓰지 못한 듯하네.”

철웅은 조용히 한숨을 내쉬며 고개를 들었다. 역시나 상현 진인은 자신과 재희에게 무슨 일이 일어났을 것이라 단정하고 있었다. 누구라도 생각할 수 있는 결론이었고, 자신이 살아 있을 수 있는 가장 적합한 이유였다. 진실과는 거리가 있었지만.

“제가 어떻게 하면 좋겠습니까?”

상현 진인은 가만히 고개를 내저으며 입을 열었다.

“그 아이가… 왜 그랬는지 모르겠네. 자네와 약간의 인연이 있었다는 것은 알지만… 그래, 목숨 빚을 갚는다 생각했을지도 모르겠군…….”

화산에서 재희는 분명 철웅에게 목숨의 구원을 얻은 바 있었다. 상현 진인의 한숨이 더욱 깊이 내쉬어졌다. 그 모습에 철웅은 그가 재희를 얼마나 아끼고 있는지 알 수 있을 것 같았다.

"진인과도… 각별한 사이였나 보군요."

상현 진인은 떨어지지 않는 듯 입을 몇 번 달싹거리다가 겨우 입을 열었다. 평소라면 결코 함부로 내뱉지 않았을 이야기였지만, 이렇게 된 이상 철웅도 알아야 한다고 생각했을지도 모른다.

"자네가 어떻게 생각할지는 모르지만… 그 아이는 치유하기 어려운 병에 걸렸네."

"병… 이라니요?"

그때부터 이어진 재희의 도화살에 대한 상현 진인의 설명은 철웅으로서도 미처 알지 못했던 사실이었다. 그리고 그 설명을 듣고 나서야 자신이 어째서 그녀를 처음 만난 날 그런 추태를 보일 뻔했는지 이해할 수 있었다. 철웅의 입에서도 상현 진인과 비슷한 한숨이 새어 나왔다.

"그랬었군요."

"자네가 어찌 그 아이의 기운에서 벗어나 있는지는 모르겠지만, 아마 자네의 심지가 그만큼이나 곧다는 이야기겠지. 그나마 천잠사로 만든 면사가 아니었다면, 바깥출입은 물론 화산파 안에서의 거동도 제한 당했을지 모르네. 그 아이의 기운은 그만큼이나 무서운 것이라네."

"전혀, 아니, 어렴풋이 이상하다고는 생각했지만, 그 정도였을 줄은……."

철웅의 말에 상현 진인은 가만히 고개를 내저으며 말했다.

"자네가… 어떤 결정을 내리더라도 나는 침묵하겠네. 목숨의 빚이라면 나로서도 관여할 수 없으니…….”

철웅은 상현 진인의 목소리에서 진한 여운을 느낄 수 있었다. 상현 진인이 말한 어떤 결정이라는 것이 무엇을 뜻하는 것인지 철웅은 알 수 있었다. 천하의 모든 남성들을 색욕의 노예로 만들 수 있는 기운이라면, 그런 여인과 산다는 것은 어쩌면 천하의 모든 사내들과 싸워야 할지도 모르는 일이었다. 상현 진인도 그것을 알기에 철웅에게 어떤 결정을 내려도 침묵하겠다 말한 것이었다. 그녀를 버린다 하여도, 모른 척한다 하여도…….

“진인과 재희 소저… 제가 알지 못하는 어떤 관계가 있습니까?”

철웅의 말에 상현 진인은 잠시 침묵했다. 하지만 이내 입을 열어 자신의 마음을 털어놓았다. 지난 십오 년, 아니, 삼십여 년을 숨겨왔던 마음을.

“그 아이는… 내가 아주 아끼는 사람의 제자네. 그 사람이… 자식처럼 여기는 아이일세.”

철웅의 입가에 잔잔한 미소가 떠오르며 누군가의 모습이 떠올랐다. 짐작하기 어려운 관계였지만, 이해하지 못할 것도 없었다.

“진인…….”

“……?”

철웅의 부름에 상현 진인이 고개를 돌렸다. 자신과 마주친 철웅의 눈빛. 그 눈빛에는 어떤 두려움도 어려 있지 않았다. 언제나처럼.

“재희 소저는… 제가 지킵니다. 진인이 반대한다 하셔도…….”

“자네……?”

상현 진인은 자신이 잠시 철웅이란 사내가 어떤 사내인지 잊었다 생각했다. 이 사내는 자신이 알고 있던 철웅이 맞았다. 두려움도 없고, 거칠 것도 없다. 자신이 그러하리라 여긴다면 그렇게 하고 말 사내였다. 화산의 앞마당에서 화산파의 인물과도 대적했고, 천하의 검절과도 검을 섞었다. 그리고 수십의 포위망을 뚫고 들어와 자신의 목숨마저도 구했다. 이 사내는 정녕 무모했고, 두려움도 없었으며, 그 모든 난관을 헤쳐 나왔다. 그는 그런 사내였다.

"지금의 결정… 후회할지도 모르네."

"어쩔 수 없는 일입니다."

상현 진인의 눈이 크게 떠졌다. 철웅의 대답은 그를 놀라게 하기에 충분했다.

"설마… 이미 그런 사이였는가?"

"서로의 마음을 확인한다는 것은 참으로 어려운 일입니다. 허허."

철웅의 웃음에 상현 진인은 내심 안도했다. 단지 책임감으로 내린 결정이라면 서로에게 힘든 일이 될지도 모른다. 하지만 서로 마음에 두고 있었다면…….

"…고맙네."

"제가 더 감사하지요."

상현 진인은 가만히 옆에 있던 바위에 엉덩이를 걸쳤다. 희미했던 달이 어느새 그 자태를 완전히 드러내며 월광을 비추고 있었다. 답답케 했던 마음의 짐 하나가 덜어져 그런 것인지, 달빛을 받은 숭산이 빛을 발하는 것인지는 몰랐지만 상현 진인의 시야에 들어오는 모든 것이 또렷하게만 보였다.

'허어… 재희 소저와 아무 일도 없었다는 이야기는 차마 꺼내질 못

하겠구나. 아무렴은 어떤가. 변하는 것은 아무것도 없을 것을…….'

철웅의 시선도 상현 진인의 시선을 좇아 환히 뜬 달을 바라보고 있었다. 그들을 내려다보고 있던 반월이 미소 지어주는 듯했다. 그들이 짓고 있던 미소처럼…….

월광 아래 앉아 있던 철웅의 고개가 한쪽으로 돌아갔다. 그 모습을 바라보던 상현 진인도 그제야 고개를 돌려 철웅의 시선이 향한 곳을 바라보고 있었다.

"아미타불… 이거 방해가 된 것은 아닌지 모르겠습니다."

철웅과 상현 진인의 앞에 모습을 드러낸 사람은 다름 아닌 혜원 대사였다.

"아니, 대사께서 이곳에는 어찌……?"

"허허, 이곳은 빈승이 자주 찾는 산책로입니다. 죽림으로 들어가는 초입이지요. 마음이 심란하여 바람이나 쏘일 겸 나왔습니다."

상현 진인은 고개를 끄덕였다. 달빛이 밝혀준 그들의 뒤편에는 빽빽이 들어찬 대나무 숲이 끝도 없이 이어져 있었다.

"저희가 대사의 산책을 방해한 셈이 되었군요."

"아닙니다. 그저 잠시 걷고자 나온 길이니… 장 장로도 오랜만입니다."

혜원 대사가 아는 척을 하자 철웅도 말없이 포권하며 그에 답했다. 하지만 상현 진인은 고개를 갸우뚱하며 혜원 대사에게 반문했다.

"장 장로라니요?"

상현 진인의 질문에 혜원 대사가 그날 있었던 일을 설명하기 시작했다. 미처 설명치 못했던 철웅이 조사전에 들 수 있었던 까닭을. 그 이야기를 듣는 동안 상현 진인은 놀랐다는 표정으로 철웅을 바라보았고, 철웅은 어울리지 않는 딴청을 피우느라 주위를 두리번거리고 있었다.

"매화조령이… 어찌 자네에게?"

철웅은 작은 한숨을 내쉬며 혁련옹과의 일을 잠시 끄집어내 매화조령을 넘겨받게 된 사연을 설명하기 시작했다. 물론 은자 이십만 냥에 대한 이야기는 잠시 숨겨두고.

"인연이 그렇게 이어졌군. 어찌 되었든 이제는 정녕 화산파의 식구가 되어버렸구먼. 아니지, 이미 한식구였지. 허허허."

상현 진인은 무엇이 그리 좋은지 크게 웃었다. 멋쩍은 듯한 철웅을 유심히 바라보던 혜원 대사가 조용히 입을 열었다.

"장 장로……."

"그냥 장철웅이라 불러주십시오."

장로라는 호칭이 어색했던지 철웅이 난색을 표하자 혜원 대사는 웃으며 고개를 끄덕였다.

"허허, 알겠습니다. 이럴 게 아니라 내 거처로 가서 차나 한잔 나누시지요. 숭산의 밤은 제법 깁니다."

혜원 대사의 농에 세 사람은 웃으며 자리를 옮겼다.


방장실로 들어서던 혜원 대사는 문 앞에 시립해 있던 한 승려에게 찻물을 끓여오라 시키고는 방으로 들었다.

"자, 드시지요."

소림의 방장이 직접 달여준 차였다. 상현 진인과 철웅은 그 깊이를 음미하듯 느긋이 찻잔을 기울이고 있었다. 찻잔을 내려놓은 두 사람의 표정은 사뭇 달랐다. 상현 진인은 고개를 살짝 틀어 무언가를 생각하는 듯 보였고, 철웅은 입가에 미소까지 머금고는 만족한 듯한 표정을 지었다.

"음… 처음 마셔보는 차로군요. 용정 같기도 하지만 청량함은 용정보다 나은 것 같고, 철관음 같기도 하지만 그 향의 은은함은 철관음과는 또 다른 깊이가 느껴지는 듯하군요. 참으로 좋은 차라는 것은 알겠는데……."

상현 진인의 말을 듣던 혜원 대사의 시선이 철웅에게로 향했다.

"장 시주는 이 차가 무슨 차인지 짐작하시는 것 같습니다?"

철웅은 입가의 미소를 더욱 짙게 지으며 조용히 말했다.

"작설(雀舌)이군요."

상현 진인의 눈은 궁금함을 표했고, 혜원 대사의 눈은 놀라움을 표했다.

"놀랍군요. 작설을 알고 있는 사람이 있다니."

"작설? 참새의 혀라니? 무슨 차 이름이 그러한가?"

혜원 대사와 상현 진인의 반응 역시 달랐다. 상현 진인 역시 다도에 관해서는 제법 일가견이 있다 자부하는 사람이었지만, 작설이라는 차 이름은 생전 처음 들어보는 것이었다. 그리고 철웅이 들려주는 이야기는 그가 모르는 것이 당연하다는 것을 설명해 주는 것만 같았다.

"작설은 중원 차가 아닙니다. 산해관 너머에 있는 고려라는 나라의 차입니다."

"고려? 고려라면 동쪽 끝에 있는 그 오랑캐 나라 말인가? 그런 미개

한 곳에서 어찌 이런 차가……."

"허허. 진인, 고려라는 나라는 북원의 무리와는 다릅니다. 그 역사의 오래 됨도 그러하거니와, 그 나라 백성들의 됨됨이도 많이 다르지요."

"흠, 내 가보지 않았고, 그들을 본 적도 없으니 자네의 말에 할 말은 없네만……."

상현 진인은 뭔가 찜찜하다는 듯한 표정으로 찻잔을 바라보았다. 아무리 그래도 중원의 속국이나 다름없는 나라에서 나온 차가 이리도 훌륭한 맛과 향을 가지고 있다는 것이, 내심 자존심 상하는 일이라 여기는 듯하였다.

"작설이란 이름은 어린 찻잎이 참새의 혀와 닮았다 하여 붙여진 이름입니다. 참으로 재미있는 사람들이지요. 제가 만나본 고려인들 역시 사귀어볼 만한 자들이었습니다. 그보다는 작설을 소림에서 맛보게 된 것이 더욱 놀랍군요."

"허허, 장 시주의 안목이 정말 놀랍습니다. 기실 중원에서 다도로 유명한 사람들도 작설을 모르는 이가 많지요. 저에게 작설의 차 씨를 선물한 이가 바로 고려와 왕래하는 상인으로, 그에게 얻은 차 씨로 죽림의 안쪽에 일 장 남짓한 차 밭을 꾸리고 있지요."

그 후로도 제법 오랜 시간 이런 저런 사담이 오갔다. 철웅이 작설을 접한 이유를 설명하다 보니, 그가 군부에 있었다는 이야기부터 시작하지 않을 수 없었다. 군부에 오래 있다 보니 변경으로 배치되는 일도 많았고, 한때는 연왕의 군대에도 배치되어 산해관에 있었다는 이야기. 그곳에서 알게 된 고려인들에게 작설을 대접받았던 이야기까지. 소소한 이야기였지만, 세 사람의 사담은 시간 가는 줄 모르고 있었다. 깊어 가는 밤에 어울리는 사담이었지만, 그런 소소한 이야기들로 밤을 보내 기엔 그들에게 당면한 문제가 그리 만만치 않았다.

"그나저나 어찌하실 생각이십니까?"

조용히 찻잔을 내려놓으며 상현 진인이 입을 열었다. 철웅이 함께 있었지만, 그의 말대로 이미 화산의 식구라 생각한 것인지 거리낌없이 말문을 연 상현 진인이었다. 잠시 생각을 고르던 혜원 대사가 입을 열었다.

"음, 아무래도 직접 찾아가 알아보는 것 외에는 다른 방법이 없을 듯 합니다. 연왕부에서 어떻게 나올는지는 모르지만……."

찻잔을 입가로 가져가던 철웅의 손이 멈칫했다.

"저 역시 같은 생각이지만, 그곳에서의 일이 막막할 뿐입니다. 연왕 부에 연통을 넣어 당신의 장자일지 모르는 사람이 여기 있으니 확인해 달라 할 수도 없고, 그렇다고 서로 대질시킬 수도 없는 노릇이고……."

"연왕부……?"

철웅의 눈에 놀람이 일며 상현 진인과 혜원 대사를 번갈아가며 바라 보았다. 그의 눈빛을 받은 상현 진인이 고개를 주억거리며 답했다.

"그렇네. 우리가 대법을 펼쳤던 그 사람, 연왕의 장자인 주고치일 세."

철웅의 찻잔이 소리없이 다탁 위에 내려졌다. 하지만 철웅의 가슴속 에서 울리던 심장 소리는 그의 귓가에 천둥 소리처럼 울려 퍼지고 있 었다.

'그분의 아들…….'

철웅은 아무 말도 하지 못했다. 혜원 대사와 상현 진인이 이상한 듯 그를 바라보았지만, 그의 입은 굳게 다물어져 있었다. 숭산의 밤은 정녕 길고도 길었다.

*　　　　　*　　　　　*

중원의 제법 이름있는 절경이라면 대개가 명당이라 불리는 곳이 서너 곳 정도는 존재하기 마련이다. 깎아 지르는 듯한 절벽 위에도 시 한 수 짓기 좋은 정자가 존재하고, 장강의 물결이 한눈에 내려다보이는 바위산 위에도 사람들의 발길을 붙잡을 쉼터가 있기 마련이다. 그런 자리들은 대개 대부호의 소유이거나 국법이나 황명으로 정해 나라에서 관리하는 것이 보통이었다. 하나 개중에는 천하의 절경임에도 대부호의 눈길과 황명의 손길을 피해간 곳이 더러 있었다. 정주와 인접해 있던 그곳도 바로 그런 절경 중의 하나였다.

"좌사께서는 내가 이리로 올 줄 미리 알고 있으신 듯하군요."

"허허, 그저 가장 가까운 지단을 찾으실 거라 짐작했을 뿐입니다. 그보다 어깨의 상처는 좀 어떠하십니까?"

혈작은 한수의 냉랭한 시선을 받으면서도 얼굴 표정 하나 바꾸지 않은 채 한수의 상세를 물어왔다.

"가볍게 스친 것뿐이오."

한수의 얼굴이 수치로 달아오른다 느꼈지만, 혈작은 그런 것에는 관심없다는 듯 말을 이어나갔다.

“이것으로 두 번째 실패입니다. 소교주께서도 아시고 계시겠지만, 교주님의 실망이 이만저만이 아니십니다.”

한수의 얼굴이 차갑게 굳어졌다. 자신의 실책을 책망하는 듯한 혈작의 말에 자존심이 상했지만, 지금은 얼굴을 굳히는 것이 그가 취할 수 있는 행동의 전부였다.

“이번 일의 실패로 인해 대계의 수정이 불가피해졌습니다. 뭐, 대계에 그다지 영향을 줄 수 있는 일은 아니었지만…….”

흘러가는 듯 내뱉은 혈작의 한마디에 한수의 굳어진 얼굴에는 한광마저 어렸다.

“그게 무슨 뜻이오? 설마 성패와는 상관없는 일이었다는 뜻이오?”

한수의 한광을 받으면서도 혈작의 표정은 한 점의 변화도 없었다.

“성공했다면 쉬이 풀릴 일이었지만, 실패했다고 해서 크게 잘못될 일도 아니었다는 뜻입니다.”

“나를… 시험하려 든 것이오?”

기어이 한수의 두 눈에서 살광이 피어올랐다. 사방 일 장의 정자 주변에서 느껴지던 수십의 기척이 미세한 요동을 쳤지만, 그것은 바로 옆에 있는 날벌레들이나 놀라 날아오를 정도의 미세한 기척이었다.

“련의 모든 행사가 그러하듯이… 모든 것은 그분의 뜻입니다.”

혈작은 시선을 돌려 한수의 살기를 맞받았다. 그 모습에 한수가 살기를 지우지 않은 채 입을 열었다.

“그렇겠지요. 모든 일이 아버님의 뜻이었겠지요. 그리고 좌사께서는 그 옆에서 약간의 첨언만을 한 것뿐이고…….”

“허허, 부정하지 않겠습니다.”

한수의 살기가 혈작의 몸을 꿰뚫어 버릴 듯한 기세로 쏘아지고 있었다. 하지만 아직 살기만으로 사람을 죽일 경지에는 이르지 못했는지, 혈작의 입가에 걸린 작은 미소는 지워질 줄 모르고 있었다. 결국 한수는 살기를 거두었다. 이 늙은 구렁이와 대화를 나누어 자신이 건질 것이 없음을 다시 한 번 통감한 채.

"좋소. 패자무언. 변명 따윈 않겠소."

"좋은 자세입니다. 교주님도 소교주님의 실패를 탓하시거나 하지는 않으실 겁니다."

한수가 코웃음을 치며 고개를 돌렸다. 그 모습을 바라보던 혈작이 다시 입을 열었다.

"하나 아직 임무가 끝난 것은 아닙니다. 그자가 살아 있어도 그만이라고는 하지만, 그렇다고 곱게 연왕부로 보낼 수는 없는 일이니까요."

"죽이라는 뜻이오, 살리라는 뜻이오?"

"글쎄요……."

혈작의 미소가 더욱 짙어졌다. 마치 어린아이에게 난제를 내어놓고 궁리하는 모습을 보며 즐거워하는 짓궂은 글 선생처럼.

"훗, 련의 지모라는 천하의 좌사께서 이렇게 무책임한 계책을 가지고 대계라 자청하신지는 몰랐소."

"파하하하하하!"

한수의 비꼬는 듯한 말에 혈작이 파안대소하며 웃었다. 그 웃음에 실린 공력으로 인해 주변의 초목이 진저리를 쳤고, 그사이 은잠하고 있던 자들 역시 급히 내력을 끌어올려 대항하여야만 했다. 한수의 표정

역시 굳어질 대로 굳어지고, 혈작의 웃음이 끝날 때까지 자신의 심맥을
보호하느라 입을 열지도 못할 정도였다.

'가공할 내력……. 과연 무서운 자. 천하를 뒤덮을 지모와 천하에
적수를 찾지 못할 만한 무공 모두를 가지고 있으니 감히 교주의 위를
넘볼 수 있는 것이겠지.'

한수의 굳어진 얼굴 따위는 아랑곳하지 않던 혈작의 광소가 차츰 사
그라지고 있었다.

"미안합니다, 소교주. 하나 소교주의 말에는 정녕 웃음을 참을 수가
없군요."

"……?"

"잘 들으십시오, 소교주. 계책이라는 것은 원하는 바를 이루기 위한
책략입니다. 혹자는 일계니 이계니 하는 식으로 계책을 겹겹이 만들어
계략의 빈틈을 없애는 것이 최고라 생각하지만, 그러한 계책이야말로
무책임한 계책입니다. 계책은 하나면 족합니다. 이책이 필요한 일책이
야말로 무책임한 것이지요. 어떠한 방향으로 흘러도 결국 내가 원하는
방향으로 흐를 수밖에 없게 만드는 것, 그것이야말로 진정한 책략입니
다. 그자가 어떻게 되든지 그것은 중요한 것이 아닙니다. 그의 생사와
는 상관없이 연왕부는 움직이게 될 테니까요."

한수의 굳은 표정은 풀어질 줄 모르고 있었다. 하지만 그의 눈에는
살기가 아닌 놀람이 번지고 있었다. 그런 그를 일별한 혈작이 조용히
몸을 일으키며 말했다.

"두 번의 기회를 드리지요. 숭산을 벗어났을 때 한 번, 북평에 들어
섰을 때 한 번. 솔직히 말씀드리면 약간의 위험을 감수한 노출이었습

니다. 숭산에서 성공했더라면 조금 더 시간을 벌 수 있었을지 모르지
만, 무림의 다른 자들도 바보는 아닙니다. 이미… 대강은 우리의 정체
를 눈치 채고 있을 것입니다."

한수의 굳은 입은 열릴 줄을 몰랐다. 하지만 혈작의 목소리는 계속
이어지고 있었다.

"이제 곧 무림에 혈풍이 몰아칠 것입니다. 우리의 준비도 거의 끝난
상태. 이제는 때를 기다릴 뿐입니다. 때가 되면 천하의 수십만 교도들
이 불길처럼 일어나 용화세계의 건설을 위해 분사할 것입니다. 소교주
님은 그 용화세계의 미륵을 맞이하실 분입니다. 하지만 저는 소교주님
이 미륵을 맞이할 자격이 있는지 확신할 수 없습니다. 그의 생사가 대
계와 상관없다 하여 임무 역시 그렇게 웃으며 넘어가리라 생각지 마십
시오. 화산과 숭산, 두 번의 실패를 거울삼으십시오. 더 이상의 실패
는… 교주님도 묵과하지 않으실 겁니다."

혈작이 몸을 돌려 정자를 빠져나가고 있었다. 그리고 그 뒤를 따라
십여 개의 그림자가 소리없이 정자 주변을 이탈하기 시작했다. 한수는
두 주먹을 움켜쥔 채 그의 뒷모습을 뚫어져라 바라보고 있었다.

'좌사… 기억하겠다. 오늘의 수모를……'

한수가 몸을 일으키자 주변의 공기가 흐트러지기 시작했다. 한순간
신형을 길게 뽑으며 날아간 한수의 뒤로 정자의 주변에 은잠해 있던
일곱 줄기의 바람이 그 뒤를 따랐다.

한수의 뒤를 따른 일곱 줄기의 바람 속에서 희미한 방울 소리가 들
리는 듯했지만, 그 미약한 소리마저도 황하의 물결에 파묻혀 사라지고
말았다. 정자에서 나누었던 사람들의 대화가 듣는 이 없이 허공으로

사라져 버린 것처럼.

*      *      *

철웅은 들었던 붓을 내려놓고는 자신이 쓴 서찰을 다시 한 번 읽어 내려가기 시작했다. 잠시 후 서찰을 곱게 접어 작은 봉투에 넣어 밀봉했다. 그리고 겉봉에 받는 이의 이름을 조심스레 적어나갔다.

'이것이 내가 할 수 있는 최선이고… 마지막 보답이다.'

철웅은 그 서찰을 품에 넣고 방을 나섰다. 이미 시간은 자시(子時)에 가까웠고, 사위는 어둑해질 대로 어둑해져 몇몇 승방을 제외하곤 불빛조차 보이지 않았다.

"일삼, 자는가?"

철웅이 걸음을 멈춘 것은 두 개의 승방을 지난 후였다. 조용한 목소리였지만 그의 목소리를 들은 듯 방 안에서 인기척이 들렸다.

"음? 무슨 일이십니까?"

일삼이 눈을 비비며 조용히 방문을 열고 나왔다. 철웅이 손짓으로 그를 부르며 걸음을 옮겼다. 일삼은 고개를 갸우뚱하면서도 그의 뒤를 따랐다. 아직은 초봄인지라 밤바람이 제법 찼지만, 인적이 드문 전각의 뒤편에서 철웅이 꺼낸 이야기는 그런 추위도 느끼지 못할 만큼 의외의 것이었다.

"예? 하 동지라면 낙양부의 그……."

"맞네. 이 서찰을 그에게 전해주게."

철웅은 품에서 한 장의 서찰을 꺼내 일삼에게 넘겼다. 그리고 당부하듯 말을 이었다.

"가능하면 사람들의 이목을 피해 전해주게. 할 수 있겠나?"

일삼은 이게 무슨 귀신놀음인가 싶었지만, 철웅의 목소리에 가볍게 웃으며 자신있게 말했다.

"후후, 걱정 마십시오. 다른 건 몰라도 경공과 은잠술은 아직 쓸 만합니다."

"미안하네만, 급히 다녀와 주었으면 하네."

"알겠습니다. 지금 바로 출발하도록 하지요. 내일 저녁에 돌아오도록 하겠습니다."

일삼은 가볍게 고개를 끄덕여 보이곤 서둘러 자리를 피했다. 서둘러 달라 말한 철웅이 무안할 만큼 빠른 움직임이었기에, 그가 철웅의 말을 얼마만큼 중요하게 여기는지 알 수 있었다. 철웅은 일삼의 모습이 사라질 때까지도 움직이질 않았다. 그의 모습이 전각 뒤로 사라진 후에야 작은 한숨을 내쉬며 고개를 들었다.

"사부님… 너무 나무라지 마십시오. 이제는 다 아실 것 아닙니까? 제가 왜 그분을 만나선 안 되는지, 왜… 세상에 숨으려 했던 것인지……."

철웅의 한숨이 길게 내뿜어지며 그의 걸음을 재촉했다. 철웅의 등 뒤로 길게 이어진 그림자는 그의 어깨에 지워진 무게만큼이나 크고 무거워 보였다.

'걱정 말게……. 아직… 자네들을 잊은 것은 아니야. 그저… 무엇이 옳은지, 무엇이 진정 내가 가야 할 길인지 결정하지 못했을 뿐이야.'

철웅의 독백 같은 목소리는 입을 통해 나오진 않았다. 하지만 그의 목소리를 들었는지 그의 주변을 맴돌던 망령들이 그의 곁으로 모여들고 있었다.

'장군님, 잊으시면 안 됩니다. 저희를 잊으시면 안 됩니다.'

'내 어찌 그대들을 잊을까.'

'저희는 장군님의 죄를 업고 죽은 몸들… 장군님이 저희를 잊어버리신다면…….'

'내 어찌… 그대들을 잊을 수 있을까…….'


철웅의 걸음이 점점 느려지는 듯 보였다. 철웅은 잊고 있던 자신을 다시금 떠올리고 있었다. 잊고 싶었던… 자신을.


*　　　*　　　*


낙양성은 깊은 잠에 빠져 있었다. 해가 언제 졌는지를 따지는 것보다, 다시 뜨는 시간을 셈하는 것이 빠를 만큼 깊은 밤이었다. 하나 낙양부의 위사들은 낙양성문을 지키던 병졸들과는 확연히 달랐다. 졸음에 취해 있지도 않았고, 미약한 술기운조차 느껴지지 않았으며, 도에 얹혀진 손은 언제라도 출수할 수 있을 만큼 준비되어 있었다.

이인일조로 이루어진 위사들이 귀를 크게 열고 낙양부 내를 맴돌고 있었지만, 그들의 이목을 피해 낙양부 안의 한 전각으로 스며든 그림자는 알아차리지 못했다. 잠시 소피를 보기 위해 뒷간으로 향하던 한 위사의 목 뒤에 차가운 무엇이 올려진 것은, 낙양부 내를 밝히던 반월이 구름 뒤로 숨은 바로 그때였다.

"쉿!"

소피를 보기 위해 바지를 끌러 내리던 위사는 바지 끈을 붙잡은 채로 몸이 굳었다.

"하 동지의 방이 어디냐?"

낮은 목소리가 위사의 귀 가까이에서 들렸고, 눈도 돌리지 못하던 그 위사는 괴인의 목소리만큼이나 작은 목소리로 속삭였다.

"저기… 두 번째 전각, 입구에서… 세 번째… 큭!"

말을 이어가던 위사가 낮은 비명을 지르며 쓰러졌다. 위사를 기절시킨 일삼은 그를 나무 뒤로 옮겨놓고는 다시금 어둠 속으로 빨려들어 갔다.


위사가 가리켰던 전각의 한 내실. 작은 마찰음을 내며 방문이 조심스레 열리고 있었다. 어둑한 내실로 빨려든 한줄기 바람이 조용히 내실을 맴돌았지만, 내실 어디에서도 인기척은 없었다. 아니, 내실을 돌고 나가던 바람의 뒤를 쫓아 움직인 그를, 바람이 미처 발견하질 못했다.

척!

"누구냐?!"

방 안으로 스며들던 괴인의 목 위로 한 자루 장검이 소리없이 얹혔다. 그리고 잠시의 시간이 흐른 후 괴인이 입을 열었다.

"하 동지시오?"

"음?"

하건은 괴인의 말을 듣고는 탁자 위의 화섭자를 들어 유등의 불을 밝혔다. 내실이 밝아지며 모든 정경이 한눈에 들어왔다.

"아니, 당신은?"

하건은 겨누던 검을 내리지는 않았지만, 적지 않게 놀란 듯했다. 그런 하건을 바라보며 일삼이 어색한 웃음을 지었다.

"전갈을… 전하러 왔으니, 이 칼 좀……."

하건은 조심스레 검을 내리며 일삼을 바라보았다. 하건도 그를 기억하고 있었다. 장 대인의 식솔이라며 잠시 스치며 보았던 얼굴이 기억났다. 한데 장 대인의 식솔이라는 자가 어찌 자신의 처소에 몰래 잠입하려 했단 말인가?

"이것을……."

일삼의 손이 조심스레 품으로 향했다. 그 모습에 조금은 긴장해도 괜찮으련만, 하건의 눈은 놀라거나 경계하는 것 같지는 않았다. 일삼을 믿는다기보다는 자신의 검을 믿는 눈치였다. 일삼의 품에서 나온 것은 비수가 아닌 한 장의 서찰이었다. 일삼은 그 서찰을 내밀고 나서야 자신의 목을 쓰다듬으며 한숨을 내쉬었다.

"휴~ 간 떨어지는 줄 알았네."

"험, 사과는 하지 않겠소이다. 놀란 것은 나도 마찬가지이니. 한데 이 서찰은……?"

하건이 서찰과 일삼을 번갈아 보며 말했다.

"우리 대인께서 전하라 하셨소. 사람들의 눈을 피해 전하라 해서 이렇게 야밤에 찾아온 것이니, 너무 야박하게 굴지는 마시구려."

하건은 옅은 미소를 지으며 서찰로 시선을 옮겼다.

'지부대인께 보내는 서찰?

하건은 서찰을 잠시 더 살펴본 후 자신의 품에 집어넣었다. 그 모습을 본 일삼은, 자신이 할 일이 모두 끝났음을 깨달았다.

"그나저나 하 동지의 무공도 대단하시구려. 이렇게 쉽게 내 은잠이 발각되기는 처음이오."

일삼의 나지막한 투덜거림에 하건이 웃으며 대꾸했다.

"하하. 그렇게 땀 냄새가 심하게 나는데, 어찌 모를 수가 있겠소."

일삼이 가만히 고개를 끄덕이는 것이 그의 말에 수긍하는 듯했다. 물론 그의 말이 옳다는 뜻은 아니었다. 자신이 밤을 새워 달려오느라 몸이 땀에 흠뻑 젖은 것은 맞는 말이었으나, 어찌 은잠의 기척을 냄새만으로 알아낼 수 있단 말인가.

'이 사람도 한가락 하는 고수셨구먼.'

일삼이 어찌 알 수 있을 것인가. 하건이 소림의 속가제자이며, 다른 사람도 아닌 소림의 계율원주 혜정 대사의 애제자였다는 것을. 일삼이 가만히 포권하며 떠날 것임을 밝히자 하건이 마주 포권하며 인사했다. 일삼이 사라지자 하건은 조용히 방문을 닫으며 홀로 생각에 잠겼다.

'일단 날이 밝는 대로 서찰을 전해야겠구나. 이런 야심한 밤에 사람을 직접 보낼 정도로 다급한 서찰이라니……'

하건은 자리에 누우려 걸음을 옮기다 다시금 방문 쪽을 바라보았다.

'일삼이라 했던가? 그리 강한 자는 아닐지 몰라도, 은잠술 하나만은 경시할 수 없는 수준이구나. 때마침 잠에서 깨지 않았다면 아무런 눈치도 채지 못하였을 뻔했다.'

하건은 다시 고개를 돌려 창문을 바라보았다. 하늘이 점점 밝아지며 어둠을 몰아내고 있었다. 하건은 다시금 잠을 청하는 것을 포기하고 의관을 챙기기 시작했다. 언제나 그래 왔듯 오늘 해야 할 일들을 꼼꼼히 머리 속으로 떠올리고 있었다. 물론 품속의 서찰을 지부대인에게 전하는 일을 자신이 해야 할 일의 가장 첫머리에 올려놓았다.

＊　　　＊　　　＊

"음? 누구의 서찰이라고?"

유상지가 눈을 크게 뜨며 하건에게 되물었다. 평소 볼 수 없는 지부대인의 행동에, 서찰을 가장 먼저 전하기로 한 일이 참으로 잘한 결정이었다 느끼는 하건이었다.

"어제 장 대인의 식솔 중 한 명이 찾아와 이것을 전해달라 하였습니다."

하건은 조심스레 유상지 앞에 한 통의 서찰을 올려놓았다. 그것을 받아 든 유상지 역시 조심스러운 손길로 그 서찰을 개봉하곤 천천히 읽어 내려가기 시작했다. 시시각각 변하는 표정으로 보아 안부를 묻는 것이 아님은 알 수 있었지만, 놀라움에서 경악으로 뒤바뀐 상관의 표정만으로 서찰의 내용을 알아내는 것은 불가능하였다.

"어… 어찌, 이런 일이?!"

서찰을 읽어 내려가던 유상지의 두 손이 떨리고 있었다. 그러나 그러한 떨림도 잠시, 그의 두 눈이 빛을 내었고, 그의 머리가 맹렬히 회전하고 있었다.

'이것이 사실이라면 이 친구의 말대로다. 일단은 주 왕자의 신분을 확실히 하는 것이 급선무. 하나 지금 소림 입장에서는 아무런 방법도 내놓을 수가 없다. 왕부에서 소림을 찾는 것과는 달리 소림, 아니, 무림의 문파에서 왕부를 찾는 일은 매우 조심스러운 일. 무림의 문파에서 왕부에 찾아가 왕자가 가짜일지도 모른다는 말을 꺼낸다면 그것은 씨도 먹히지 않을 것이다. 혹 왕부에서 그들의 청을 받아들여 두 사람을 대질이라도 시켜준다면 다행이지만, 만에 하나 가짜가 아닐 경우… 소림은 엄청난 대가를 치러야만 할 것이니 섣불리 나설 수가 없을 것이다. 이러한 사정을 짐작한 세민이 나에게 서찰을 보냈다는 것은 내가 그들의 가교 역할을 해주길 바란다는 뜻.'

유상지는 간단한 결론에 도달하였다. 자신이 왕부에 연통을 넣어 이 사실을 알리면 간단히 해결될 수도 있다. 아니, 확실하지 않은 사안으로 가뜩이나 어지러운 왕야의 심기를 어지럽히는 것은 좋지 않다. 일단 북평까지는 그를 데리고 가야 한다. 그리고 자신이 연왕에게 연통을 넣어 사실을 고해 진위 여부를 가려주기를 청하면 된다.

소림과 자신의 입장은 다르다. 이러한 사실을 알린다 하여 자신에게 손해가 나거나 피해가 올 일은 아니다. 자신은 엄연히 녹을 먹는 자. 이상한 징후가 발견된다면 일단 알리는 것이 자신의 소임이다.

더군다나 자신과 연왕과의 친분은 그런 정도가 아니지 않은가? 하다못해 왕부의 왕자가 진짜로 판명난다 하더라도, 그저 가벼운 핀잔 정도로 끝날 것이다. 과민한 반응을 보인 데 대한 농담 섞인 핀잔.

당장 자신이 직접 갈 수는 없다. 자신은 엄연한 낙양성의 부주. 오랜 시간 자리를 비워둘 수 있는 위치가 아니니 믿을 만한 자에게 서신을 전하는 것으로 자신의 책무를 대신할 수도 있었다.

'믿을 만한 자……'

유상지는 하 동지를 떠올렸다. 소림의 속가제자이고, 자신의 밑에서 근무한 오 년이라는 시간은 그에게 적지 않은 믿음을 심어주었다. 자신은 충분히 믿을 수 있었다. 그의 무공 역시 주 왕자의 호위로 손색이 없으니 금상첨화였다.

'하나… 부족해.'

유상지는 고개를 가로저었다. 다른 사람이 아닌 제국의 실세라는 연왕을 만나는 자리다. 자신이 가지 못한다 하여도 믿을 만한 인물을 보내는 것이 여러 가지로 사리에 맞다.

'누가 좋을까……?'

유상지의 고민은 제법 오랫동안 지속되었다. 상관의 이마에 주름이 지는 것을 보면서도 하건은 입도 벙긋하지 못하고 있었다. 평소 같으면 가벼운 농담도 주고받을 수 있을 정도로 가까운 사이지만, 이마에 내천 자가 그어져 있을 때는 작은 소란에도 쉬이 노기를 드러내는 그의 성정을 알고 있었으니 지금은 가만히 그의 고민을 지켜보는 것이 나았다.

"그렇지!"

유상지의 외침에 하건의 고개가 돌아갔다. 유상지의 얼굴에 이유를 알 수 없는 미소가 맴돌고 있었다. 그저 맘에 들었다는 듯한 미소가 아니라, 정말 재미난 무언가를 찾아내었을 때나 보일 법한 그런 미소였다.

"이보게, 하 동지. 자네 북평에 좀 다녀와야겠네."

"예?"

"아니지, 잠시 이리 가까이 오게."

유상지와 하건의 대화는 근 일각이나 이어지고 있었다. 유상지의 말을 들으면서 하건의 표정도 시시각각 변하였다. 그리고 모든 이야기가 끝났을 때 하건의 얼굴은 막중한 책임감을 느끼는 듯 제법 굳어 있었다.

"내 말 알겠나?"

"예, 대인."

"그럼 차비를 하고 서둘러 숭산으로 향하게."

"알겠습니다, 대인. 그럼……."

하건은 유상지에게 대례를 올렸다. 그 모습을 바라보는 유상지의 얼굴에는 흐뭇해하는 미소가 걸려 있었다. 하건이 자신의 집무실을 나가고 나서도 그의 미소는 지워질 줄 모르고 있었다.

한참을 그렇게 앉아 있던 유상지가 몸을 일으켜 창가로 향했다. 아침 햇살이 눈부시게 빛나고 있었고, 그런 햇살을 손으로 가린 유상지의 입에서 만족스러운 듯한 목소리가 흘러나왔다.

"나를 욕해도 할 수 없네. 자네는 누가 뭐래도 대명의 장수니까……. 허허허허!"

유상지의 웃음소리에 놀란 비둘기 몇 마리가 전각의 지붕에서 날아올랐다. 창공을 가르는 날갯짓 소리가 낙양성을 떠나 숭산으로 향하고 있었다. 그의 웃음소리를 누군가에게 전하려는 듯, 그렇게 힘차게 날아가고 있었다.

# 그를 기억하는
# 사람들

# 그를 기억하는 사람들



　　연왕부의 위세는 과히 황제가 기거하고 있는 응천부에 필적할 정도
이다. 정병 오천이 자유롭게 창술을 연마할 수 있을 정도로 넓은 연무
장의 바닥은 두터운 석돌들로 네모 반듯하게 메워져 있고, 연무장의 주
변을 에워싸듯 자리한 수십의 전각들은 마치 요새의 그것처럼 사방을
감시하는 듯 포진되어 있었다.

　　오늘도 연왕부의 연무장에는 오천여 명의 병사들이 비지땀을 흘리
고 있었다. 그들의 손에는 칠 척가량의 창날 없는 창대가 들려 있었고,
그들이 서 있는 바닥과 창대를 잡은 손은 연무장에 부는 먼지와 배어
나온 땀으로 진득하게 얼룩져 있었다. 훈련이 고되었는지 하나같이 독
기 가득한 눈을 표독스럽게 뜨고 있었지만, 그들의 입에서는 가는 숨소
리만이 들릴 듯 말 듯 새어 나오고 있었을 뿐, 그들을 향해 무어라 소

리치고 있던 사십대 장한의 목소리만이 넓은 연무장을 가득 메우고 있었다.

"모두 정신 똑바로 차려라! 전쟁에서 이기려면 사기가 충만하여야 하고, 사기가 충만하려면 먼저 자신의 기량에 자신감이 넘쳐흘러야 한다. 자신의 기량을 갈고닦기 위해선 혹독한 훈련만이 길이고, 혹독한 훈련을 이겨내기 위해선 기본적인 체력이 갖추어져 있어야만 한다."

병사들의 얼굴에 자못 비장한 각오가 어리는 듯하였으나 이어진 사내의 목소리에 비장했던 각오는 사라지고 질렸다는 표정만이 가득했다.

"한데 지금 너희 모습은 무엇인가? 고작 교창 이십오세(敎槍 二十五勢)의 일백 연마에, 이렇게 녹초가 되어버린 모습이라니. 이러한 체력으로 어찌 전쟁을 치를 것이고, 어찌 오랑캐의 침범을 막아낼 것인가? 실전에 임하게 되면 사흘 밤낮을 전장 속에서 칼을 휘두를 때도 있고, 수백의 적들에게 둘러싸여 활로를 찾아야 할 때도 있다. 하나 너희의 이런 체력이라면 제대로 된 전투를 치르는 것도 요원한 일이다. 하루에 십 회씩 연마 횟수를 늘린다! 오늘은 일백 회. 내일은 일백십 회! 너희가 쉬지 않고 일천 회를 감당할 수 있을 때까지 연무는 멈추지 않을 것이다. 내일 진시초(辰時初:오전 7시)까지 전원 집결하도록. 해산!"

병사들의 어깨가 두 치는 더 내려앉았다. 창대를 들고 있던 손에 힘이 빠졌고, 후들거리는 다리는 이리저리 비틀거리고 있었다. 그 모습을 바라보던 사내가 낮게 혀를 차며 몸을 돌렸다.

"신 양청, 왕야를 뵈옵니다."

연무장 뒤편으로 걸음을 옮기던 사내가 급히 무릎을 꿇었다. 그의 앞에는 두 사람이 서 있었다.

"일어나게, 양 교두."

"예."

사십대의 사내는 연왕의 말에 고개를 조아리곤 몸을 일으켜 세웠다. 연왕의 시선은 연무장에서 사라지고 있는 오천의 병사에게 향해 있었다.

"이번에 새로 입영한 자들인가?"

"예. 군역으로 징집된 자들은 아니옵고, 입영을 자청한 일반 백성들로 이루어진 별군입니다. 수는 모두 사천팔백이십오 명이고, 훈련을 시작한 지는 삼 주가 지났사옵니다. 이 중 약관을 넘긴 자가⋯⋯."

양청의 이어지는 설명이, 그만 하라는 뜻으로 들려진 연왕의 손에 의해 멈추었다.

"되었네. 교두는 자네가 아닌가. 훈련만 철저히 해주게. 그건 그렇고, 자네의 지우들은 모두 어찌 지내고 있는가?"

연왕의 물음에 양청은 가만히 미소 지으며 답했다.

"왕야의 보살핌으로 모두 잘 지내고들 있습니다."

연왕은 가만히 고개를 끄덕였다. 어디서 무엇을 하는지 물어보아도 답해 줄 양청이 아니라는 것을 알기에 더 이상의 질문은 하지 않았다. 양청 역시 그의 관심에는 감사하면서도, 다른 질문은 사양한다는 듯 잘라 대답했던 것이고.

"바쁠 터인데, 이만 물러가도록 하게."

"예. 그럼 소신은 이만⋯⋯."

양청은 다시금 고개를 숙여 보이곤 연왕의 뒤로 몸을 물린 뒤 전각으로 걸음을 옮겼다. 연왕의 옆에 서 있던 여인이 입을 열었다.

"저 사람이 양청이로군요."

"그렇소. 신창양가의 인물로, 무위로 보나 인물됨으로 보나 내가 거둔 사람 중 믿음이 가는 사람 중 하나요."

여인의 시선은 먼 하늘에 가 있었다. 답을 듣기 위해 꺼낸 질문이 아니었던 듯, 연왕의 답에 고개를 조금 끄덕여 보인 것이 전부였다. 여인의 옷은 검은색 일색이었다. 얼굴을 가리고 있던 면사도 검은색이었고, 고운 자태를 가리고 있는 궁장 역시 검은색이었다. 그녀의 검은 눈동자와 너무나도 잘 어울리는 모습이었고, 그녀의 어깨 뒤로 길게 늘어진 삼단 같은 흑발과도 너무나 잘 어울리는 모습이었다.

"한데 루주께선 어인 일로 이곳까지 걸음을 하시었소? 평소 북평제일루 밖으로 나오는 것도 꺼리시는 분이."

연왕의 질문에 여인의 눈가가 웃음을 지었다.

"글쎄요. 어젯밤 창가로 스민 바람이 그러더이다. 날도 좋고, 바람도 고운데 어찌 어두운 방 안에서 그리 궁상을 떨고 있느냐고요. 오늘 아침 창을 여니, 그 바람의 말마따나 날이 참으로 좋더이다. 한데 이 천녀 갈 곳을 정하려 생각해 보니, 생각나는 곳이 이곳뿐이더이다. 호호. 걱정 마십시오, 왕야. 왕 동생만 만난 후 곧 돌아갈 것입니다."

"걱정은 무슨……."

연왕은 여인의 말에 고개를 돌리며 짐짓 헛기침을 내었다. 여인은 가만히 고개를 돌려 연무장으로 시선을 옮겼다. 사내들이 흘리고 간 체취가 그녀에게까지 이르는 듯하였다. 여인의 눈가가 다시금 웃고 있었다.

‘이것이 그분의 체취다. 이미 가신 그분의 체취니라.’

여인은 가만히 걸음을 돌려 연무장에서 멀어지고 있었다. 연왕 역시 그녀의 뒤를 따르며 가만히 한숨을 내쉬고 있었다. 역시나 그녀는 아직 죽은 그를 잊지 못하고 있었다. 그리고 그녀가 그를 잊지 못하고 있다는 사실에 한탄하고 있는 자신을 느끼며 또다시 한숨을 내쉬고 있었다.

연왕의 한숨이 내려앉은 어깨가 더욱 가냘퍼 보이던 여인. 북평제일 루주 설화가 걸음을 옮겨 찾은 곳은 연왕의 후궁 왕소군이 있던 장춘궁이었다.

＊　　　＊　　　＊

양청은 자신의 집무실로 들어와 이마에 어린 땀을 닦았다. 교두라는 직책은 그에게 적지 않은 부담이었다. 십몇 년 전만 하더라도 천하가 좁다 말하며 전장을 누비던 그였지만, 이제는 제법 나이가 들어 그가 전장으로 나가길 바라는 사람보다는 병사들을 단련시킬 교두로 남기를 바라는 사람이 더 많았다.

양청은 신창양가 출신으로 현 양가주가 맏형이었고, 그는 오남이녀 중 사남이었다. 대대로 군부와 인연이 깊은 양가였기에, 그가 연왕부의 무공 교두로 남아 있는 것은 어찌 보면 당연한 일이었다. 하나 아직은 젊은 시절 끓어올랐던 피가 채 식지 않은 열혈남아이기도 하였다.

“그때는 참으로 좋았었는데. 내가 필요한 전장도 있었고, 함께 달려

나갈 전우들도 있었고……."

그의 망막에 처음 군영에 부임하던 날이 떠오르고 있었다. 가주였던 자신의 아버님의 엄명에 하는 수 없이 몸담게 된 군부였다. 스무 살의 젊은 무사에게 무림이 동경과 욕망의 대상이라면, 군부는 삼류무사들의 마지막 피난처처럼 여겨지던 때였다.

오만상을 찡그리며 부임지에 첫발을 내딛던 그날. 자신 만큼이나 젊은 장수가 자신의 상관인 부천호(副千戶)라는 말을 들었을 때는 애송이라 부르며 코웃음을 쳤고, 그의 아비가 대장군이라는 말을 들었을 때는 아비 잘 만난 철모르는 대갓집 도련님을 연상하며 비웃었었다. 하지만 술을 먹다 들킨 자신을 연무장 한가운데에 내다 꽂았던 이도 그 애송이였고, 첫 번째 전투에서 경각에 달했던 그의 목숨을 구해준 것 역시 그 도련님이었다.

그는 과묵했고, 냉정했으며, 적을 대함에 한 점의 자비도 없었다. 그리고 그의 그런 냉혹함이 수하들의 목숨과 적의 목숨을 저울질한 결과라는 걸 알기까지는 그리 오랜 시간이 걸리지 않았다. 그 후로는 그를 따랐다. 정말 무척이나 그를 따랐다. 그의 옆에 있으면 죽을 곳에서도 살 수 있기 때문만은 아니었다. 그는 수하들을 형제로 대했고, 적을 대하길 악귀 보듯 했다. 생사의 고비를 한 번 넘길 때마다 그와의 친분도 따라 두터워졌다.

그리고 백 번까지 세다 잊어버린, 무수히 많은 전투를 함께 치르고, 십 년 조금 모자라다 여겨지는 시간이 지났을 때, 그의 나이가 서른이 조금 못 되었을 때 그 일이 터지고 말았다. 승상 호유용의 난에 그의 가문이 엮이고 말았다. 군부의 인물 중 대장군이 호승상과 함께 역모를 꾀했다는 말을 믿는 자는 아무도 없었다. 하지만 아무도 입을 열지 못했다. 그리고 그는 사라졌다. 그가 사라지는 모습을 본 자는 많았으나 그것을 발설하는 자는 없었다. 그에게 목숨을 구원받았던 자들은 스스로 함구하였고, 그것은 양청 자신도 마찬가지였다.

"역모가 벗겨진 이후에도 그는 돌아오지 않았지. 풍문에는 하남성에서 다시 천호 생활을 시작했다 들었지만… 아마 다시 돌아오기는 힘들었을 거야."

양청의 눈은 창문 너머로 보이는 연무장을 바라보고 있었다. 자신이 이십오 년이 넘도록 밟아댔건만, 연무장의 반석은 닳아 없어지기는커녕 매년 수천 명의 병사들을 말없이 받아들이고 있었다.

"저 반석 위에도 그의 발자국이 남아 있을 것인데……."

양청의 시선은 연무장을 넘어 멀리 노을 지는 하늘로 옮겨가 있었다. 오늘 같은 기분엔 아무래도 친우들을 만나봐야 할 듯싶었다.

군부를 떠난 자와 남아 있는 자의 차이가 있을 뿐, 그들은 십칠 년이 지난 지금도 여전히 친우였다. 그때를 기억하는… 그를 기억하는…….

*　　　*　　　*

"어머, 언니?"

검은 궁장의 설화가 방으로 들자, 자수를 놓던 왕소군이 놀라 일어나며 그녀를 반겼다.

"오랜만이네."

설화가 방으로 들며 얼굴을 가렸던 면사를 내렸다. 왕소군은 그런 그녀의 두 손을 맞잡으며 덩실덩실 춤이라도 출 기세였다.

"미리 연락도 않고 어쩐 일이에요?"

"그냥……."

왕소군은 설화를 이끌며 자리에 앉았다. 그리고 밖에서 대기하고 있던 시녀들에게 일러 다과와 차를 가져오도록 하였다. 설화의 눈이 왕소군을 바라보고 있었다. 동그라니 복스러운 얼굴에, 하얀 피부와 오똑한 코. 연왕의 후궁으로 손색이 없는 미모였다. 왕소군 역시 설화를 바라보며 즐거워하고 있었다.

"언니, 너무 보고 싶었어요. 자주 좀 놀러 오지……."

"호호, 기루의 주인인 내가 어찌 왕부에 자주 출입할 수 있을까. 더군다나 왕야의 후궁과 이렇듯 친하다는 소문이라도 난다면 왕야께 누가 될 터인데……."

"흥, 누구든 그런 말을 하고 다닌다면, 이 왕소군이 왕야께 고해서……."

왕소군은 자신의 한 손가락을 들어 목을 긋는 시늉을 하였다. 그 모습이 어찌나 귀여운지 설화는 한참이나 입을 가리고 웃고 말았다.

"호호, 왕 동생의 그 말을 들으니 더욱 자주 찾질 못하겠네. 잘못하면 죄없는 사람, 여럿 다칠까 겁이 나서……."

설화의 말에 왕소군은 혀를 반쯤 내밀며 웃어 보였다. 연왕의 후궁으로는 경박하기 그지없을 행동이었지만, 여인으로 본다면 더없이 사랑스러운 모습이었다.

그녀들의 대화는 날이 저물도록 이어지고 있었다. 설화의 한마디에 왕소군의 열 마디가 오갔으나 이야기의 끝은 보이지 않았다. 홀로 궁 안에 살며 얼마나 사람들과 대화하고 싶었을까. 왕소군의 밝은 미소 속에는 외로움의 흔적이 쉽게 눈에 뜨이고 있었다.

"언니, 밖은 어때요? 이젠 저자에도 사람들이 많이 북적이겠다."

"음. 봄이니까……."

설화의 목소리가 조금 잦아들었다. 소군이 그런 설화를 빤히 바라보며 입을 열었다.

"또 그분 생각해요?"

설화는 가만히 미소 지어줄 뿐 입을 열지 않았다. 하지만 소군은 작게 한숨을 내쉬며 하고픈 이야기를 줄줄이 꺼내놓았다.

"언니, 그분은 이미 칠 년 전에……."

"그래, 칠 년 전에… 그분을 찾았어야 했어."

왕소군이 쉬지 않고 놀리던 입을 닫았다.

"벌써 십칠 년 전 이야기. 그분과 혼담이 오가고… 나는 내심 기뻤었다. 그분과 함께했던 시간은 일 년뿐이지만… 아직까지도 그분의 모습이 선명해. 나보다 열두 살이나 많은 그였지만, 혼례일을 잡고 나서야 나는 깨달았어. 내가 얼마나 그분을 연모하고 있었는지. 그분 생각에 즐거웠고, 그분 생각에 하루가 길게만 느껴졌어. 그리고… 혼례를 올리기 불과 보름 전… 그분과 나는 모든 것을 잃었어."

설화의 눈에 때 아닌 작은 이슬이 매달려 있었다. 소군이 입술을 깨물며 그녀의 이야기를 말없이 듣고 있었다. 이미 여러 번 들었던 이야기건만… 소군의 가슴은 또다시 미어지고 있었다.

"나는 몇몇 가신들과 가까스로 목숨을 건질 수 있었어. 모처에서 죽은 듯 일 년간을 숨어 있어야만 했지. 그리고 우리 가문의 누명이 벗겨지고 나서야 그분 가문의 누명도 벗겨진 것을 알았어. 나는 그분을 찾았어. 미친 듯이… 그리고 그가 다시 전장으로 떠났다는 것을 알았지. 나를 두고 말이야…….”

설화의 눈에 맺혀 있는 이슬이 반짝이고 있었다. 소군은 손에 든 손수건을 건넬 생각도 하지 못한 채 그녀의 이야기를 듣고 있었다.

“나는 화가 났었지. 그가 나를 버린 거라 생각했었어. 나를 잊은 거라 생각했었어. 가문을 일으키는데 내가 방해된다 생각했을 거라 생각했어. 참 바보 같은 생각이었지. 그분은 내가 죽었을 거라 생각하고 떠났을 텐데… 나는 그런 그를 원망했었어. 그리고 그런 바보 같은 생각이 나를 북평제일루의 루주로 만들게 된 거야.”

“언니…….”

왕소군이 조심스레 설화를 불렀지만, 그녀의 시선은 이미 멀고 먼 어느 곳인가를 바라보고 있었다.

“나는 그를 잊을 무언가가 필요했고, 북평제일루는 그런 나의 마음을 받아내기에 충분했지. 아무것도 생각하지 않았어. 오로지 북평제일루라는 이름 하나에만 매달렸어. 그분을 잊을 수 있는 일은 이것뿐이라는 듯이. 십 년이 지나고, 북평제일루라는 이름이 천하에 알려지고 나서야 내가 얼마나 바보 같은 짓을 했는지 깨달았어. 그분이… 죽었다는 소식을 듣고 나서야…….”

이슬이 떨어져 내리고 있었다. 왕소군의 눈에서 흐르던 눈물도 그 이슬의 애처로움을 슬퍼하고 있었다.

“이젠… 이대로 죽을 수도 없어. 저승에서 그분을 뵐 면목이 없어.

그분은… 내가 죽었다고 생각하며 가슴 아파하셨을 텐데……. 나는 그 시간 동안 원망만을 가슴에 쌓고 있었어. 조금만 더… 조금만 더 아파한 다음에… 그분을 따라갈 거야. 그분이… 아파했던 것만큼 아파한 다음에……."

창문 밖에는 비가 내리고 있었다. 초봄을 알리는 봄비였지만, 바닥으로 떨어지던 빗소리는 설화와 소군의 흐느낌 소리에 묻혀 들리질 않았다.

여인의 슬픔이 비가 되어 내리고 있었다.

*        *        *

저녁 무렵 양청의 전갈을 들고 연왕부를 나간 전령의 수는 모두 여덟 명이었다. 그리고 해가 진 북평대로에 모인 사람들 역시 여덟 명이었다.

"다들 오랜만이군. 잘들 지냈나?"

"그냥 그렇지 뭐. 자네는 요즘도 아이들을 가르치나?"

"휴, 한 한 달쯤 전에 또 오천 받았네. 완전 생짜들이야."

"크크, 골치 좀 아프겠구먼."

송루관은 오랜만에 활기가 넘치고 있었다. 북평대로에서 조금 벗어난 한적한 외길의 작은 객잔인 이곳에 하나둘 사람들이 모이기 시작하더니, 해가 지고 얼마 지나지 않아 아홉 명의 장한이 모여 술판을 벌이고 있었다.

“그래, 일성이 너는 요즘 어떻게 지내냐? 요즘도 금음에 취해 사냐?”

“그렇지요 뭐.”

“그래도 저 녀석 제법이야. 이제 북평의 어지간한 기루에서 금을 타는 계집들은 저 녀석 손을 거치지 않은 사람이 없을 정도니까.”

“이야, 거참, 부럽구먼. 누구는 매일 소 대가리만 쳐대고 있는데, 누구는 매일 기녀들과 풍류를 즐기시고.”

“누가 자네보고 백정 짓 하라고 했나?”

“그럼 어떻게 하나? 배운 거라고는 모가지 따는 게 전부인걸. 그래도 북평 서로 쪽에서는, 이 곽부님 솜씨가 제일이라고 소문이 자자해.”

“백정들 사이에서?”

“아니, 돼지들 사이에서.”

“뭐? 하하하!”

사내들의 웃음소리는 끊이질 않았다. 북평에서 이들을 모르면 ‘나는 타지 사람이오’ 라고 말하는 것과 같은 그들이었지만, 그들이 서로 친분이 있는 사이라는 것을 아는 사람은 드물었다.

백의를 입은 사십대 초반의 사내는 청수한 얼굴만큼이나 점잖게 술을 들고 있었다. 사람들 사이에서 금 선생(琴先生)이라 불리는 그는 일성이라는 사내로, 금에 관해서는 북평에서 손꼽히는 유명한 악사였다.

그 옆에 앉아 술병의 목을 잡고 입에 털어 넣고 있는 텁석부리 장한은 곽부라 불리는 자로, 백정들 중에서는 알아주는 솜씨를 지녔다 알려진 자였다. 함께 자리한 이들 중 누구도 백정인 그를 상대함에 꺼리

는 것이 없는 것을 보면, 그들의 친분이 얼마나 돈독한지 알 수 있었
다.

악사, 백정, 철기상, 무관주… 연왕부의 무공 교두까지. 나이도 다르
고, 직업도 달랐지만 그들은 하나의 연결 고리로 이어져 있었다.

"그놈 참 징그러웠는데. 왜 있잖아? 임서(林西)에서 우리 뒤통수 쳤
던 놈들."

"아, 그 백랑인지 흑랑인지 하는 놈들?"

"그래, 그놈들. 그놈들 말 타는 재주 하나는 진짜 끝내주던데."

"그놈들 얘기는 하지도 마라. 그놈들한테 당한 상처가 아직도 쑤신
다."

황역이라 불리는 사십대 철기점 주인이 자신의 상의를 들춰 보이며
아랫배에 나 있는 긴 자상을 내보였다.

"크크, 너만 상처 있냐? 이건 어떻고?"

그 옆에 있던 등상사란 자가 상의를 끌러 어깨를 내보이며 말했다.
그의 좌측 어깨에서 복부까지 긴 자상이 흉물스럽게 자리하고 있었다.

"그 상처가 아마 해랍이(海拉爾)에서 난 상처지?"

"그래, 젠장. 순식간에 베고 가는데, 진짜 죽는구나 싶었지. 그 새끼,
베고 나서 말을 돌리더니 아예 멱을 따려 작정하고 달려들더만."

"그리고 그놈 모가지를 꿰뚫어 버린 게 그분의 장창이고."

양청이 웃으며 말했다. 하지만 그 목소리가 신호라도 된 듯 사람들
의 방정맞던 입들이 잠잠해졌다.

"그래… 그분이 날 구했었지."

"…여기 그분 신세 안 진 사람이 어디 있냐."

사람들은 조용히 입을 열며 앞에 놓였던 잔들을 단숨에 털어 넣었다.

"젠장, 그 씨부랄 놈의 옥영진이 때문에……."

"입 조심해."

"뭐?"

자신의 말을 끊는 황역의 말에 곽부가 인상을 쓰며 대들었다. 하지만 황역은 목소리를 낮추며 곽부의 귀를 잡아당겼다.

"요즘 북평에 금위위 애들이 돌아다닌다는 소문이 있어."

"……?!"

술잔을 들던 양청을 제외한 사람들 모두, 황역의 말에 귀를 기울였다.

"요즘 분위기가 수상해. 엊그제 수문위사로 있는 조카가 그러는데, 요 근래 금위위 영패를 들고 들어온 놈들만 수십이고, 수상쩍게 보이는 놈들도 부지기수라더라. 뭔가… 조짐이 안 좋아."

사람들의 이마에 골이 패이고 있었다. 금위위가 나서서 좋게 끝난 일이 없었다. 사람들의 시선이 조용히 양청에게 쏠리고 있었다. 양청은 가만히 고개를 끄덕이며 입을 열었다.

"알아서 나쁠 건 없지. 북평 공기가 심상치 않다. 한동안 조용히 있고, 모두… 관리들 잘해라."

무엇을 관리하라는 이야기인지는 몰랐지만, 그의 이야기를 듣던 여덟 명의 인상이 살짝 찌푸려졌다.

"염병……."

저마다 신경질적으로 술잔을 털어 넣었다. 아무래도 당분간은 바깥

출입도 줄이고, 사람들과 만나는 것도 조심해야 할 듯싶었다. 그것이
여러모로 좋았다. 그들 자신에게나 자신들 뒤를 돌보아주고 있는 연왕
에게나……

第四十章
결단(決斷)

숭산의 산문이 열리며 사미승 하나가 고개를 빠끔히 내밀었다. 사미승의 눈이 크게 떠지며 소리쳤다.

"아?! 하 시숙!"

사미승을 바라보며 미소 짓던 사내는 하건이었다. 봉문 상태의 소림이었지만, 그것은 향불을 드리러 오는 외인을 받지 않는다는 뜻이지, 사문을 찾아온 속가제자마저 들지 못하게 한다는 뜻은 아니었다. 평소 같으면 이 작은 사미승과 농담이라도 몇 마디 하고 가련만, 하건은 잠시도 지체하지 않고 자신의 사부를 찾았다.

"아니, 네가 어쩐 일이냐?"

"제자, 문안 올립니다."

하건의 인사를 받던 혜정 대사의 눈에 반가움과 함께 의아함이 어렸다. 오랜만에 찾아온 제자였지만, 이유를 알 수 없는 방문이었으니 궁금함이 생기는 것은 당연한 일이었다.

"본 사가 봉문하였다기에 걱정이 되어 찾아온 것이더냐?"

혜정 대사는 가장 일리있는 질문을 하였다.

"예."

하건은 그렇게 답을 하곤 목소리를 낮추며 속삭였다.

"사부님, 혜원 사백님을 뵈었으면 합니다."

"……?"

혜정 대사가 무슨 말이냐는 듯 하건을 바라보았다. 그런 혜정 대사에게 하건의 설명이 시작되었고, 얼마의 시간이 흐른 후, 하건의 모습이 나타난 곳은 혜원 대사가 있던 방장실에서였다.


"지금 무어라 했느냐?"

혜원 대사가 놀란 얼굴로 하건을 바라보고 있었다.

"노여워하지 마시고 말씀해 주십시오. 석 달쯤 전, 맹진(孟津)에서 건져 올려진 사람이 소림으로 옮겨진 일이 있다 들었습니다."

"…맞다. 그런 일이 있었느니라."

"그리고 그가 가지고 있던 물건 중 용이 양각된 영패가 있었다는 이야기도 들었습니다."

"…그것도 맞느니라."

"사백님… 그는 어디에 있습니까."

혜원 대사는 하건의 얼굴을 가만히 바라보았다. 하건은 감히 그 눈을 마주하지 못한 채 시선을 반쯤 내리고 있었다. 옆에 앉아 있던 혜정 대사는 심한 갈증을 느끼고 있었다. 자신의 제자이지만 엄연히 나라의 녹을 먹는 관리였다. 야단을 쳐 입을 막을 수도 있었지만, 그것이 능사가 아님을 알고 있었다. 그리고 자신이 판단할 문제가 아니라는 것 역시.

"그 이야기는 어디서 들었느냐?"

"투서가 들어왔습니다."

혜원 대사는 가만히 미소 지으며 하건을 바라보았다.

"잠시 바람을 쏘이지 않겠느냐?"

"……?"

하건이 무어라 대꾸하기도 전에 혜원 대사는 이미 걸음을 옮기고 있었다. 언제나처럼 죽림으로 향하는 발걸음이었다.

"자네는 상현 진인과 철웅, 그 사람을 내 방으로 좀 오라 하게."

혜정 대사는 눈을 껌뻑였다. 따라오지 말라는 뜻이었다. 혜정 대사는 내심 짚이는 것이 있었으나, 사형의 말을 따라 백의전으로 걸음을 옮겼다.

혜원 대사와 나란히 걷던 하건은 무언가 자신이 잘못 말한 것이 있음을 깨달을 수 있었다.

'음… 이대로 말한다면 될 것이라 하셨거늘…….'

하건은 오전에 유상지가 귀띔해 준 말들을 다시금 떠올리고 있었다. 소림으로 찾아가 주 왕자와 관련된 투서가 들어왔다 말하라고. 소림에서 그 사실을 인정한다면, 그때는 자신에게 되돌아와 방법을 찾겠노라 말하고, 만약 모르는 일이라 한다면 며칠이 걸리더라도 그가 있다는 증거를 찾으라고 했었다. 한데 유상지가 말해 준 방법은 써보기도 전에 틀어지고 있는 듯한 느낌이었다. 대개 그러한 느낌은 적중하기 마련이 었다.

"누가 말해 주더냐?"

"예?"

죽림의 제법 깊숙한 곳까지 걸음을 옮긴 혜원 대사가 물었으나 하건 은 내심 시침을 떼며 모른 척했다. 하나 혜원 대사는 미소를 지우지 않 으며 다시 말했다.

"너는 거짓을 말할 때면 한 가지 특이한 버릇이 나온단다. 그것이 무엇인지 아느냐?"

"……."

하건의 이마에 식은땀이 배고 있었다. 어디서 잘못된 것인지, 자신 의 버릇이 무엇인지를 고민하는 눈치였다. 그리고 혜원 대사의 말에 하건은 자신의 무릎을 치고픈 충동을 느꼈다.

"너는 네가 말한 거짓이 탄로나지 않을까 걱정하는 버릇이 있느니 라. 네 이마에 맺힌 땀이 그 증거니라. 허허, 네가 거짓에 능숙하지 못 하다는 증거이기도 하고. 허허허."

하건은 잠시 아무 말도 하지 못했다. 하나 그도 잠시, 무너지듯 그 자리에 무릎을 꿇으며 머리를 조아렸다.

"감히 사백님을 기만하려 했던 죄를 청합니다."

하건은 머리를 바닥에 찧고 있었다. 하지만 첫 번째는 성공하였으나 두 번째는 성공하지 못했다. 혜원 대사의 손에서 발출된 경력에 몸이 억지로 바로 세워지고 있었다.

"그만 되었느니라. 네가 그릇된 마음으로 그런 것이 아님을 안다.

아마 너에게 그 사실을 알린 자가 신분을 밝히길 꺼려 그리했던 것이겠지."

"……."

하건의 입은 떨어질 줄을 몰랐다. 하건은 자신과 유상지가 간과했던 사실을 깨달았다. 소림의 방장은 그들의 얄팍한 머리로 속일 수 있는 상대가 아니었다는 것.

"그래, 어찌할 생각이냐? 아니, 어찌할 생각이라고 하더냐?"

혜원 대사는 하건의 거짓 뒤에 누군가가 있다는 것마저 알아내었다. 그리고 하건의 뒤에 누가 있다면 그것은 낙양의 지부대인뿐일 것이라는 것도. 하건은 체념하다시피 자신의 생각, 아니, 유상지의 생각을 전하였다.

"일단 북평까지만 그를 보낼 수 있다면, 연왕야와의 만남은 대인께서 주선하여 주신다고 하셨습니다. 연왕야와 지부대인께서는 이미 오래전부터 교분이 두터우신 사이니 그리 어렵지 않으시다고……."

"아미타불… 참으로 고마운 일이구나. 그의 생각이 그의 충심임을 보지 않아도 알 수 있구나. 너는 참으로 좋은 상관을 모시고 있구나."

혜원 대사도 알 수 있었다. 만약 다른 관리들이 이 사실을 알았다면, 자신이 직접 나서 그의 신병을 인도받거나, 그것이 껄끄럽다면 차라리 모른 척하고 말았을 것이다. 자신이 신병을 양도받지 않겠다는 것은 일이 잘 성사되었을 경우 소림의 수고를 가로채지 않겠다는 뜻이었으니.

"그 사실을 알린 자가 누군지를 밝힌다면… 네 입장이 곤란해지겠지?"

“…….”

무슨 입이 있어 변명을 할까. 밝히라고 한다면 밝히지 않을 수도 없었다. 사부와 사백을 기만하려 했던 죄가 얼마나 무거운 것인지 굳이 설명하지 않아도 알고 있었다.

“가자꾸나. 사람들이 기다리고 있을 것이다.”

혜원 대사의 걸음을 따라 하건도 걸음을 재촉하고 있었다. 그가 지은 죄를 속죄하듯 고개를 숙인 채.


아직은 이른 저녁이었기에 상현 진인과 철웅 모두 의아함만이 어려 있을 뿐, 귀찮은 내색은 보이지 않고 있었다. 잠을 깨워 불렀더라도 그런 기색을 보일지는 미지수였지만.

“아미타불. 오시라 해서 미안합니다.”

“무량수불. 아닙니다. 한데 무슨 일로……?”

방으로 들던 혜원 대사가 자리에 앉아 기다리고 있던 상현 진인과 철웅을 향해 인사를 올렸다. 그리고 그와 함께 들어오는 하건을 바라보던 철웅이 내심 다행스럽다는 표정을 숨기기 위해 애쓰고 있었다.

“주 왕자의 문제가 해결되어 이렇게들 오시라 하였습니다.”

“예?”

상현 진인이 궁금해하자 혜원 대사는 조금 전 하건과 나누었던 이야기를 그들에게도 들려주었다.

“아… 정녕 다행이군요.”

상현 진인이 고맙다는 눈빛을 하건에게 보냈고, 하건 역시 가만히 고개를 숙여 인사를 대신했다. 잠시의 흥분이 가라앉자 혜원 대사가 입을 열었다.

"이젠 북평으로 가는 방법만이 남았군요."

"방법도 고민해야 합니까?"

혜정 대사가 살짝 미간을 찌푸리며 입을 열었다. 아무래도 요 며칠 간의 고민이 그에게는 제법 고역이었나 보다. 그런 사제의 반응에 혜원 대사가 답했다.

"주 왕자가 어디에서 왔고, 얼마 전 본 산을 침입했던 자들이 무슨 이유로 그러하였는지 벌써 잊었는가?"

혜정 대사는 그제야 고개를 끄덕이는 것이 문제의 심각성을 인지하는 듯했다. 주 왕자를 노리는 곳이 있다는 것은 북평으로 가는 여정 동안 그들의 표적이 될 수밖에 없다는 뜻이었다.

"백팔나한을 모두 내려보내는 한이 있더라도……."

"아미타불. 무력만이 능사가 아니라네. 게다가 우리가 모시고 가야 할 사람이 누구인지도 잊지 말게."

혜정 대사는 이번에도 사형의 말에 동감하지 않을 수 없었다. 얼굴이 살짝 달아올랐다는 것이 그나마 조금 전과 다른 반응이었다. 만에 하나 소림이 연루되어 있다는 것이 알려지고, 연왕부에 있던 주 왕자가 가짜가 아니라고 밝혀질 경우, 소림은 천하에 웃음거리가 될지도 모를 일이었다. 세인의 이목이나 손가락질 따위야 두려울 것이 없지만, 자칫하면 억울한 모함을 받게 될지도 모를 일이었다.

"소림이 돕기는 하겠지만, 전면에 나서서는 안 되지요. 가뜩이나 정국이 불안한 시기입니다. 위험 부담이 큽니다."

상현 진인마저도 혜원 대사의 손을 거들고 있었다. 누군가가 들었다면 정파의 수뇌들이 너무 몸을 사리는 것이 아닌가 비웃을지도 모를 일이었지만, 역모라는 것은 그만큼 두려운 것이었다. 소림이란 거대 방파의 존속을 위협할 수 있을 정도로.

"소림의 속가제자들을 규합하는 것은 어떻겠습니까?"

혜정 대사의 말에 혜원 대사가 가만히 고개를 저었다.

"속가라 하여 모두 믿을 수 있는 것은 아니지. 더군다나 한두 사람의 힘으로 될 것도 아니고."

"저… 말씀 중에 죄송하지만……."

하건이 조심스레 대화에 끼어들었다. 혜원 대사와 상현 진인의 시선이 그에게 향했다.

"인원은 너무 많지도, 너무 적지도 않은 것이 좋습니다. 한 사람을 호위하는 일이니 대략 스무 명에서 서른 명 정도면 어떨까 싶습니다. 저 역시 북평까지 동행하라는 명을 받았습니다. 지부대인의 서찰을 북평에 전할 사람이 있어야 하니까요. 낙양부에서 차출할 수 있는 위사가 십여 명 정도 됩니다. 제법 실력있고 입이 무거운 자들로 추린다면 열 명 정도 동행시킬 수 있습니다."

하건의 말에 혜원 대사가 고개를 끄덕였다. 관원이 포함되어 있다면 아무래도 여행이 순탄할 수 있을 것이다. 인원 역시 하건의 말마따나 이삼십 명 정도로 잡는 것이 좋을 듯 보였다. 나머지 스무 명 정도의 인원이라면 소림의 속가제자들을 한 번 추려보는 것도 좋을 듯싶었다.

"그렇다면 나머지 스무 명은 속가제자들 중에서 구하는 것이 어떨까?"

혜원 대사의 질문은 하건에게 향해 있었다.

"하남에서 소림의 속가제자들을 추리는 것은 그리 어렵지 않으나, 호위로 적합한 인물은 그리 많지 않습니다."

하건 역시 하남 지방에 있는 소림의 속가제자들 중 제법 위명이 있는 자들을 생각해 보고 있었다. 하지만 의외로 딱히 떠오르는 이가 없었다. 무공이 너무 높은 자는 함부로 초빙하기 어렵고, 무공이 너무 낮은 자들 역시 그랬다. 적당한 인물들 중에는 나름대로 문파를 이끌고 있는 자들도 있었고, 더군다나 먼 북평까지의 여정에 동참시킬 만한 사람은 극히 드물었다.

"안 되겠습니다. 아무리 생각해 봐도 다섯 명 안팎입니다. 이야기를 꺼내 확답을 받을 수 있는 자들로는 다섯이 한계입니다."

혜원 대사 역시 고개를 끄덕여 그의 생각에 동조했다. 시기 적절하게 사람을 운용하는 것은 의외로 어려운 일이었다. 하건은 조심스레 철웅의 눈치를 살피고 있었다. 철웅은 이야기가 오가는 내내 무심하게 듣고만 있었다. 왜 이 자리에 불려오게 되었는지조차 의심스러울 정도로 그는 침묵하고 있었다. 하건은 유상지의 마지막 당부를 잊지 않고 있었다. 그리고 그 당부를 지킬 기회를 노리고 있었다.

"저 사람이냐?"

하건은 하마터면 깜짝 놀라 고개를 돌릴 뻔하였다. 느닷없이 들려온 혜원 대사의 전음에 하건은 가만히 숨을 돌리고 자연스레 그를 바라보았다.

"…예."

"흠……."

혜정 대사와 상현 진인이 방법에 대해 나름대로 갑론을박을 벌이고 있었고, 철웅은 무심히 그 모습을 지켜보고 있었다. 혜원 대사와 하건의 무언의 대화를 눈치 챌 사람은 아무도 없었다.

"저 사람을 동행시키라는 명을 받았습니다."

"명?"

"예, 지부대인의 명이셨습니다."

혜원 대사는 가만히 고개를 돌려 철웅을 바라보았다. 흥미로운 사람. 처음 그를 보았을 때의 느낌이 다시금 떠오르고 있었다. 그리고 그 느낌은 아주 색다른 결론에 도달하고 있었다.

"혹 장 시주의 다음 목적지가……?"

좌중의 설전이 중단되며 혜원 대사의 목소리를 따랐다. 사람들의 시선이 모이는 곳에는 철웅이 말없이 앉아 있었다. 조금은 당황한 눈빛을 애써 감추면서,

"…북 …평입니다."

상현 진인이 무릎을 치며 그제야 철웅에게 시선을 보냈다. 왜 그를 생각하지 못하고 있었을까. 그의 무위는 자신이 가장 잘 알지 않는가?

"그렇군, 자네가 있었군. 너무나 조용히 앉아 있으니 생각이 미치질 못하지 않았는가?"

철웅은 사람들의 시선에서 원치 않는 방향으로 이야기가 흐르는 것을 감지하고 있었다.

"저는 지켜야 할 가솔들이 있습니다."

"가솔들과 길을 달리하여 가면 되지 않겠는가? 가솔들에게 다른 호위를 붙여줄 수도 있네."

상현 진인의 말에 철웅도 잠시 할 말을 잃었다. 하나 그의 고집은 완

강했다.

"아무래도 저는 적임자가 아닌 것 같습니다."

상현 진인이 다소 실망한 듯한 눈빛을 보였지만, 철웅의 눈빛은 변함이 없었다. 그의 눈빛을 바라보던 혜원 대사가 가만히 고개를 저으며 말했다.

"아미타불. 억지로 강요하여 될 일은 아니지요. 그럼 일단 계획을 세워보도록 하지요."

철웅은 말없이 방을 빠져나왔다. 그런 그를 바라보는 상현 진인의 마음이 썩 좋지는 않았으나, 혜원 대사와 혜정 대사는 별로 아쉽지 않은 눈치였다. 하건만이 조금 조급한 표정이긴 하였지만, 그의 뒤를 따라나서거나 하지는 않았다.

"그럼 인원은 건이를 포함해서 관원 열 명, 믿을 수 있는 속가제자 다섯 명… 절반 정도로군요."

혜정 대사의 입에서 작은 한숨이 나왔다.

"일단 인원 문제는 내일 다시 이야기하도록 하지요. 인원이 조금 부족하더라도 더 이상 시일을 늦출 수는 없으니 나흘 안에 출발하는 것으로 하겠습니다."

조금 무리라는 생각도 들었지만, 이미 숭산에서 보낸 시간만 두 달이 넘었다. 연왕부에서 어떤 일이 일어날지 모르는 상황에서 더 이상 시간을 끄는 것도 위험한 일이었다. 사람들은 저마다 돌덩이 하나씩을 가슴에 얹고 방장실을 빠져나왔다. 마음 같아서는 자신도 함께하고 싶었지만, 자신 역시 너무 오랜 시간 숭산에 머무르고 있었다. 함께 있는 제자들도 그렇고, 자신이 함께하기엔 너무 먼 길이라 생각하는 상현 진인이었다.

　철웅과 혜원 대사가 다시 만난 것은 일각 정도가 지난 후, 죽림으로
드는 입구에서였다.
　"무슨 연유로 저를 보자고 하셨습니까?"
　철웅은 혜원 대사를 바라보며 말했다. 조금은 의혹이 담겨 있는 물
음이었다. 그리고 혜원 대사의 시선이 닿아 있는, 철웅의 손에 들린 묵
색 장검이 그 의혹의 진원지라는 것을 알 수 있었다.
　"잠시 걷도록 하지요."
　혜원 대사는 철웅을 죽림의 깊은 곳으로 인도했다. 바람조차 잦아든
죽림 위로 또 다른 모습의 월광이 비추고 있었다.
　"그 검을 잠시 청해도 되겠습니까?"
　철웅은 가만히 자신의 검을 내려다보았다. 그리고 아무런 거리낌 없
이 검을 반쯤 빼어 혜원 대사에게 내밀었다. 그 검을 받아 든 혜원 대
사가 아련한 무언가가 느껴지는 시선으로 검을 바라보았다.
　"이 검이… 어떻게 장 시주에게 전해졌는지 물어도 되겠소?"
　철웅은 무언가 사연이 있는 물음이라는 것을 알았지만, 선뜻 사부님
의 유품이라는 말을 꺼낼 수가 없었다. 자신은… 아직 사부님의 함자
조차 모르고 있는 불민한 제자였으니.
　"내가 이 검을 처음 본 것은 소림의 사미승으로 있을 때였습니다."
　철웅은 깜짝 놀라 혜원 대사를 바라보았다.
　"옛날… 아주 오래전에 내 사조님이신 요료 선사의 뒤를 따라 화산
을 찾은 적이 있었습니다. 그곳에서… 그분과 이 검을 보았었지요."

철웅의 심박이 조금씩 빨라지고 있었다.

"내 사조님과 그분은 오래전부터 사귀어온 분들이라 들었습니다. 사조님께서 자랑스럽게 송나라의 호패를 간직하고 계셨던 것을 보면 그분 역시 그 시대의 분이 아닌가 싶습니다. 살아 계셨다면… 이미 세수가 이백에 가까우셨을 테지만……."

철웅의 뇌리에 사부가 남긴 책의 한 구절이 떠올랐다.

'당금 천하에서 송(宋)의 백성인 나의 이름을 기억하는 이 중 백골이 되지 않은 이가 없을 것이다.'

"내 사조님을 따라 그분을 뵌 것이 벌써 칠십 년 전 이야기라오. 그럼에도 장 시주가 들고 있는 그 검의 모습이 이리도 선명히 떠오르는 것을 보면, 어린 내가 받았던 충격이 그만큼이나 컸다는 뜻이겠지요. 그분의 손에서 이 검이 춤출 때, 그 장엄한 화산도 작은 신음 소리조차 내지 못했었지요. 하나 그분의 무공이 뛰어나 그분을 기억하는 것은 아닙니다. 그분의 도량이, 그 측정할 수 없을 만큼 깊은 깨달음이 그분을 이토록이나 오래도록 기억케 하는 것이지요."

철웅은 아무 말도 하지 못하고 있었다.

"내가 내 사조님에게서 산악을 보았다면, 그분에게서는 대해를 보았습니다. 어찌 불가의 가르침과 도가의 가르침이 다르다 말할 수 있으리오. 가고자 하는 길이 다르다 하여 배우는 것이 다르다 말할 수는 없는 것. 그분의 가르침, 그 후인에게서라도 그분의 가르침을 받았다면 능히 그분의 넓고 깊은 뜻을 한 줌이라도 배웠을 것이라 믿습니다. 그분의 가르침을… 기억하고 있습니까?"

"모든 것은… 순리대로……."

철웅의 잠긴 소리가 죽림의 구석구석으로 파고들고 있었고, 혜원 대사의 입가에는 미소가 번지고 있었다.

"그분의 후인이 맞군요. 아미타불… 천하도량에 큰 복입니다."

불제자인 혜원 대사가 도교의 큰 복을 감축하고 있었다. 깊은 수양이었고, 넓은 아량이었다. 철웅은 깊은 생각에 빠져 있었다. 그리고 머뭇거리며 떨어지지 않던 입을 억지로 떼었다.

"저… 혹시 그… 분의 함자가 어찌 되는지……."

낯선 곳에서 길을 물어보는 아이처럼 철웅의 입은 어렵게, 어렵게 떨어지고 있었다. 그 모습을 보던 혜원 대사의 입가에 자애로운 미소가 번지고 있었다.

"그분의 함자는 알지 못하나 내 사조님이 그분을 구도인(邱道人)이라 하셨소."

"구… 도인."

철웅은 그 이름을 한없이 되뇌이고 있었다. 머리에 각인시켜 다시는 잊지 않으리라 다짐하는 듯. 그런 철웅의 귀에 혜원 대사의 목소리가 들렸다.

"지금 장 시주가 가려는 길이 어떤 길인지는 알지 못하지만 그 길이 그분의 가르침과 같은 길이라면… 무엇이 순리인지 다시 한 번 생각해 주시길 바랍니다."

혜원 대사는 철웅에게 검을 건네곤 몸을 돌려 죽림을 빠져나가고 있었다. 철웅은 두 손으로 받아 든 검을 내려다보며 아무 말 없이 서 있었다.

잠잠했던 죽림에 다시금 바람이 불어오기 시작했다. 죽림이 들려주는 기이한 음률이 철웅의 귓가를 파고들고 있었으나 철웅의 시선만큼이나 그의 두 귀 역시 외부의 어떠한 참견도 허락하지 않고 있었다. 지금은 오직 그와 그의 사부, 두 사람만의 시간이었다.

두 사람의 대화는 달이 지고 동이 터올 무렵까지 이어지고 있었다. 그리고 그들의 대화를 엿듣던 죽림이 일출과 함께 사라진 철웅의 신형을 향해 잘 가라 손짓하고 있었다. 그가 떠날 것임을 다 알고 있다는 듯.

*　　　　*　　　　*

끼이익

봄이 왔어도 틀어진 틈새가 제법 넓었던 대문은 고치질 않았나 보다. 대문 안으로 이어진 뜰의 무성한 잡초도, 대들보 여기저기 벗겨진 칠도 그대로였다. 장원은 여전히 삭막하고 음산한 겨울 느낌 그대로였다.

장원 안으로 성큼 걸어가던 두주개의 발길이 멈추어 섰다. 숨겨둔 술 단지를 기가 막히게 찾아내곤 하던 그의 코가 조금 벌름거렸다. 그리고 그의 멈추어진 발걸음이 장원 안을 맴도는 그 냄새 때문이었다는 것을, 함께 걸음을 옮기던 똥푸대도 느낄 수 있었다.

'향… 지전 태우는 냄새네…….'

잠시 걸음을 멈추었던 두주개가 장원 뒤의 별채로 향했다. 똥푸대 역시 그의 뒤를 따랐다. 이 장원에서 그나마 사람의 온기를 느낄 수 있는 곳은 장원 뒤의 별채이니, 향과 지전을 태우는 냄새를 따라 가더라도 결국 그곳에 당도하게 되리라 생각하고 있었다.

'쩝… 그 사람에게서 온기를 느낄 수 있었나?'

똥푸대는 자신의 생각을 수정하며 걸음을 옮기고 있었다. 장원 뒤 별채, 이 장원에서 그나마 살아 있는 것이 있는 곳으로…….

별채 안의 내실은 똥푸대도 일전에 와본 적이 있는 곳이었다. 그게 벌써 한 달 전의 이야기였다. 내실의 문이 열렸음에도 안에서는 아무런 움직임도 느껴지지 않았다. 하지만 작은 향로에서 타오르는 향과 그 앞에 서 있는 사내의 모습은 볼 수 있었다. 목석처럼 서 있던 그 사내는,

"왔나?"

한참을 그렇게 서 있던 사내가 몸을 돌리며 입을 열었다. 두주개는 가만히 고개를 끄덕여 보이곤 한 걸음 다가섰다. 그리고 말없이 한쪽에 놓여 있는 향에 불을 붙여 향로에 꽂았다. 침묵이 흐르고 다시 두주개가 돌아서자 정지했던 시간이 다시 흐르기 시작했다.

"크크. 오늘이 그날 맞구나."

"그래…….."

두주개의 엄숙했던 분위기는 언제 그랬냐는 듯이 사라지고, 본래의 털털하고 수다스러운 그로 돌아와 있었다.

"이제 어디로 갈 참이냐?"

"글쎄…….."

냉한상의 얇은 입술 사이로 건조한 음성이 흘러나왔다.

"당장 할 일이 없다면 나 좀 도와다오."

“음?”

냉한상이 무슨 뜻이냐고 물었다. 두주개는 웃으며 다탁으로 가 의자에 앉았다.

“한 달만 나 좀 도와주라.”

“…….”

냉한상은 두주개의 얼굴을 바라보았다.

“꼬리를 찾았다. 한데… 밟기가 쉽지 않아. 네가 좀 도와줬으면 좋겠다.”

“…….”

냉한상은 아무 말이 없었다. 하지만 두주개에게서 시선을 떼지 않았다. 더 많은 설명이 필요하다는 뜻이란 걸 모를 두주개가 아니었다.

“소림에서 분란이 있었다.”

“봉문 소식은 들었다. 화재가 나서 그랬다던가?”

“불은 불인데… 천지가 개벽할 만한 불이었지……. 소림에 날벼락이 떨어졌어.”

“…화탄?”

냉한상의 눈에 처음으로 감정이라고 할 만한 것이 떠올랐다.

“벽력탄 같다. 진천뢰일 수도 있지만… 사람들 말에 따르면 화탄인 것만은 분명해.”

두주개는 소림의 봉문을 이상히 여기고 있었다. 다른 문파의 봉문이라면 어찌 수긍해 볼 수도 있겠지만, 소림이라는 이름은 두주개의 신경을 건드리기에 충분했다. 그리고 소림의 변괴에 대한 대략의 정황을 알아보기 위해 수백 명의 사람을 만나보아야 했다. 낙양 지부의 불개에게 통사정을 해서 걸개만 스무 명을 지원받았다. 은자도 제법 많이 들어갔다. 하지만 아깝지 않은 돈이었고, 수고였다. 한 달간의 수소문으로 들어온 수십 장의 보고서. 그런 조각들을 맞추는 것이야말로 두주개의 장기였으니, 소림에서 일어난 변괴의 정황을 제법 정확하게 파악할 수 있었다.

"주왕부에서 벌인 짓이야. 어쩌면 그들을 사칭한 무리일 수도 있지만, 무언가 이어져 있는 것은 확실해. 내가 은성전장을 조사하고 있다는 것은 알지? 한데… 그 은성전장의 장주가 주왕부의 사람이더라고. 주왕부에서 사용하는 전표의 대부분이 은성전장의 것이라는 것도 알아냈다. 뭐, 왕부에서 전장 한두 개쯤 운영하고 있다는 거야 별로 특이한 일도 아니지만……."

"우연이 심하긴 하군."

냉한상이 살짝 고개를 숙여 두주개의 말에 동의했다.

"재미있는 건… 소림에 올랐던 주왕부의 사람들이 내려오질 않았어. 단, 한 사람도. 그런데도 주왕부에서는 아무런 움직임이 없어. 크크, 왕의 친서를 전달한 관리들이 한두 명도 아니고 삼십여 명이나 소식이 끊겼는데도, 왕부에서 아무런 조치를 취하지 않는다니 말이야. 이건 수상한 정도가 아니라 코를 막아야 할 정도로 냄새가 심한 일이야. 안 그래?"

"……."

"결국 소림이 한 방 먹었다는 뜻이지. 주왕부의 사람인지 아닌지는 모르지만, 어쨌든 삼십여 명에 달하는 자들이 소림에 난입해서 한바탕 드잡이질을 한 것 같아."

“…….”

냉한상은 말이 없었다. 하지만 그것이 자신의 이야기에서 어떤 맹점도 발견하지 못했기에 침묵하는 것임을 알 수 있었다.

“또 하나. 소림에서 사람을 모으고 있어.”

“……?”

“조용히 움직이곤 있지만, 속가제자들을 수소문하고 있는 모양이야. 나도 하마터면 모르고 지나칠 뻔했는데, 낙양 저자에서 우연히 육당(陸幢)을 봤어.”

“섬전도(閃電刀) 육당?”

“응, 그 육당. 그자가 소림의 속가제자고, 또 소림의 전령 일을 한다는 건 알 만한 사람은 다 아는 이야기 아닌가. 워낙 두문불출하는 자이기에 사람들은 잘 모르지만. 한데 그자가 요새 조용히 소림의 속가들을 찾아다니고 있더라고. 그래서 뒤를 좀 밟아봤지. 제법 한 수 하는 자라 꽤나 조심해야 했지만… 그래도 건진 게 좀 있어. 그가 찾아다니던 자들 중 몇몇이 주변을 정리하고 있어. 마치 먼 길 떠날 사람들처럼.”

“먼 길이라…….”

냉한상의 손이 그의 턱을 쓰다듬고 있었다. 확실히 이상한 일이었다.

“그리고 또 하나. 어쩌면 가장 중요한 일일지도 모르지만… 화산파 사람들이 아직 소림에 있어.”

“화산파라면…….”

“화산팔선 중 상현 진인과 그 제자들. 그래, 화산파야말로 내가 낙양까지 오게 된 이유지. 소림의 봉문, 화산파, 주왕부, 소림의 움직임. 따로 놓고 보면 서로 아무런 연관이 없어 보이는데, 이게 한곳에 놓고 보니 그게 아니더라고. 무언가 그것들을 연결하는 고리가 있지만 그걸 모르겠어. 그걸 찾게 자네가 좀 도와줘."

"……."

냉한상은 두주개의 말을 다시 정리하고 있었다. 분명 일련의 사건들이 가지는 연관성을 찾기는 힘들다. 한데 그의 말처럼 그것을 잇는 무언가가 있는 것 같았다. 하나로 엮을 수 있는 무언가. 하지만 선뜻 결정을 내리지 못하는 이유는 명분 때문이었다.

"호기심만으로 달려들기엔 위험하지 않을까? 소림과 화산, 주왕부 어느 하나 쉬운 곳이 없어. 더군다나 그들은 분명 자네가 그들의 일에 관여하려 하는 걸… 그리 좋게 받아들이지만은 않을 테고. 그리고 가장 중요한 명분이 없어."

냉한상의 말에 두주개는 잠시 인상을 찌푸렸다. 친우의 말에 빈정이 상한 것은 아니었다. 친우가 말한 명분이라는 것을 어찌 꺼내야 할지를 고민하고 있는 듯했다. 그들이 아니라 자신의 친우에게…….

"음… 단순히 호기심만은 아니야."

"……?"

"냄새가 나. 그들의 냄새가……."

"그들이라니?"

"…마교."

냉한상도 더 이상 덤덤할 순 없었다. 자신의 친구가 어떻게 그런 생각을 하게 되었는지가 궁금할 정도로 해괴한 대답이었다. 마교라니…….

"근거는?"

"없어."

"뭐?"

"근거나 증거 따윈 없어. 그냥 냄새가 나. 화산파와 소림사, 두 곳이 습격을 받았어. 그냥 당금 무림에서 그들에게 칼을 들이밀 수 있는 자들이 누굴까 생각해 봤어. 없지, 당연히 없지. 차라리 섶을 지고 불로 뛰어들지, 어떤 정신 나간 작자나 문파가 그들에게 검을 들이밀겠나? 한데 예전에는… 있었어. 그런 정신 나간 자들이."

"…마교."

냉한상은 낮게 읊조렸다. 그들이라면 충분히 그러하고도 남을 작자들이었다. 하지만 그들은 모두 죽었다, 십 년 전에.

"나도 지나친 억측이라는 건 알아. 물론 그들이 아닐 수도 있어. 하지만 그들이 아니더라도 분명 알 수 없는 어떤 움직임이 일어나고 있어. 음모. 그래, 분명 강호에 어떤 음모가 진행되고 있어. 그건 확실해. 그걸 알아야겠어. 그들이 누구인지, 내가 생각하는 그들이 맞는지…….."

"……."

"내 생각이 틀렸다는 거라도 확인해야겠어."

냉한상은 두주개를 보고 있었다. 단순한 호기심은 아니었다. 그는 분명 긴장하고 있었다. 마치 자신에게 그 음모가 펼쳐지고 있다 느끼는 듯 흥분하고 있었다. 그리고 그 흥분은 묘한 전염성을 지니고 있었다.

"알겠다."

"······?"

"도와주마. 네 생각이··· 틀렸다는 것을 확인할 때까지."

두주개의 입이 살짝 말려 올라갔다. 냉한상의 입 꼬리도 보일 듯 말 듯 움직이고 있었다.

"고맙다."

"은자나 두둑이 챙겨둬라. 먼 길이 될 듯하니······."

"그래··· 먼 길."

두주개의 시선이 반쯤 타버린 향으로 향해 있었다.

'너도··· 무언가 해야겠지. 그리고 그 일이 험하면 험할수록 좋다는 것을 느끼고 있기에 내 부탁을 들어준 것이란 걸 안다. 이곳을 떠나 그녀를 떠나보내는 일은··· 맨정신으론 힘들 테니까 말이야······.'

두주개의 시선이 다시 냉한상에게 향했다. 냉한상은 짐을 꾸리고 있었다. 결심을 했으니 서둘러 실행해야 한다는 듯. 마치 누군가에게서 달아나려는 듯 서두르는 것처럼 보였다. 하지만 그런 그의 손끝은 그의 행동과는 달리 너무나 더디게 움직이고 있었다. 떠나고 싶지 않다는 듯, 가고 싶지 않은 곳을 향해 어쩔 수 없이 떠나야 한다는 듯······.

亡婦 碧玉智 靈駕(망부 벽옥지 영가).

내실을 나가던 냉한상이 걸음을 멈추며 위패를 바라보았다. 그의 눈에 작은 일렁임이 보이는 듯하였으나 그도 잠시, 떨어지지 않는 걸음을 억지로 떼어놓듯 그렇게 그의 모습은 사라지고 있었다.

'다시 돌아오리다…….'

사별한 아내와의 약조를 지키기 위해 칠 년을 숨어 지낸 사내. 그 걸음을 바라보는 여인의 위패는 안타까이 흔들리고 있었다. 다시금 강호로 나간 낭군을 걱정하듯… 다시금 쥐어진 낭군의 검을 안타까워하듯…….

그는 천하제일쾌검이라 불리던 사내였다.

第四十一章
북평행(北平行)

"내일이군요……."

혜원 대사와 마주 앉아 있던 상현 진인이 손에 쥔 찻잔을 내려놓으며 말했다. 혜원 대사가 조용히 미소 지으며 상현 진인의 잔에 찻물을 부어주곤 말했다.

"차비가 잘 되었는지 모르겠습니다. 제법 먼 길이고… 사람들의 수도 적지 않은데……."

"하 동지의 수완이 아주 좋아 보였습니다."

"건이는 머리가 좋은 아이지요. 심지도 굳고……."

상현 진인이 고개를 끄덕였다. 심지뿐 아니라 일신의 무공도 비범해 보였다. 들리는 말에 소림 무승의 수좌인 혜정 대사의 수제자라 하였으니 그 성취가 어찌 얕을 수 있을까. 관부에 투신하여 동지의 지위에까지 오른 것을 보면 그 학식 또한 무공에 못지않으니, 실로 문무 겸비의 인재인 것만은 분명했다. 하지만 두 사람이 마냥 편안한 기색만 보이는 것은 아니었다. 가야 할 길은 멀었고, 지켜야 할 사람도 있었다.

'마음 같아서는 내가 직접 일행을 이끌고 싶지만……'

상현 진인의 마음이 표정만큼이나 어두워지고 있었다. 문제의 중차대함을 생각하자면 너무나 빈약한 호위였다. 하건이 이끄는 낙양부 위사 열 명과 소림의 속가제자이며 하남에서 명망이 높은 섬전도 육당, 백의수사 전립, 철권 이승수가 일행에 합류했다. 그리고 대호표국의 표국주인 하남일검 고산덕이 휘하의 일급 표사 열 명과 함께 소림을 돕기로 하였다. 고산덕 자신이 소림의 속가이기도 하였거니와 표물을 운반하는 표국의 행사로 위장하여 북평으로 가자는 하건의 계책이 제법 구미를 당겼기 때문이다. 고산덕 자신도 사문의 일에 발 벗고 나섰으며, 소림에서 내놓은 적지 않은 은자가 그 모든 것을 단시일 내에 가능하게 하였다. 그리고……

'철웅 그 친구가 일행에 합류하게 되어 참으로 다행한 일이다.'

상현 진인은 어느새 맛이 들려 버린 작설의 향을 음미하고 있었다.

'혹 내가 그를 너무 신뢰하고 있는 것은 아닐까? 기실 그의 무공은 화산의 일대제자 정도의 수준. 많이 보아줘야 강호의 일류무사이고, 함께 동행하는 하건과 비교하여도 손색이 있는 무공이다. 하지만 이십여 명의 다른 자들보다도 그 한 사람에게 더 믿음이 가니……. 나도 모르게 팔이 안으로 굽어버린 모양이구나.'

상현 진인은 가만히 고개를 털며 쓴웃음을 지었다. 그 모습을 보던 혜원 대사가 가만히 입을 열었다.

"걱정되십니까?"

"걱정이 되지 않았으면 좋겠지만… 마음이라는 것이 그렇지 않군
요."

"너무 심려하지 마십시오. 적지 않은 인원이 이번 일에 함께하고 있
습니다. 게다가 고맙게도 장 시주 역시 이번 일을 도와주겠다 하였
고……."

"철웅 그 친구에게 너무 큰 기대를 하는 것이 아닌가 싶습니다. 아
직 강호 경험도 일천하고, 일신의 무공 역시……."

상현 진인의 힘없는 목소리에 혜원 대사가 웃으며 말했다.

"아미타불. 저 역시 장 시주에게 큰 기대를 걸고 있는데, 그리 말씀
하시면 어찌하십니까."

"예?"

혜원 대사의 시선이 창밖으로 향했다. 그 시선이 향한 곳에는 낙양
이 자리하고 있었다.

"그는 강인한 사람입니다. 저 역시 귀가 있어 파검이라는 명호를 듣
지 않을 수 없었지요."

"허허… 그것은……."

상현 진인이 혜원 대사의 오해를 풀기 위해 입을 열려 하였다. 하지
만 혜원 대사는 아무것도 오해하지 않고 있었다.

"처음 장 시주를 보았을 때, 어찌 파검이란 광오한 외호를 얻을 수
있었을까 내심 궁금했습니다. 제가 아는 석 시주는 허언을 내뱉을 사
람이 아닌데 하고요. 한데… 이제는 알 수 있습니다. 석 시주는 사람을

보는 눈을 가지고 있었습니다. 그는… 장 시주를 정확히 꿰뚫어 본 것입니다.”

“……?!”

상현 진인은 혜원 대사의 말에 놀랐다. 소림의 방장이 사람을 잘못 보았다고 말할 수는 없는 일. 그의 말은 진심인 것 같았다.

“장 시주는 강한 사람입니다. 보이는 것보다 보이지 않는 부분이 더욱 강한 사람입니다. 그리고… 강할 수밖에 없고요. 허허허.”

상현 진인은 혜원 대사의 마지막 말을 이해하지 못하였다. 그가 어찌 알겠는가. 자신이 걱정하는 그가 누구와 인연이 닿아 있었는지.

혜원 대사의 시선이 낙양을 바라보고 있었다.

‘그는 아직 강해지지 않았습니다. 아직도 강해지고 있는 중이지요. 사실 빈승도 그 끝이 무척이나 궁금합니다. 그의 검이 진실로 천하에 호령할 그때가…….’


해가 지고 있는 낙양은 아무 말이 없었다. 마치 자신도 그때를 무척이나 기다리고 있다는 듯 말없이 고승의 시선을 마주할 뿐이었다.


*　　　*　　　*


혜원 대사와 상현 진인이 담소를 나누는 그 시각, 하건은 낙양성 내에 있던 대호표국(大虎鏢局)에 있었다. 대호표국의 국주인 고산덕(高山德)이 하건을 바라보며 말했다.

“이보게, 건이. 출발하기 전에 사람들을 한 번 모아야 하지 않겠는가?"

"음… 그것도 좋겠지요. 한 달 정도는 걸릴 긴 여정인데, 얼굴을 미리 익혀놓아 나쁠 것은 없겠군요."

하건이 웃으며 고산덕의 말에 동의했다.

하건과 함께 있던 고산덕이란 인물은 소림의 속가제자로, 지천명을 넘긴 호한이었다. 오십이라는 나이와 어울리지 않게 잔주름 하나 없이 구리빛으로 물든 얼굴. 굳게 다문 입술에는 약간의 고집도 엿보이고 있었으나, 오히려 부리부리한 호목, 굵은 턱 선과 함께 그의 인상을 한결 강인해 보이게 해주었다. 하남일검(河南一劍)이라는 외호처럼 그는 검으로 일가를 이룬 자였다. 물론 그의 독문무공인 '맹호삼십육검(猛虎三十六劍)' 역시 하남무림의 일절로 손꼽히는 무공이었다. 고산덕이 자신의 사제인 하건을 바라보며 입을 열었다.

"일행에게 저녁 식사나 함께하자 일러두시게. 무슨 일이든 뱃속이 든든해야 술술 잘 풀리는 법이니. 허허."

"하하, 알겠습니다. 그리 전하지요."


그날 저녁. 표국의 대청으로 사람들이 모여들었다. 표국이라고는 하지만 다른 표국들과는 달리 평범한 장원과 같은 구조로 되어 있기에, 마치 타지에 살다 오랜만에 만난 식구들끼리의 오붓한 저녁 상 같은 분위기였다. 이미 서른 명에 가까운 인물들이 모여든 자리였기에 북적이는 소음으로 대청 안이 제법 소란스러워지고 있었다.

"허허, 잠깐 이 고모의 이야기 좀 들어주시겠소?"

고산덕의 목소리에 좌중의 소란이 잠잠해졌다. 그런 사람들을 한 번

둘러본 고산덕이 만면에 웃음을 지으며 말을 이어나갔다.

"기실 지금까지 북평으로 가는 준비가 바빠 먼 길을 함께할 일행임에도 불구하고, 통성명도 제대로 하지 못하였소. 내일이면 북평으로 길을 떠나게 되니, 지금이 아니면 기회가 없을 것 같아 그러오. 서로 이름 석 자는 알고 길을 떠나는 것이 어떻겠소?"

"좋습니다!"

"국주님, 먼저 시작하시지요!"

고산덕의 우측에 있던 몇몇 표사들이 웃으며 그의 말에 동조했다. 평소에도 격의없이 지내는 듯, 표사들의 얼굴에서 국주를 대하는 어려움은 찾아볼 수 없었다.

"허허, 그럼… 나는 이곳 대호표국의 국주인 고산덕이라 하오. 동도들이 하남일검이라는 과분한 외호로 불러주는 사람이지요. 그리고……."

고산덕은 자신의 우측에서부터 차례대로 대호표국의 인물들을 소개하기 시작했다. 상두와 역산이라는 이름의 표두 둘과 어디서 한 번쯤은 들어본 듯한 흔한 이름의 표사가 여덟이었다. 상두(商頭)와 역산(易山)이란 두 표두는 대호표국 안에서도 무공이 손꼽히는 자들이었다. 굳이 호적수를 찾자면 강추와 비교될 정도였다. 다른 여덟 명의 표사 역시 강호에서 잔뼈가 굵은 자들로, 나이는 서른 초반에서 마흔 중반까지 가지각색이었지만 일신의 재간을 쉽게만 보진 못할 듯했다.

"나는 육당이라 하오. 섬전도라 하는 사람이 바로 나요."

사람들의 고개가 절로 끄덕여졌다. 하남에서 섬전도 육당의 이름은 능히 일류의 반열에 놓을 수 있었다. 얇은 눈매와는 어울리지 않는 제법 통통한 살집이 섬전도라는 외호를 의심케 했지만, 그의 손에서 뿜어져 나오는 '일섬팔식(一閃八式)'은 과연 섬전이라 불리기에 손색이 없다 공인받고 있었다.

"전립(典立)입니다."

삼십대로 보이는 백의의 젊은 문사가 일어나 자신을 소개했다. 좌중의 몇몇은 고개를 끄덕여, 이 자리에 백의문사가 자리함이 어색하지 않음을 인정했다. 세 가닥으로 기른 수염, 도드라져 보일 정도로 하얀 피부와 하얀 문사건이 잘 어울리는 모습. 전립은 고산덕과 같은 항렬의 속가제자로, 낙양에서는 학 선생이라 불릴 만큼 그 인품이 높다 이름난 자였다. 관직에 뜻이 없어 홀로 유유자적하며 학문을 논하고는 있었지만, 그의 학식이 깊음은 하남 유림에서도 인정한 지 오래였다. 오십을 바라보는 나이임에도 아직 사십대로밖에는 보이지 않는 모습에, 그의 무학 성취가 학문의 성취보다 못하지 않음을 짐작할 수 있었다. 그의 외호는 백의수사(白衣秀士)였다.

"허허, 내 차례인가? 철권(鐵拳) 이승수(李勝手)라 하오. 잘 지내봅시다. 허허."

더벅머리의 장한이 일어나 자신을 소개했다. 조금은 실없어 보이는 모습의 장한. 얼굴에 난 수염이 삼십대인지, 사십대인지 구분하지 못할 정도로 수북이 자라나 있었다. 하나 이 조금은 모자라 보이는 장한의 주먹이야말로 백보신권의 진수라는 것을 모르는 이가 없었다. 그의 사부가 바로 소림의 계율원주 혜정 대사였으며, 그가 바로 하건의 대사형이었다.

하건이 일어나 자신을 소개하였고, 자신들과 함께 온 위사들이 함께 자리하지 못한 이유를 설명했다. 그들은 표국의 심처에서 그를 지키고 있었다.

사람들의 시선이 건너편의 인물들에게 향했다. 그리고 시선을 받은 이들 중 상석이 아닌 차석에 앉아 있는 인물이 자리에서 일어났다.

"장철웅이라고 합니다."

사람들이 고개를 갸웃거렸다. 몇몇은 누구인지 모르겠다는 표정이었지만, 몇몇은 무언가를 떠올리려는 듯한 모습이었다.

"잠깐… 장철웅이라면……. 혹시 섬서의?"

"당신이… 파검? 검절과 동수를 이루었다던?"

사람들의 얼굴이 경악으로 물들고 있었다. 표국의 인물들은 정말 깜짝 놀란 듯한 얼굴로 변해갔고, 육당과 이승수의 표정은 믿지 못하겠다는 듯해 보였다. 백의수사 진립만이 쉽게 알아보기 힘든 눈빛으로 철웅을 바라보고 있었을 뿐, 하건마저도 전혀 몰랐다는 표정으로 철웅을 바라보았다.

"이거… 고인이 계신 줄 모르고 무례를 범한 것 같습니다."

"고인이라니… 당치 않으십니다."

고산덕의 겸양에 철웅이 고개를 숙였다. 아직도 사람들은 경악과 당혹 속에서 벗어나지 못하고 있었다. 하지만 어느 정도 흥분이 가시자 몇몇 이들의 얼굴에 비슷한 감정이 떠오르기 시작했다.

"이 육모가 장 대협께 한 수 가르침을 바랍니다!"

육당이 자리를 박차고 뛰어오르더니 대청의 중앙에 내려섰다. 육당과 이승수, 그리고 몇몇 사람들의 눈에 어렸던 비슷한 감정들… 그것은 호승심이었다.

강호인, 아니, 한 번이라도 칼을 들어본 사람이라면 누구나 느끼는 감정이었다. 무인의 호승심은 거의 모든 강호인들이 가지고 있는 못된 버릇 중 하나였다. 밥을 먹다가도, 술을 먹다가도, 아무 생각 없이 길을 걷다가도 마음에 맞는 상대만 나타나면 때와 장소를 가리지 않고 튀어나오는 못된 습관. 장 의원과 같은 일반인들을 당혹스럽게 하는 것이었지만, 죽을 때까지 버리지 못할 무서운 습관이 바로 호승심이었다.

"육 사형!"

하건이 놀라 소리치며 육당을 제지하고 나섰다. 지금은 비무를 할 때가 아니다. 당장 내일이면 먼 길, 어떤 위험이 도사리고 있을지 모르는 길을 떠나야 하는 마당에, 일행끼리의 칼부림은 피하는 것이 좋았다. 비무든 대련이든 간에.

"그냥… 한 번 부딪쳐 보고 싶은 것뿐이니 너무 걱정하지 말게."

하건에게 타이르듯 말하는 육당의 입과는 달리, 그의 시선은 철웅에게서 떨어지지 않고 있었다. 어서 검을 뽑으라 재촉하듯.

"육 사형! 일섬팔식이 한 번 부딪치는 것으로 끝나는 도법이었습니까?!"

하건의 외침에 육당의 눈이 조금 흔들렸다. 그의 일섬팔식은 한 번 시전되면 여덟 번의 변화가 일식에 펼쳐지는 연환쾌도였다. 중간에 거두어들인다는 것은 생각지도 못할 만큼 빠른 공격이라는 것을 아는 하건의 외침이었기에 육당의 입이 조금 비틀렸다.

"육 사제, 하 사제의 말이 맞네. 지금은 도를 뿌릴 때가 아닌 듯싶구먼."

　조용히 입을 연 사람은 다름 아닌 진립이었다. 육당의 시선이 처음으로 철웅에게서 떨어지며 진립에게 향했다.

　"나도 파검의 소문은 들었네. 검절 그 어른이 장 대협에게 칼을 겨누는 것은 자신에게 칼을 겨누는 것과 같다고 하셨다지? 기분 나쁘게 듣지 말게. 사제의 일섬팔식이 강호의 일절이라는 것은 인정하지만, 검절과 검을 섞을 정도라는 데에는 아무래도 손을 들어주기 어렵네. 게다가 지금은 기분 좋은 술이 필요할 때라네. 나는 고 사형이 차려준 이 진수성찬이 자네의 도기에 휘말려 돼지들 배를 채우는데 쓰이는 모습은 보고 싶지 않구먼."

　진립의 점잖은 말에 몇몇 표사들이 킥킥거리며 웃었다. 육당은 사형의 제지에 가만히 입맛을 다시면서도 쉽게 물러서지 못하고 있었다. 그만큼 파검이라는 이름이 가지는 매력은 쉽게 뿌리칠 수 없는 것이었다.

　"그렇게 하게. 자네의 일섬팔식은 비무에는 어울리지 않는 도법이라는 걸 인정해야지."

　어느새 자리에서 일어난 고산덕마저 타이르니 육당은 자신이 물러설 수밖에 없음을 깨달았다. 하지만 뒤이어 들린 고산덕의 말에 놀라 눈을 부릅뜰 수밖에 없었다.

　"자네의 일섬팔식은 어렵지만… 저의 맹호삼십육검이라면 장 대협께 한 수 가르침을 받을 수 있을 것 같습니다만……."

　육당에게 향하던 말이 기수를 돌려 철웅에게 향하고 있었다. 입으로 내뱉는다면 대청이 내려앉을지 모른다 생각했음인지, 철웅은 눈으로 한숨짓고 있었다.

"고 사형……."

진립이 조금 놀랐다는 듯 고산덕을 만류했지만 그의 시선은 철웅에게로 향해 있을 뿐이었다.

"자네가 이해하게. 검절 어르신께 혼이 나는 한이 있어도, 검을 잡은 내 손을 타이르기가 힘들구먼."

고산덕이 웃으며 말했다. 물론 진립은 자신의 사형과 함께 웃을 수 없었지만.

"만약 비무를 피하고자 한다면?"

철웅의 입이 무겁게 떨어졌다. 고산덕의 입 역시 그에 못지않게 무겁게 떨어지고 있었다.

"패배를 인정하시는 것이지요."

고산덕도 강호인이었고, 그 지긋지긋한 호승심이라는 습관을 지니고 있었다. 철웅이 고개를 내저었다.

"…가볍게 겨루어봅시다."

허락하지 않을 수 없었다. 그도 자신이 강호인이 되었음을 인정할 수밖에 없었다.


이미 대청에 차려졌던 음식은 먹기 부담스러울 정도로 식어버렸다. 하지만 모여 있던 사람들 누구도 식욕을 느끼지 못하고 있었다. 마치 삼 장의 거리를 격하고 마주 선 두 사람의 모습을 보는 것만으로도 배가 부르다는 듯.

"먼저 출수하겠습니다."

“…….”

철웅은 고산덕의 말에 검을 비껴 드는 것으로 대답했다. 고산덕 역시 자신의 애검인 호안검을 들어 맹호삼십육검의 기수식을 취했다. 맹호삼십육검의 기수식은 여타의 검법과는 조금 다른 모습이었다. 검을 비스듬히 내리는 모습은 같았지만, 검을 든 팔이 조금 뒤로 밀리고, 내려진 검의 검극이 앞으로 향한 모습. 마치 먹이를 노리는 대호가 발톱을 감추고 있는 것 같았다.

“차앗!”

고산덕이 철웅을 향해 달리기 시작했다. 빠름보다는 육중함을 느낄 수 있을 만큼 보폭이 크고 대담한 보법이었다.

“하아압!”

휘이잉!

고산덕의 검이 사선으로 올려쳐졌다. 베는 것이 아니라 마치 검으로 꿰뚫겠다는 듯한 모습. 검날이 아닌 검극이 먼저 철웅을 노리고 있었다. 말 그대로 맹호의 발톱이 훑고 지나가는 듯한 움직임이었다. 몸을 비스듬히 하여 검을 흘린 철웅을 노린, 고산덕의 검이 내려쳐지고 있었다.

쐐애액!

올려치는 검이 힘을 위주로 한 공격이었다면, 내려치는 공격은 빠름을 위주로 한 공격이었다. 내려치는 파공성에 귀가 얼얼할 만큼 그의 검은 매섭게 철웅을 노리고 있었다. 철웅은 감히 방심하지 못하고 검을 들어 고산덕의 검을 막았다.

챙!

내려치는 속도가 빠른 만큼, 튕겨 나가는 반동도 컸다. 하나 고산덕 역시 소림의 속가제자였고, 강호에서 이름난 고수였다. 잠시의 틈도 허락하지 않고 몸을 비틀어 철웅의 복부를 찔러왔다.

"타앗!"

찌르는 동작 또한 다른 검법과는 조금 다른 모습이었다. 나선을 그리듯 마치 복부를 후벼 파겠다는 듯한 검로였기에, 습관처럼 검을 들어 막았다면 위험할 수 있는 공세였다. 하나 철웅의 검 역시 형식에 구애받지 않는 실전으로 다듬어진 검이었다.

탕!

고산덕의 검을 사선으로 비껴 쳐 올리며 그와의 거리를 벌렸다. 하나 고산덕의 검은 집요했다. 마치 한 번 노린 먹이는 놓치지 않겠다는 듯한 표정이었다.

챙! 챙! 챙!

고산덕의 검이 빠르게 움직일수록 철웅의 반격도 거세어져 갔다. 이미 고산덕의 검에는 파르스름한 검기가 맺혀 있었지만, 철웅의 검은 무리없이 그의 검을 막아내고 있었다.

'사부님의 가르침대로 내력의 운용이 자유로워 다행이다. 내력을 운용하지 못했다면 진즉에 일검을 허용하고 말았을 터…….'

철웅은 싸우는 와중에도 우화등선한 사부 구도인에게 고마워하고 있었다. 지금 자신과 겨루고 있는 고산덕이란 자는 화산에서 겨루었던 매화검수 운엽보다 한 수 위의 고수가 분명했다. 검의 운용 면에서는 그보다 조금 더 후한 점수를 줄 수 있을 정도로 경험이 풍부한 자였다. 그럼에도 철웅은 밀리지 않고 있었다.

‘내력이라는 것, 과연 놀랍구나.’

 하지만 언제까지 놀라고만 있을 수는 없었다. 아직까지 막아내는 데에 무리가 없다는 것이지, 고산덕을 쉽게 제압할 수 있을 만큼은 아니었다. 사부가 남긴 단환이 그에게 놀라운 내력을 선물했지만, 사십 년 가까이 검에 일로매진한 고산덕 역시 철웅의 상대로 손색이 없었다. 놀람은 고산덕도 마찬가지였다.

 ‘과연… 생각보다 내력의 웅혼함은 느끼지 못하겠으나, 검의 운용 면에서는 나보다도 한 수 위다. 경험만큼은… 내가 한 수 양보해야 할 만큼 고수다.’

 두 사람이 벌이는 접전을 바라보는 사람들의 눈에도 놀람이 일고 있었다. 과연 명불허전. 한 사람은 소림의 속가제자요, 한 사람은 검절로부터 인정받은 사내. 누구 하나 빠지지 않는 조건의 무인들이었고, 그들이 보여주는 접전 역시 그 이름에 부족하지 않았다. 다만 그들이 보기에 철웅의 검에서 느껴지는 위세가 고산덕에 비해 많이 부족한 듯했다. 마치 아직 전력을 다하지 않고 있다 느껴질 정도로.

 ‘후… 이대로 가면 내가 진다.’

 철웅은 자신의 내력이 조금씩 끊어짐을 느끼고 있었다. 물 흐르듯 자신의 검으로 이어지던 내력이 조금씩 불규칙해짐을 느낄 수 있었다.

 ‘역시… 아직은 일천한 수련이었구나. 그렇다고 이대로 쓰러질 수는 없는 일.’

 철웅은 결정을 내려야 했다. 자신은 아직 이렇다 할 반격을 하지 않고 있었다. 물론 고산덕 역시 이렇다 할 공세를 성공시키지도 못하고 있었다. 그 균형이 깨어질 때 흐르던 내력이 끝을 보이는 순간이 되리라는 것을 철웅 자신도 잘 알고 있었다. 결정을 해야만 했다. 내력이 끝을 보일 때까지 방어만 하다가 쓰러지느냐… 아니면,

'출발부터 피를 보게 생겼군……'

철웅은 눈빛을 굳혔다. 피를 보고 싶지는 않으나 지고 싶지도 않았다. 최대한 자신을 제어한다면 살검은 피할 수 있으리라.

"타아앗!"

철웅의 검이 일변했다. 고산덕은 흠칫 놀라야만 했다. 철웅의 눈에서 흐르던 살기가 검을 주고받는 긴박함 속에서도 확연히 느껴졌기 때문이다.

'위험하다!'

고산덕은 당황했다. 역시 이자는 자신의 실력을 숨기고 있었던 것이다. 그리고 지금부터 그의 반격이라는 것을 확실히 느낄 수 있었다. 온몸으로……

챙! 챙! 채채챙!!

철웅의 검이 폭풍처럼 고산덕의 좌우로 밀려들었다. 당황한 대호가 급히 몸을 내빼며 공세를 막았지만, 철웅의 검은 집요하게 그의 뒤를 쫓았다. 한 번 시작하면 피를 보아야 끝날 철웅의 공세였다. 철웅의 검에 멈춤은 존재하지 않았다. 그것이 그의 검이었다. 그리고 순식간에 거리를 좁힌 철웅의 검이 결국 당황한 고산덕의 빈틈을 향해 짓쳐들고 있었다. 고산덕이 다급히 검을 들었지만, 철웅의 검을 막기에는 너무나도 느려 보였다. 한데 고산덕의 복부를 찢어발길 듯 파고들던 철웅의 검이 멈칫했다. 그리고는 검을 뒤로 빼며 다급히 물러난 후, 두 번이나 도약해 이 장 가까이나 거리를 벌렸다.

“허억… 허억……..”

고산덕과 검을 마주하면서도 거친 숨 한 번 내뱉지 않았던 그였지만, 정작 검을 거두고 뒤로 물러나며 거칠게 숨을 몰아쉬고 있었다. 그 모습에 놀란 것은 죽음을 감지하고 있던 고산덕이었다.

‘무서운… 살검(殺劍)……..’

고산덕은 방금 전 철웅이 펼친 검이야말로 진정한 살검이라는 것을 느낄 수 있었다. 오로지 죽음만으로 끝을 낼 수 있는 검의 춤사위.

“이것으로… 충분한 것 같소만……..”

숨을 몰아쉬던 철웅이 힘겹게 내뱉었다. 고산덕은 한동안 아무 말도 할 수 없었다. 그의 오십 평생 죽음이 목전에 다다랐던 상황은 많았지만, 지금처럼 뇌리에 각인될 만큼 충격적이었던 적은 없었다.

“패배를… 인정하오.”

결국 고산덕은 떨어지지 않는 입을 열어 자신의 패배를 인정했다. 철웅은 가만히 숨을 고르고는 힘겹게 걸음을 옮겨 대청 안으로 향했다. 지금 그의 머리 속에 떠오르는 생각이라곤, 그저 자리에 앉아 쉬고 싶다는 생각뿐이었다. 강추와 일삼, 장 의원 등이 철웅을 맞아 달려나왔다. 그리고 자신을 향해 무어라 말을 하고 있었지만, 그의 귀에는 아무 말도 들리지 않았다. 걸음을 옮기던 철웅이 가만히 쓴웃음을 지었다.

‘죽이는 것보다… 살리는 것이 훨씬 어려운 일이다……..’

그의 뒷모습을 바라보던 사람들은 아무 말도 하지 못했다. 대청에 있던 음식은 전립의 말처럼 돼지의 몫이 될 것 같았다. 고산덕과 철웅이 보여준 무위는 모든 이의 식욕을 완전히 앗아가 버렸으니……..

북평으로 떠나기 하루 전날 있었던 작은 사단이다.

*     *     *

"대인, 언상입니다."

"아, 들어오시게."

문이 열리며 그가 들어왔다. 햇살이 가득 차 있던 방 안으로 그가 들어서자, 그를 투과하지 못한 양광이 그의 몸을 스치며 긴 그림자를 대신 그려놓고 있었다.

"무슨 일인가?"

"보고서입니다."

언상은 가지고 온 책자를 마양수에게 넘겼다. 검은 칠이 되어 있는 두꺼운 겉면과 달리 책자의 안에는 새하얀 종이가 대 여섯 장밖에는 철되어 있지 않았다.

"음?"

보고서의 첫 장을 훑어보던 마양수가 이상하다는 듯 언상을 바라보았다.

"이런 지시는 내린 적이 없었던 것 같은데?"

"소신이 독단적으로 조사하였습니다."

"그래?"

마양수는 언상의 대답에 다시금 시선을 책자로 옮겼다. 보고서 첫 장에 기록된 내용은 그도 익히 알고 있는 사실이었다. 다만 조금 더 자세하고, 여러 가지 숫자들이 나열되어 있어 상황 파악이 용이하다는 점이외에는 이미 알고 있었던 것이다. 한데 두 장을 지나 석 장째 되는 부분을 읽던 마양수의 눈이 놀라며 조금 어두운 빛으로 물들어갔다.

"…사실인가?"

"보고된 내용의 진위 여부를 물어보시는 것이라면 오 할입니다."

마양수는 세 번째 장을 넘겨 마지막 네 번째 부분을 읽어 내려가다, 도저히 믿을 수 없다는 듯한 눈빛으로 언상을 바라보았다.

"…사실인가?"

"진위 여부는 오 할입니다. 그럴 수도 있고, 아닐 수도 있습니다."

"자네가 판단하기로는 어떤가?"

"…팔 할 이상입니다. 웃어넘길 문제가 아니었습니다."

마양수가 서책을 내려놓고는 두 손을 모아 깍지를 끼었다.

"자네의 판단이 그렇다면 분명 보고서에 적히지 않은 무엇인가를 느꼈다는 뜻이겠지?"

"관원으로서의 판단은 조사할 가치가 있는 일이라 생각되지만……."

"강호인 언상으로서의 판단은 반드시 조사해 봐야 할 일이라 이건가?"

"무엇보다 우선으로 할 정도로요……."

마양수의 눈이 가만히 내려앉았다. 눈앞의 사내는 강호인이다. 관부에 투신하고 있기는 하지만 그것은 선대의 인연과 자신과의 친분, 그리고 그의 가문과 자신의 가문에 이루어진 일종의 계약으로 인한 것. 언상 자신이 자신을 관부의 인물이라 생각지 않고 있다는 것은 이미 오래전부터 알고 있는 터였다. 다만 자신을 위해 관원으로서의 도리를 다해주고 있는 것일 뿐. 자신도 그런 언상의 의견을 존중하여 그의 직함을 십 년 가까이 정칠품 감찰어사로 못 박아두었다.

"힘든 일이 될 걸세."

"지금까지도 그리 쉬웠던 적은 없었습니다."

언상의 대답에 마양수는 가만히 웃어주었다. 어찌 그러지 아니하겠는가. 도찰원은 금의위와 더불어 황실의 이대 감찰 기관의 하나였다. 본시 금의위는 금위군의 한 위에 불과하였으나, 그 실권은 황명을 받드는 전가(傳家)의 보도(寶刀)로 그 악명이 높았고, 도찰원 역시 그러한 면에서는 금의위와 다를 바가 없었다. 두 부처 모두 형부(刑部)의 법령을 따르지 않았고, 황제 직속의 감찰 부서였기에 겉으로는 서로 대립하지 아니하였으나, 은연중 견제하는 부분도 적지 않았다.

두 부서 모두 고위 관리나 황족, 조정의 관료 대신들은 물론, 오군도독부 휘하의 장수들마저도 감찰의 대상으로 삼고 있었다. 그렇기에 그들과의 보이지 않는 암투 속에 숫한 관리들이 요절하는 경우가 다반사였다. 금의위와 도찰원 모두 막강한 권력자들의 뒤를 캐는 것을 업으로 삼다 보니, 그들이 얻게 된 악명만큼이나 많은 피를 악명의 대가로 내놓아야 했다.

"그래도 이번에는 황상의 친자일세. 뿐만 아니라 병부의 최고 영반도 연루되어 있어. 음… 내일 오전에 다시 들게. 나도 생각을 좀 정리하고 다시 이야기하세나."

"예."

언상은 지체없이 고개를 숙여 보이곤 마양수의 방을 나섰다. 그 모습을 바라보던 마양수의 입가에 미소가 걸렸다.

"아무 말 없이 나가는 걸 보니 이미 마음을 굳힌 게로군. 아마 내가 하지 말라 하면 관복을 벗고서라도 뛰어들 테지. 자네와 내가 어디 한 두 해 같이 일하였는가. 허허……."

마양수의 미소가 짙어지더니 기어이 웃음을 터뜨리고 말았다. 아무리 생각해도 언상을 휘하에 둔 것은 자신의 복이었다. 관부의 일을 업으로 생각지 않는 그였지만, 그 어떤 관부의 인물들보다도 관원다웠다.

"이 위험한 일에 자네를 그냥 보낼 수는 없지."

마양수는 손을 놀려 몇 장의 서찰을 작성하기 시작했다. 언상이 몇 차례 고사하였던 일이었으나 이번에는 자신이 고집을 좀 부려야 할 차례였다. 아침나절에 서찰을 작성한 마양수가 도찰원주의 방에 들렀다가 황궁으로 입궐한 것이 점심 무렵이었으니, 그가 얼마나 서둘렀는지 능히 짐작할 수 있었다. 그가 얼마나 언상을 아끼는지, 또 그가 언상이 들고 온 보고서의 내용을 얼마나 중히 여기는지도…….

*　　　　*　　　　*

철웅은 방으로 들던 걸음을 멈추며 달라진 방의 정경에 이채를 띠었다. 침상도 그대로였고, 다탁 위의 다기도 그대로였다. 다만 다탁 위에 놓여 있는 한 통의 서찰과 미처 다물지 못한 창문의 작은 틈이 그의 시선을 잡아끌고 있었다. 철웅은 가만히 걸어가 창문을 열었다. 누군가가 들어왔던 흔적. 하지만 방 안에 아무도 없음을 확인한 후였기에 잠시 후 열었던 창문을 닫고 말았다. 그는 아무런 단서도 찾을 수 없는 창밖을 바라보는 대신, 다탁 위에 놓인 서찰을 읽어보는 것을 택했다.

'소저…….'

철웅은 서찰 위에 쓰인 작고 고운 필체만으로, 서찰을 두고 간 사람이 누구인지 짐작할 수 있었다.


아직도 가가라 부르는 것이 어색하기만 합니다. 하나 이미 마음 깊이 자리한 임을 부르는 것이기에, 어색해하는 제 자신을 꾸짖곤 합니다.

임을 그리는 것은 여인의 숙명이라 하던가요. 가가의 마음 한 켠을 얻은 죄로 다시 먼 시간 떨어져 있어야 함이 야속하지만, 잊으러 떠나시는 것이 아니라 돌아오시기 위해 떠나는 것임을 알기에 서럽다 울지 않으렵니다.

가가를 따라나섬이 도리이겠건만, 아직은 지엄한 사문의 명을 받들어야 하는 몸. 가가의 대해와 같이 넓은 마음이라면 이해해 주시리라 믿습니다. 가가께서 다시 돌아오실 때까지 화산 위에 뜨는 달을 벗삼으며, 임 오시는 날만 손꼽아 기다리겠나이다.


철웅의 시선이 창밖으로 향했다. 가녀린 손으로 써 내려갔을 연서에, 어찌 이리 무거운 마음을 실었단 말인가. 철웅의 입가에 걸린 미소가 야공 속으로 떠난 그녀의 뒤를 좇고 있었다.


소녀 가진 것이 없어 가가께 힘이 되어드리질 못했습니다. 곁에 있어 짐이 되는 제가 떨어져 있다 하여 어찌 힘이 되어드릴 수 있겠나이까. 하나 그럼에도 가가께 아무것도 드리지 못한 죄로 숨이 가빠오고 눈가가 흐려져 떠나는 임을 바라볼 수조차 없으니, 절로 나오는 한숨에 한가로이 잠 자던 새마저 놀라 날아가 버립니다. 소녀의 답답한 마음 편하고자 하는 것이니, 부디 쓸모가 없다 느껴지시더라도 소녀의 정성을 생각하시어 품에서 떼어놓지 마시옵소서. 가가의 침상 아래 소녀의 작은 마음을 놓아두고 갑니다.

철웅은 연서를 읽는 것이 아니었다. 마치 눈앞에 그녀가 있는 듯, 정염 가득한 눈으로 그녀와 대화를 나누고 있었다.

'모른 척 받기조차 버거울 정도로 고운 마음……. 내 어찌 이런 그대를 사랑하지 않을 수 있겠소.'

철웅의 가슴이 저미어왔다. 자신이야말로 그녀에게 해준 것이 아무것도 없거늘……. 철웅은 울컥한 마음을 다스리곤 서찰에 적힌 침상의 아래를 바라보았다. 하얀색의 비단 보자기. 철웅의 손끝으로 전해지는 비단의 감촉에는 그녀의 온기마저 고스란히 담겨 있는 듯했다. 조심스레 꺼내어 다탁 위에 올려놓고 보자기를 끌렀다. 철웅의 눈에 작은 파랑이 일었다.

'이것은…….'

한 벌의 흑의 무복(黑衣武服)과 건. 그리고 작은 옥패 하나와 한 권의 얇은 서책이었다. 철웅의 손이 무복을 펼치자 투박하지만 강건한 느낌의 결이 살아 있는 무복이 펼쳐졌다.

'떠난다는 소식을 전한 지 나흘도 채 지나지 않았건만…….'

잠시 무복을 바라보던 철웅이 옥패를 바라보았다. 다시금 눈에 잔물결이 일었다. 반쪽으로 나뉜 옥패. 그것이 무엇을 의미하는지는 철웅도 잘 알고 있었다. 철웅은 서책도 잠시 일별하였으나 그 서책을 보는 대신 연서의 남은 부분을 읽어 내려가고 있었다.

가가께 처음으로 지어드리는 옷이지만, 소녀의 솜씨가 보잘것없어 전해 드리기 송구스러울 지경입니다. 하나 임 그리는 마음으로 첫 땀을 떴고, 무사히 돌아오시라는 기원으로 마지막 땀을 떴습니다. 보시기에 탐탁지 않으시더라도, 바늘 길에 담은 소녀의 마음만은 전해졌으면 하는 바람입니다.

옷을 짓는다는 것이 얼마나 어려운 일인지는 모르지만 겨우 나흘 만에 만들 수 있는 것이 아님은 알기에, 그 고마움이 더하였다. 이 한 벌의 무복을 짓기 위해 사람들의 눈을 피해가며 밤을 지새웠을 것이다. 어찌 탐탁지 않을 수가 있고, 그 마음을 느끼지 못할 수 있을까.

함께 넣은 옥패는 소녀가 드리는 징표입니다. 소녀를 잊지 마시라는 잔 꾀이고, 언제라도 가가와 함께 있고 싶은 못난 여인의 바람입니다. 부디 먼 곳에서라도 가가의 온기를 느낄 수 있도록 곁에서 멀리 두지 마오소 서.

'…죽어 흙에 들어가도 함께 가져가리다.'
철웅은 옥패를 들어 품에 넣었다. 왼쪽 가슴에 난 주머니 속으로. 심장의 외침이 그녀에게 전해질 수 있도록…….

그리고… 함께 넣은 서책은 가가를 위해 가장 필요한 물건입니다. 기억나시는지요? 음수들에게 간음당할 뻔한 저를 구해주시고, 산기슭을 함께 달렸던 일. 너무나 다급한 마음에 가가의 안위조차 돌보지 못한 채 달리다가, 제 뒤를 따르며 힘들어하시던 가가의 모습을 보고 하마터면 그 자리에서 눈물을 보일 뻔했습니다. 너무나 제 자신이 밉고 원망스러웠습니다. 제 할 일만을 중히 여기며 생명의 은인을 돌보지 못했으니, 이는 입이 열 개라도 할 말이 없는 것. 언제라도 그때의 잘못을 뉘우치고 싶었으나 기회가 없었습니다. 이제라도 그때의 잘못을 조금이나마 지워보려 이것을 남깁니다. 이것은 이미 절전되었다 알려진 암향표의 비전입니다.

철웅은 너무 놀라 서책으로 시선을 옮겼다. 암향표라니…….

암향표는 화산의 무공이나 이미 화산에서 잊혀진 신법. 제 사부님이 우연히 찾으신 물건이나 사부님이 저에게만 전하신 비급입니다. 이것을 본문에 알리지 못한 내력은 차후에 만나면 말씀드릴 것이나, 결코 본문의 누구에게도 원망을 들을 물건이 아니니 염려하지 마시고 받아주옵소서. 비록 필사본이긴 하나, 초식이 아닌 구결과 심법의 운영만으로 이루어진 신법이니 인연이 닿으신다면 능히 홀로 연성할 수 있으실 것입니다. 이것이 가가께 닿은 것을 아는 이도 없을뿐더러, 혹 사부님께서 이 사실을 아신다 하여도 소녀를 그리 크게 혼내시지는 않으실 것이니 너무 심려하지 마오소서.

철웅의 이마에 작은 골이 패였다. 아무리 본문에서 알지 못하는 것이라 하여도 엄연히 거대 문파의 비급. 이미 절전되었다 알려지긴 하였으나 암향표란 이름이 가지는 무게가 어찌 일개 여인의 몸으로 감당할 수 있을 것인가. 문파의 비급을 외부로 유출시키는 것은 파문은 물론이고, 어떠한 형벌이 내려지게 될지 감히 짐작조차 할 수 없는 중차대한 일이었다. 차후에라도 이 사실을 청상 도인이나 다른 화산파 도인들이 알게 된다면 그녀의 입장이 매우 난처하게 될 것임을 짐작하지 못할 철웅이 아니었다.

'너무나 큰 짐을 지웠구려. 비록 내 것은 아니었으나 나에게 인연이 닿았다면 그 책임 또한 나의 것. 그대가 고초를 겪는 일은 결코 없도록 하겠소.'

철웅은 재희가 내린 결정이 얼마나 위험한지 알 수 있었기에, 그보다 더한 그녀의 애정도 함께 느낄 수 있었다. 그리고 철웅의 시선은 그녀의 마지막 말을 듣고 있었다.


가가의 무예가 뛰어남은 알고 있으나, 강호의 귀계는 인력으로 감당치 못하는 경우가 태반입니다. 항시 눈과 귀를 열어놓으시어 위험이 먼저 알아 비껴가게 하시옵고, 한 발 앞서 살피시어 위험을 피하시옵소서. 가가의 강호 경륜이 부족함을 알기에, 가가의 질책을 받을 각오 하고 몇 자 더 남깁니다.

강호에 떠도는 말 중 홀로 있는 노인과 아이와 여인을 경계하여 손해 볼 것이 없다 하였습니다. 강호의 암수는 대상을 가리지 않고, 방법을 가리지 않는 법입니다. 믿고 의지하는 자가 아니면 쉽게 믿음을 내어주지 마오소서.

언변이 능한 자를 주의하소서. 말이 많은 자치고 음흉하지 않은 자가 없고, 달변인자치고 내심을 속이지 않는 자가 없다 했습니다.

웃음이 헤픈 자를 주의하소서. 소리장도(笑裏藏刀)라 하였으니, 멀리하던 자의 보검보다 가까이 둔 자의 비수가 더욱 날카로운 법입니다.

그리고… 마지막으로 강호의 풍문을 믿지 마오소서. 강호의 풍문은 의도된 것이 사 할이고, 와전된 것이 삼 할이며, 거짓된 것이 이 할이고, 나머지 일 할만이 거두어 들어도 좋은 것입니다.

소녀의 말이 건방지다 탓하셔도 달게 꾸지람을 듣겠나이다. 하나 가가의 안위를 걱정하는 마음에 드리는 간절한 당부이니 부디 흘려듣지 마오소서.

가가의 가시는 모습을 보며 석별의 정을 나누어야 하나 이 몸의 처지가 그것을 허락지 않아 이렇게 글로써 마음을 남김을 용서하오소서. 돌아오실 때까지 소녀, 가가의 무사귀환(無事歸還)만을 빌고 또 빌겠나이다. 은애하는 임이시어, 부디 옥체 보중하소서…….


장문의 연서는 그렇게 마무리되어 있었다. 철웅의 눈시울이 붉어져 있었다. 이 여인을 얻은 것을 무엇에 비할 수 있을까. 천하를 얻는다 하여 이런 만족을 느낄 수 있을 리 없고, 산처럼 쌓인 금은보화를 얻는다 하여도 이런 뿌듯함은 느낄 수 없으리라. 철웅의 시선이 다시금 창 밖으로 향했다.

'그대의 마음이 과분해서 온전한 정신으로 당신을 바라볼 수도 없구려. 반드시… 그대에게 돌아가리다.'

철웅은 연서를 곱게 접어 가슴에 품었다, 그녀의 온기를 조금 더 느껴보겠다는 듯. 시간이 흘러도 그의 몸은 그렇게 굳은 채 움직일 줄을 몰랐다.

'사부님, 조금만 더… 이러고 있겠습니다.'

철웅은 사부에게 마음속으로 양해를 구하고 있었다. 오늘이 세 번째 단환을 먹는 날이었지만, 지금은 움직이고 싶지 않았다.

구도인의 허락이었는지, 창문으로 불던 바람마저도 잠잠해져 있었다. 마치 그의 시간을 방해하지 않겠다는 듯…….

*　　　　*　　　　*

남경(南京)을 출발한 다섯 필의 말이 관도를 따라 달리고 있었다. 관도 사이로 하얀 꽃가루가 날려 완연한 봄이 왔음을 알리고 있었다. 하나 말 위에 앉은 다섯 명의 인물은 방갓 사이로 날리는 봄의 정취 따위는 관심도 없다는 표정으로 말을 달리고 있었다.

'거참… 육 계급 진급이라…….'

선두에서 말을 달리던 언상은 가슴에서 느껴지는 묵직함에 고개를 내저었다. 원래 가지고 다니던 동호부(銅虎符)와 모양이나 무게에 별 차이가 있을 리 없건만 정사품의 관리에게 내려지는 은호부(銀虎符)의 느낌은, 그것과는 또 다른 무게로 언상의 가슴에 달려 있었다. 언상은 남경을 떠나기 전, 정확히 아침 조례를 위해 마양수를 찾았던 그때를 기억해 내고 있었다.

“이게 뭡니까?”

“축하하네. 이제부터 자네는 도찰원의 정사품 좌첨도어사(左僉都御史)일세.”

“이게 무슨 귀신놀음인지 여쭤봐도 됩니까?”

언상의 인상이 굳어 있었다. 내일 다시 보자던 마양수가 무언가를 꾸미고 있을 것이라 짐작하였지만, 마양수가 건넨 패는 자신이 생각했던 것과는 너무나도 다른, 전혀 의외의 것이었다.

“일에 맞게 품계를 맞춘 것뿐일세.”

“국법에도 이런 법은 없습니다. 공적도 없이 육 계급 진급이라니요.”

“자네가 지금까지 이룬 공적의 소급 적용이라고 해두세. 사실 정사품도 자네의 위치나 능력에는 많이 모자라. 하지만 정사품 이상은 까다로운 황상의 어지를 기다려야 하니 그 정도로 만족하게.”

“받아들일 수 없습니다.”

“허허. 관직을 사사하는 것도 아니고, 승급을 거부하는 건 문책감일세. 그런 전례도 없었고.”

“육 계급 진급 역시 전례가 없습니다.”

언상의 심기는 불편해질 대로 불편해져 있었다. 아닌 밤중에 홍두깨도 유분수지, 이런 식의 편법적 승급은 그가 가장 혐오하는 것 중의 하나였다. 뒷배경을 의심할 수밖에 없고, 사람들의 구설수에 오를 수밖에 없는. 게다가 마음 깊은 곳에서는 자신을 관부의 인물이라 인정치 않고 있던 그였다. 한데 난데없이 정사품의 고위직이라니… 기분이 좋을 리 없었다.

"어렵게 생각하지 말게. 내가 말했지 않은가. 일에 맞게 품계를 맞춘 것뿐이라고. 지금 자네가 해야 할 일이 무엇인지는 자네가 가장 잘 알고 있지 않은가."

"아무리 그래도 이건……."

"이보게. 황상의 친자인 친왕을 조사해야 하는 일이야. 게다가 병부와도 어떻게 일이 풀릴지 모르고. 설마 정칠품의 관리가 왕부와 병부를 헤집고 다니는 걸 그들이 보고만 있을 것 같나?"

"차라리 다른 사람과 함께 움직이는 것이……."

언상은 마양수의 반박에 굴하지 않고 조리있게 다른 의견을 내세웠다. 하지만……

"그래? 자네, 나 말고 다른 사람 명을 받으면서 일할 수 있나? 천하의 권절 언상이?"

언상의 입은 굳게 닫혀 열리지 않았다. 자승자박이었다. 그런 일이 가능하지 않다는 것은 누구보다 자신이 가장 잘 알고 있음에야……

"이봐, 상이……."

마양수의 음성이 부드러워졌다. 그 눈빛을 받은 언상이 입을 열었다.

"말하게."

언상이 평대를 하였다. 누가 들었다면 이 경악을 금치 못할 하극상에 당장 칼을 뽑고 달려들었을지도 모르지만, 언상의 말을 듣고 있던 마양수는 덤덤히 말을 이어나갈 뿐이었다.

"자네가 나를 도와 관부에 몸담고 있는 것이 얼마나 고마운지 모른다네."

"개인적인 친분 때문만은 아니네."

언상의 야박한 말에도 마양수의 표정은 변함이 없었다.

"아네. 하지만 나와의 우정이 나를 도와주는 가장 큰 이유라고 믿고 있네."

"…부정하지 않겠네."

언상의 시선이 마양수의 눈을 피했다. 낯간지러운 대화는 질색하는 그의 성격 탓이었고, 지금의 상황이 마음에 들지 않아서이기도 하였다.

"자네가 가져온 보고서, 솔직히 반신반의하는 중일세. 그냥 고개를 끄덕여 주기엔 이렇다 할 증거도 없는 심증뿐인 정황 보고네. 나로선 확실한 증거가 필요하고, 그러자면 상당한 위험을 감수할 수밖에 없지 않은가. 게다가 만에 하나 그것이 사실이라면… 이후 몰고 올 여파가 너무 커."

"그래서 나 혼자……."

"이보게. 자네가 누구인지는 내가 더 잘 알고 있네. 하지만 정칠품의 감찰어사나 천하를 떨어 울리는 권절 언상이라 하더라도, 친왕인 주왕과 백만 정병의 심장인 병부를 어쩌지는 못하네."

"……."

자존심이 상하는 말이었지만, 언상은 반박하지 않았다. 고집을 피워 변할 수 있는 상대가 아니었다. 주왕부도… 병부도…….

"내 뜻은 변함이 없네. 자네의 고집도 내 알고 있지만… 이번만은 자네가 져주게. 자네의 보고서를 검토하고 내린 상관으로서의 판단일세."

언상은 한동안 말이 없었다. 하지만 어쩔 수 없다는 듯 탁자 위에 있던 호랑이가 양각된 은호부를 집어 들었다.

"자네의 직함은 좌첨도어사. 열두 호의 도찰원 감찰어사를 부리는 감찰호부 넷을 부릴 수 있네. 일급 고수 마흔여덟 명을 자네의 휘하에 두는 거지."

"수하 따윈 필요없네."

"아마 필요할 걸세. 명색이 좌첨도어사가 수행 하나 없이 다니는 것은 도찰원의 망신. 금의위의 아이들이 우습게 보는 일 따윈 내가 용납할 수 없네."

"금의위?"

"음. 자네가 보고한 것과는 다른 이유겠지만… 요즘 금의위의 움직임이 심상치 않네. 아마 생각보다 쉽게 부딪치게 될지도 모르네."

언상은 인상을 찌푸렸다. 금의위의 새파란 것들이 거들먹거리는 꼴을 생각하니 벌써부터 속이 안 좋아지는 것 같았다. 도찰원이 황제의 직속 감찰부라면 금의위는 태생부터가 달랐다. 그들의 뿌리는 군부. 하나 황실의 경비를 맡고 있는 상직위친군(上直衛親軍)의 휘하 부서임에도, 황상이 윤허한 그들의 직권은 이미 그들의 지위를 거의 모든 부(部)의 상위에 올려놓고 있었다. 동료라기보다는 쌓인 감정이 많은 경쟁 상대에 가까웠다.

"알겠네. 나 역시 도찰원에 적을 두고 있는 자. 금의위 따위와 직접 손을 섞고 싶은 마음은 없다네."

"고맙네. 그럼… 바로 떠날 텐가?"

"그래야겠지. 그리 넉넉하게 움직여도 될 만한 사안은 아니니까."

“그럼, 몸조심하게.”

“자네도…….”

이어지던 회상은 거기까지였다. 말을 달리는 그들의 모습은 평범한 복장이었다. 도찰원의 인물들이 공적인 행사를 할 때 입는 복장은 붉은색의 관복이었지만, 지금은 일반인과 다를 바 없는 평범한 모습 그대로였다.

“대인, 어디로 갈까요?”

함께 말을 달리던 자 중 하나가 말을 가까이 하며 말을 걸어왔다. 공유유(公柔喩)라는 이름의 삼십대 중반의 사내였다. 그 역시 도찰원의 감찰어사였으며, 열두 명이 한 조로 되어 있는 감찰어사들의 조장 격인 감찰호부였다.

“개봉(開封).”

언상의 짤막한 대답에 공유유가 고개를 끄덕이며 뒤를 따르던 다른 감찰호부들에게 그 내용을 전달했다. 어제까지만 해도 같은 감찰어사였으나 하루아침에 그들의 까마득한 직속 상관이 되어버렸음에도, 언상에 대한 공유유나 다른 감찰어사들의 태도는 직속 상관을 대하는 태도 그것이었다. 오래전부터 품계로 따질 수 없었던 자신들과의 격차를 인정하는 것이었다. 아니, 오히려 그의 밑에서 일하게 된 것을 자랑스러워하는 눈치였다.

“저분이 정말 권절 언상 대협인가?”

“맞네.”

“과연…….”

"자네는 다른 지역에서 부임하여 잘 모를지 모르지만, 저분의 무공은 과히 천하제일이라 불려도 손색이 없다네."

"인정하겠네."

"그리고 저분이 도찰원에 몸담고 있는 이유가 좌도어사 어른의 친우이기 때문이라는 것을 알고 있나?"

"물론이지. 그 이야기를 모르는 도찰원 어사들이 어디 있겠나."

"그럼 저분을 모시는 우리가 얼마나 행운아들인지도 알겠지?"

"후후, 물론."

"나는 공유유라고 하네. 앞으로 잘 지내보세."

"나는 호덕영(胡德煐)이라 하네. 나도 잘 부탁하네."

말을 달리던 사내들이 전음으로 통성명하는 동안에도 언상의 머리는 바삐 움직이고 있었다. 안휘를 지나 하남성으로 이어지는 천오백 리 길이 짧다 말할 수는 없지만, 도찰원에서 타고 나온 준마들은 그들의 신법만큼이나 빠르게 그들을 개봉으로 데리고 갈 것이다.

그들이 개봉부에 다다른 것은 강소성을 출발한 지 정확히 사흘 반만의 일이었고, 철웅 일행이 북평으로 떠난 지 이틀이 지난 후의 일이었다.

第四十二章
출발(出發)

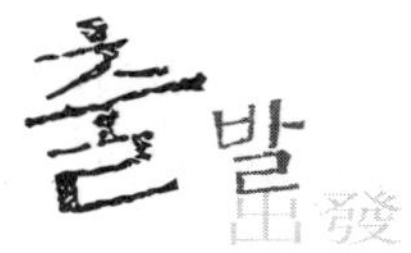

# 출발 出發



낙양에서 북평까지는 이천오백 리나 되는 먼 길이다. 홀로 걸음을 재촉해도 한 달은 족히 걸리고, 말을 달린다 하여도 열흘 가까이 걸리는 먼 길이다. 그나마 하남에서 하북으로 이어지는 길이 드넓은 황회평원(黃淮平原)을 가로지르는 순탄한 길이기에 가능한 시간이지, 작은 산 하나만 만나더라도 하루가 지체되어 버리는 다른 지방으로의 여정에 비한다면야, 그나마 편안한 여행이라 할 수 있었다.

물론 낙양에서부터 이어진 관도 위로 보이던 무리처럼 마차만 석 대에, 인원이 서른 명 가까이 되는 큰 무리의 이동이라면 제아무리 말을 타고 간다 하더라도 한 달 안에 도착하기는 조금 어려워진다.

행렬의 선두에 있던 마차에는 포효하는 대호의 모습이 세밀하게 수 놓아진 깃발 하나가 높게 걸려 있었다. 깃발 아래 움직이는 마차와 사람들. 주위를 경계하고 있는 인물들 대부분이 대호표국의 표사들인 것을 보면, 이번에 대호표국에서 제법 큰 표물을 운반하는 것이라 보일 법했다. 그리고 그것은 마차에 나누어 타고 있는 사람들의 공통적인 바람이기도 하였다.

"아직 왕자 전하의 상태가 좋지 못합니다. 보속 이상의 이동은 전하의 옥체에 무리가 갈 것입니다."

"그렇겠지. 근 석 달 가까이 가사 상태로 지내셨으니. 그래도 최대한 휴식을 줄이고 이동해야 하네. 전하의 상태를 보아가며 진행 속도를 조절하도록 하세. 그건 그렇고… 파검 장철웅 대협은 어떤 인연이 닿아 이번 행렬에 참가하게 된 건가?"

선두의 마차에 있는 사람들이 무료함을 달래기 위해 담소를 나누고 있었다. 마차 안에는 다섯 명의 인원이 앉아 있었다. 고산덕과 하건이 마주 앉아 이야기를 나누고 있었고, 백의수사 전립, 섬전도 육당, 철권 이승수 등이 그들의 대화를 유심히 듣고 있었다. 소림의 속가제자들이었다.

"화산과 인연이 닿아 있는 분입니다. 저 역시 그 정도밖에는……."

하건은 말끝을 흐렸다. 고산덕은 조용히 고개를 끄덕였다. 아마 화산파 정도와는 인연이 닿아 있었으니 파검이라는 명호를 얻을 수 있었을 거라 생각하는 모양이었다. 그가 보여준 무위로 보나, 섬서라는 위치를 보나…….

'하나 그 사람의 검은 내가 알고 있는 화산파의 검과는 완전히 달랐다. 초식이 화려하거나 명문 대파의 위세가 드러나는 검도 아니었을뿐더러, 살기 짙은 검도 아니었지만 그 검로와 기세만은 철저히 상대의 사혈만을 노리고 있었다. 아니지… 지금 생각해 보면 살기가 철저히 갈무리되었다고나 할까. 내가 느끼지도 못할 만큼 은밀한 살기가 검 안에 실려 있었던 것 같기도…….'

홀로 생각을 이어가던 고산덕이 이내 고개를 내저었다. 자신과는 상 관없는 일이었다. 지금은 그런 자가 적이 아닌 동지라는 것에 감사해 야 할 뿐, 그가 구사하는 검이 어떠한 것인지까지는 생각할 여력이 없 었다.

"일단 하남성을 빠져나오면 북평까지는 광활한 대평원일세."

"큰문제는 없겠군요."

하건의 말에 고산덕이 가만히 고개를 내저었다.

"나도 그랬으면 좋겠지만… 그게 그렇지 않아."

"예?"

하건이 이상하다는 듯 되물었다.

"평원이라고 해서 안전하다고만 생각할 수는 없네."

"평원이라면 녹림도를 만날 일도 없고, 시야가 넓어 기습도 불가능 하니 표행이나 보표를 하기에는 적절한 선택이지 않습니까?"

하건의 물음에 고산덕은 가만히 웃음 지었다. 그 웃음에는 무언가를 알고 있는 자와 모르고 있는 자의 차이를 즐기는 흐뭇함이 어려 있었 다.

"허허, 평원에 어찌 녹림도가 없는가?"

"예? 그럼……."

"우리가 지나는 곳에만 세 곳의 산채가 영역을 걸치고 있네. 물론 평소 산에서 내려오지 않는 그들이고, 또 녹림이야 우리와 어느 정도

안면이 있으니 큰 무리는 없겠지만… 문제는 초적들일세."

"초… 적?"

하건은 고산덕의 말에 조금 어이없어 하고 있었다. 산천초목을 떨어 울리는 녹림도는 걱정하지 않으면서, 한낱 초적의 무리가 덤벼들까 염려하다니…….

"대부분의 사람들이 자네와 같이 반응한다네. 하지만 녹림과 우리의 관계, 그리고 하남성 일대에 출몰하는 초적들의 정체를 이야기해 주고 나면 그 표정은 금세 바뀌곤 하지. 허허."

고산덕의 이야기에 하건은 자신이 모르는 무엇인가가 있음을 알고 귀를 기울였다. 그리고 이어진 고산덕의 설명에 자신이 알고 있던 녹림도와 초적에 대한 선입견을 수정할 수밖에 없었다.

"녹림의 힘은 사실 측정이 불가능할 정도지. 천하에 산재한 인원만 따져도 오만이라느니 십만이라느니 하는 말들이 많지만, 어떻게 들어도 그들의 수가 상상하지 못할 만큼 많다는 뜻임에는 변함이 없네. 다만 그들의 특성상 산채를 비우고 그 인원을 한곳에 집중시키지 못한다 뿐, 그 많은 사람들 중에 어찌 기인이 없고, 고수가 없을 수 있겠는가. 더군다나 그곳의 총채주로 있는 '염왕 갈위' 는 독보십절이나 구파일 방의 장문인과 비교해도 손색이 없는 절정의 고수일세. 그 힘만 따지자면 결코 명문 대파에 밀리지 않지. 게다가 녹림의 위세가 어찌 산에서만 통하겠는가. 평소 산채에서 나오지 않아 그렇지, 간혹 수입이 적거나 추수할 시기가 되면 종종 산을 내려와 인근 마을을 약탈하기도 한다네. 다만 그들과 맞부딪친다 하여도 표국과 녹림의 예라는 것이 있어 불필요하게 칼부림 일어날 일은 없으니 별걱정을 하지 않는 것이지. 어느 표국이나 표행할 길이 험하거나 이름 높은 산채의 구역을 지나쳐야 한다면, 적당한 예물을 준비하는 것이 상식일세."

하건은 가만히 고개를 끄덕였다. 하지만 아직 그의 궁금증은 절반만 충족되었을 뿐이다.

"하면 초적이라는 것은……."

"그들은… 녹림과는 상관이 없는 자들일세. 소문을 듣고 모여든 자들이 잠시 뜻을 같이해 표국의 표행을 습격하는 것이지. 몇몇 승냥이 같은 낭인들이나 돈이 궁한 무인들도 종종 이 초적의 무리에 가담하기에 제법 위험하다 할 수 있지."

"소문이라면?"

"모월 모시에 어느 표국에서 큰 표행을 나선다는 소문이 퍼지면, 작당하기 좋아하는 자들이 조용히 사람들을 끌어 모은다네. 객잔이나 도박장, 기루 같은 곳을 배회하며, 제법 쓸 만한 자들을 한시적으로 고용하거나, 표물을 일정하게 분배하기로 약조하고 모이는 거지. 사실 강호의 인물 중에도 일정한 거처가 없거나, 홀로 유유자적하던 자들이 이런 무리에 종종 끼어든다네. 한데 이들은 고약하게도 표물만 터는 것이 아니라, 표행을 나섰던 표사들까지 잔인하게 죽이니 녹림도들보다 더욱 악한 놈들이라 할 수 있지."

"그렇다면… 우리 일행도……."

"입막음을 철저히 하긴 했지만… 이 정도 인원이 움직이는 표행이라면 충분히 그들의 구미를 당길 수도 있네. 표물이 무엇인지와는 상관없이 말이야. 하지만 너무 걱정하지 말게. 여기 모인 사람들의 면면이라면 제아무리 날고 기는 자가 포함된 초적이라도 능히 격퇴시킬 수 있으니. 허허.”

분위기를 바꾸어보려는 듯한 고산덕의 웃음에도 하건의 표정은 조금 어두워졌다. 고산덕의 말처럼 아무리 강호의 인물들이 초적들 속에 있다 하여도 그것이 일행의 안전을 크게 위협하지는 않을 것이다. 명망있는 소림의 속가제자들만 다섯에, 검을 찬 무사만 서른 명에 가까운 큰 무리이니. 하나 자신들이 대적해야 하는 자들은 그런 자들이 아니었다. 소림의 산문을 넘을 만한 무위와 배짱을 지닌 자들로부터 주 왕자의 신변을 보호해야 했다. 정체를 알 수 없는 적의 위협을 경계하는 입장에서 아무리 하찮다 하여도, 또 다른 위험을 감수하는 것은 마음이 편치 않은 일이었다.

다행인지 불행인지 자신들에게 닥친 첫 번째 위험은 소림을 습격했던 그들이 아닌, 초적의 무리였다. 하남성을 벗어난 지 나흘째 되던 날. 넓게 펼쳐진 평원의 한 구릉에서 숙영을 준비하던 그때였다.

＊　　　＊　　　＊

“결국 아무것도 알아내지 못했어.”

“나 역시……..”

“…….”

두주개와 냉한상이 모습을 드러낸 곳은 개봉의 한 객잔이었다. 아무리 돈을 들고 온다 해도 거지가 술 마시는 것을 허락할 객잔이 어디 있겠으랴만, 냉한상의 날카로운 표정은 그것이 충분히 가능한 일임을 알려주었다. 하나 객잔에 앉아 술을 마시는 호사에도, 굳어 있던 두주개의 인상은 좀처럼 펴질 줄을 몰랐다.

"여기 개봉 분타주인 철두개에게 부탁한 것도 깨끗해. 특별한 점을 찾을 수가 없어."

"인근의 소문도 마찬가지입니다. 주왕부에서의 행차를 본 사람이 없대요."

"조작이라고밖에는……."

일행은 잠시 침묵했다. 주왕부에서는 소림에서의 일을 까마득히 모르고 있는 모양이었다. 어찌 된 일인지 소림에서의 전갈도 오지 않았던 듯 보였다. 그렇다면 소림에 잠입한 자들이 주왕부의 인물들을 사칭했다는 결론이 내려진다.

"그게 말이 되나? 소림에서 왕부의 직인을 구별 못했다는 게?"

두주개가 말도 안 된다는 듯 입을 열었다.

"음… 아주 정교하게 모조를 하면……."

"멍청한 소리. 왕부의 인장이 그리 쉽게 위조될 정도라면, 세상은 이미 오래전에 무법천지가 되었을 것이다."

똥푸대의 말에 두주개가 핀잔을 주곤 앞에 있던 독한 화주를 한입에 털어 넣었다.

"일단 개봉에서 할 일은 끝이 난 건가?"

"주왕부의 담을 넘지 않는 한은… 그렇다고 봐야겠지."

냉한상의 물음에 두주개가 맥 빠진 목소리로 대답했다.

"그럼……."

"소림에서부터 다시 시작하든가 아니면……."

두주개의 말에 냉한상이 고개를 가로저었다. 주왕부의 담이 높은 만큼, 소림의 문도 두텁다. 봉문이 풀린다 하여도 무엇을 물을 것인가?
지금 두주개는 개방의 인물로 조사 중인 것이 아니라, 개인적으로 움직
이고 있었다. 개방 총단의 용두방주가 알게 되면 충분히 문책을 받을
수도 있는 일이었다.

"총단에 도움을 요청할 생각인가?"

두주개의 고개가 무겁게 끄덕여졌다.

"…그럴 참이야. 철두개 그놈도 걱정이 이만저만이 아니고. 사내자
식이 간은 콩알만해 가지고……."

두주개의 맥이 풀린 이유 중 하나가 평소 호형호제하며 지낸 철두개
의 고심 때문이었다. 자신이 홀로 움직이는 것을 철두개가 알고 있는
이상 나중에 총단에서 알게 되면 자신도 문책을 받게 될 것이 겁이 난
모양이었다. 부탁한 서류를 건네주면서 열 번도 넘게 총단에 알릴 것
을 종용하는 것을 보면.

"그놈 말이 맞아. 혼자서 어찌해 볼 문제가 아니었어."

"……."

냉한상은 친구의 실망을 위로하는 대신 화주 한 잔을 가득 채워주었
다. 두주개 역시 아무 말 없이 잔을 받아 한입에 털어 넣었다. 무창에
서 낙양, 개봉에 이르는 근 한 달 동안 아무것도 건진 게 없었다. 그나
마 의문이 드는 점을 종합해서 총단에 알리면, 총단에서도 그의 노력을
무시하지는 않을 것이다. 충분히 조사해 볼 가치는 있는 일이니. 단지
자신의 능력으로 해결하기 어려운 일이었을 뿐이다. 상대가 좋지 않았
을 뿐이다. 그래도 입으로 들어가는 술이 썼다. 그동안 공들인 것이 아
깝기도 하고, 자신의 능력에 대한 회의도 들고…….

"무창으로 돌아가야겠어. 자네에겐 미안하게 되었네."

"……."

냉한상은 친우의 말에 답하지 않고, 다시금 잔을 채워주었다. 무슨 말이 필요할까. 미안할 것도, 안타까울 것도 없는 일.

그런 그들의 귓가로 사내들의 목소리가 들린 것은 정녕 우연이었다.

"그래서 우명이 놈이랑 칠구가 그 패거리랑 떠난 거야?"

"응, 아무래도 이번에는 제법 큰가 봐. 이쪽에서는 거의 스무 명이나 안 보여."

"누가 모으는 건데?"

"몰라. 처음 보는 치인데, 칠구 놈 말로는 제법 한가락 하는 사람들도 여럿 끼어 있나 보더라고."

제법 목소리를 낮춘다고 낮춘 사내들이었지만, 두 병이나 비어 있는 화주 탓이 아니더라도 목소리를 흘려듣기엔 그들이 앉아 있던 자리와 냉한상과 두주개가 앉아 있던 자리가 너무나 가까웠다.

"내가 잘못 들은 게 아니라면… 귀주사괴(貴州四怪)도 본 것 같다고 그러더군."

'귀주사괴?'

사내들의 목소리에서 귀를 떼려던 냉한상이 멈칫했다. 사내들이 말한 귀주사괴라는 이름이 그의 호기심을 잡아끌고 있었다. 귀주사괴라면 악명이 자자한 정사 중간의 자들로, 무공으로 치자면 능히 일류의 반열에 놓을 수 있는 자들이었다. 하나 아무리 귀주사괴라 하여도 하남에서 그들의 소식을 듣는 것은 쉽지 않은 일이었다.

"귀주사괴? 그자들이 왜 하남 땅에?"

"그만큼 몫이 크다는 뜻이겠지. 귀주사괴뿐 아니라 제법 솜씨 좋은 무사들도 여럿 움직인다더라. 칠구 놈이 이번 일은 거저먹기라고 좋아 죽으려 하더군. 아무리 대호표국이라고 해도, 귀주사괴와 그 정도의 인원이라면 도리가 없을 거야. 흐흐."

냉한상은 두주개를 보았다. 두주개도 그들의 말을 들었는지 눈을 빛내고 있었다.

"분명 대호표국이라고 했지?"

"음."

"육당이 들른 곳 중에… 분명 대호표국도 있었어."

냉한상의 입 꼬리가 살짝 비틀렸다. 흔적을 찾아서라기보다는 두주개의 눈에 떠오른 생기 탓이었다.

'고리는 끊어지지 않았다.'

두주개의 머리가 또다시 무언가를 조립하고 있었다. 소림사와 주왕부의 이야기는 잠시 머리 속에서 지워졌다. 대신 소림사와 육당, 대호표국의 이야기가 그의 머리 속에서 짜 맞춰지고 있었다.

"소림이 움직였고, 육당이 움직였어. 그리고 대호표국이 표행을 나섰다."

"억측일 수도 있어. 표국에서 표행을 나서는 것은 당연한 일."

"크크, 이제부터 그걸 알아내야지. 억측인지 아닌지……"

두주개가 낮게 웃었다. 무엇인가 확신이 있다는 표정. 그의 표정을 본 냉한상은 개방 총단으로의 연락이 잠시 미뤄지고 있다는 것을 느낄 수 있었다.

객잔을 나선 사내들은 거의 인사불성이 되어 골목길로 접어들고 있었다. 달빛에 늘어진 그림자는 갈피를 못 잡아 휘청이고 있었고, 담 세 개를 넘을 동안 토악질을 두 번이나 하는 것이 온전한 정신으로 걷는 것은 아닌 듯 보였다. 그런 그들을 막는 그림자가 있었다.

"응? 뭐야?!"

술에 취했어도 자신의 앞을 누군가 가로막는 것을 느꼈는지, 좌측에 있던 사내가 고함을 지르며 손가락을 치켜들었다.

"이 자식이, 내가 누군지 알고 앞을 막아! 내가 바로 아구님이다, 아구!"

아마 인근 기루에서 빌어먹는 파락호인 모양이었다. 제법 고약스런 인상에 삿대질을 하는 손 여기저기에 굳은살이 박혀 있어, 어렵지 않게 그의 신분을 짐작할 수 있었다. 옆에 있던 사내 역시 무슨 일인가 싶어 고개를 들었다가 자신들의 앞을 막은 그림자를 보며 인상을 찌푸렸다.

"이것들이……."

그림자가 아무런 대꾸도 없자, 아구라 자신을 부른 사내가 인상을 구기며 한 발 앞으로 나섰다. 쥐어진 주먹이 제법 매서워 보였지만, 아구는 한 발을 채 내딛기도 전에 몸이 굳어버렸다. 한 발을 마저 내디뎠다가는 목젖을 겨누던 검에 목이 꿰뚫려 버릴 테니.

"조용히 해."

아구는 물론이고, 인상을 찌푸리던 사내 역시 모골이 송연해지는 그림자의 목소리에 흠칫 놀라며 입을 닫았다. 파락호로 십수 년을 살아온 인생들이니, 덤벼도 되는 자와 덤벼선 안 될 자에 대한 판단 정도는 목소리만으로도 가능했나 보다.

"…내가 묻고, 너희가 답한다."

“예… 예예…….”

사내들의 얼굴에 맴돌던 취기가 씻은 듯 사라지고 있었다. 눈은 붉게 물들어 있었지만, 부릅뜨려 애쓰는 모습이 애처로워 보일 정도로 그림자의 목소리에 집중하고 있었다. 사내가 검을 뽑는 모습만 보였어도 이렇게 긴장하진 않았으련만…….

“대호표국을 치기 위해 사람들을 모은다 들었다. 누가 모으고 있느냐?”

그림자, 냉한상의 목소리가 밤공기를 차갑게 얼리고 있었다. 그 목소리에 입이 얼어붙은 듯 조금은 떨리는 목소리로 사내들이 답하고 있었다.

“그… 그건, 저희도 모릅니… 헉!”

더듬거리며 대답하던 사내의 눈이 부릅떠졌다. 목을 겨누던 검이 반 치나 파고들었으니…….

“누가 모으느냐?”

“저… 저… 그냥 왕 대인이라 부른다고 들었습니다. 저희도 보지는 못했습니다!”

입이 얼어붙은 아구 대신 옆에 있던 사내가 다급히 입을 열었다.

“귀주사괴 말고 몇 명이나 모였느냐?”

“귀주사괴와 괴불(怪佛) 나탁(羅啄), 탐심호리(貪心狐狸)… 그리고 이 바닥에서 제법 알아주는 자들만 한 서른 명 가까이 됩니다…….”

“그들은 지금 어디 있나?”

“이틀 전에 떠났습니다!”

“대호표국은 누가 표행에 나섰느냐?”

"듣기로는 표국주와 표두 둘, 표사 열… 그리고 초빙된 고수가 몇 더 있다 들었습니다."

냉한상은 잠시 말이 없었다. 사내들이 말한 자들이라면 대호표국의 일정에 방해는 될지언정 큰 위협은 되지 못하리라. 육당도 함께할 것이 분명하고, 그가 찾아다녔던 소림의 속가들도 여럿 포함되어 있을 것이니 귀주사괴의 악명이 높다 해도 큰 문제는 없을 듯 보였다. 하지만…….

"그들뿐이냐?"

골목 어귀에서 또 하나의 그림자가 튀어나오며 물었다. 잠시 상황을 지켜보던 두주개였다.

"그게… 들리는 소문에는… 몇 곳이 더 그들을 노린다고 들었습니다만… 저희는 진짜 더 이상 아는 게 없습니다요……!"

사내들의 표정은 진실처럼 보였다. 하지만 두주개의 눈은 그들을 믿지 않았다.

"몇 곳이 더 있다라… 불어."

두주개의 말에 사내들은 사색이 되며 뒷걸음질치려 했지만, 냉한상의 검이 그것을 허락하지 않았다.

"크윽… 야! 빨리 말해 이 자식아! 나 죽는 꼴 보려고 그래?!"

아구의 닦달에 사내가 입술을 더듬거리더니 이내 체념한 듯 입을 열었다.

"…정주에서 이미 한 무리가 움직였다 들었고, 개봉에서도 사람을 모으던 자가 서넛 된다고 들었습니다. 소문이… 워낙 크게 퍼져 놔서……."

“소문?”

“…예. 이번에 대호표국에서 아주 큰 표물을 맡았기에 표국주가 직접 표행에 나섰다고… 은자 오십만 냥이라는 얘기도 있고… 비단 오백 필이란 얘기도 있고… 정말 이 이상은 저희도 모릅니다요.”

두주개와 냉한상의 눈이 마주쳤다. 이제야 사내들의 표정이 진실해 보였다. 그리고……

“대호표국의 목적지가 어디냐?”

두주개의 물음에 사내가 답했다.

“북평이라고…….”

사내는 대답을 다 하지 못했다. 두주개가 날린 지풍에 혼혈이 제압당했으니 내일 아침이 되기 전엔 깨어날 수 없으리라.


사내 둘이 쓰러진 골목에 더 이상 그림자는 남아 있지 않았다.


*　　　　*　　　　*


기루에는 모두 다섯 사람이 모여 있었다. 온갖 미주가효가 상 위를 가득 채우고 있었지만, 상석에 앉은 한수만이 술잔을 들어 마실 뿐 정면에 부복해 있는 네 사람은 감히 고개조차 들지 못하고 있었다.

“언제쯤 만날 것 같은가?”

“내일 오후면 첫 번째 접전이 있을 것입니다.”

한수의 물음에 고개를 숙이고 있는 자들 중 하나가 답했다.

“귀주사괴라… 어느 정도 되는 자들인가?”

"귀주에서 악명이 높은 자들로, 모두 형제지간입니다. 각기 권장지각(拳掌指脚)에 통달해 있고, 능히 일류라 부를 수 있는 자들입니다. 성격이 포악하고, 손속이 잔인하여 강호에 알려지지 않은 악행 역시 부지기수입니다."

"다른 자들은?"

"괴불 나탁은 소림에서 파계한 자로 지금도 소림에서 그자에 대한 추살령을 거두지 않은 상태입니다. 하나 워낙 일신의 재간이 뛰어나고, 추적을 피하는 재주가 용한 자라 소림에서도 그 꼬리를 잡지 못한 자입니다. 무공은 귀주사괴와 비슷한 정도이고, 백보신권을 연성한 제법 쓸 만한 자입니다. 이자 역시 은자에 욕심이 있어 무리에 합류하였습니다. 탐심호리라는 자는 손속이 잔혹하기로 유명한 자로, 상대를 죽이고 항상 가슴을 갈라놓아 탐심호리라는 외호가 붙은 자입니다. 그 잔악한 손속으로 인해 공적으로 몰려 쫓기곤 있으나, 무공이 뛰어나고 변복에 능해 아직까지 명을 부지하고 있는 자입니다. 은자를 노리고 무리에 합류한 자입니다. 그 외 일류라 칭할 만한 자가 여럿 있지만, 워낙 자신을 감추고들 있어서……."

한수는 사내의 답에 손을 흔들어 보이곤 술잔을 입으로 가져갔다. 술이 목울대를 울리며 넘어가는 소리가 내실을 울렸다.

"뭐, 상관없지. 어차피 한 번 쓰고 내버릴 소모품들이니. 북평으로 향하는 자들의 면면이나 알아보려고 모은 것이니… 혹 그대로 없애 버려도 좋고."

한수의 말에 부복해 있는 자 중 가장 왼편에 앉아 있던 자가 입을 열었다.

“아마 그들로는 힘들 것이옵니다. 하남일검 고산덕이 표행을 이끌고 있으며, 섬전도 육당, 철권 이승수, 백의수사 전립 등이 그와 함께하고 있습니다. 그리고 낙양부의 위사들도 여럿 함께 행동하고 있고, 아직 정체를 알 수 없는 자들도 여럿 동행하고 있습니다.”

“낙양부 위사들 정도는 신경 쓸 필요도 없을 것이지만… 정체를 알 수 없는 자들?”

한수가 호기심을 보이자 사내가 더욱 머리를 조아리며 말을 이었다.

“예. 사내 다섯과 남아 하나, 여아 하나가 있는 이상한 무리입니다. 한데… 그 사내들 중에 비마추룡 강추가 섞여 있습니다.”

한수의 고개가 부복해 있는 사내에게 향했다.

“강추? 강추라면 본 련의 야조들을 이끌던 그자 말인가?”

“예. 화산에서 죽은 걸로 알고 있었는데…….”

“흠…….”

한수가 무엇인가를 생각하는 듯 손에 든 술잔을 빙빙 돌리고 있었다. 그러나 한순간 움직이던 술잔이 멈췄다.

“혹 그 무리 중에 검은 장검을 가지고 있는 자가 있느냐?!”

“예? 그것은…….”

“칠 척의 키에 인상이 굳세고, 목에 긴 검상이 있는 자다!”

한수가 눈에서 살광을 일으키며 부복한 사내를 옥죄어갔다. 그 기세에 사내가 부르르 떨며 다급히 말을 이었다.

“예! 그런 자가 분명 그자들의 무리 속에 있었습니다!”

사내의 답이 떨어지기 무섭게 한수의 잔이 큰 소리와 함께 상 위로 내려쳐졌다.

"그자가… 거기 있단 말이지……."

한수의 눈에 어린 살광이 짙어지고 있었다. 술잔을 내려친 어깨 위로 그의 다른 손이 올라가 있었다.

"감히 내 몸에 상처를 낸 그자가……. 후후후."

한수의 입 꼬리가 말렸다. 그의 두 눈에 어렸던 살광이 점점 수그러들고 있었고, 수그러든 살기는 그의 입을 통해 다시금 토해내지고 있었다.

"칠령……."

"예, 소주."

한수의 말에 내실을 울리는 목소리가 사방에서 울리고 있었다. 부복해 있는 사내들의 몸이 한차례 진저리를 쳤다. 부복해 있는 자들도 칠령의 공포를 이미 알고 있다는 듯.

"…그자를 치러 간다."

한수가 몸을 일으켰다. 걸음을 옮기던 한수가 손을 내뻗자 한쪽에 걸려 있던 보검이 날아와 그의 손에 잡혔다. 그가 한 걸음 내딛을 때마다 그의 뒤로 흐릿한 형체가 나타나고 있었다. 그리고 그가 내실의 문을 열고 나갈 때에는 모두 일곱 명의 신형이 나타나 그의 뒤를 따르고 있었다. 한수의 뒤를 따르는 일곱 장포는 그 색이 모두 달랐으나, 그들이 내뿜는 기도만은 사위의 모든 것을 압도하고 있었다.

개봉의 한 장원에서 여덟 필의 말이 달려나갔다. 하나같이 검은빛의 준마들이었고, 그 말들의 발굽 소리에 때 아닌 소란이 개봉의 대로에 일고 있었다. 하나 그들이 내뿜는 기세에 아무도 입을 열지 못하였을 뿐 아니라, 굳게 닫혀 있던 개봉의 성문마저도 그들의 앞을 가로막지 못하였다.

　말들이 일으킨 폭풍이 관도를 따라 길게 이어지고 있었다. 주왕부의
영패로 열렸던 개봉의 성문이 닫히며, 그들의 모습을 조금씩 지워가고
있었다. 북쪽으로 사라져 가던 폭풍의 잔영을······.

*　　　　*　　　　*

　"오늘은 여기서 쉬어가도록 합시다!"
　선두의 마차에서 호령이 일었고, 그 소리를 따라 먼 길을 굴러왔던
마차들의 바퀴가 비로소 그 움직임을 멈추었다. 고산덕이 야영지로 잡
은 곳은 너른 평원의 사방이 한눈에 보이는 얕은 구릉이었다. 구릉이
라곤 해도 제법 경사가 있고, 시야를 가리는 잡목도 없어 주변을 경계
하는 데에는 안성맞춤이라 할 수 있었다. 한곳에 말뚝을 박은 표사들
이 말들의 고삐를 묶었다. 몇몇은 마차에서 물통과 솥단지 등을 꺼내
어 식사를 준비했고, 몇몇은 주변을 돌며 이상한 징후를 찾아보았다.
　"인근 백 리 안에는 객잔도 없고, 큰 마을도 없소. 이곳에서 이십여
리 정도 더 가면 한 스무 호 정도의 농가가 있지만, 그곳에서 신세를
지기는 어려워 야영을 하기로 결정했습니다."
　고산덕의 말에 철웅이 고개를 끄덕였다. 고산덕은 누가 시키지도 않
았음에도 가운데 있는 검은 마차를 들른 후에는 철웅에게 와서 일정을
설명해 주었다. 나름대로의 배려라고나 할까.
　"경계를 하기에는 편한 지세군요. 다만 엄폐와 은폐를 할 만한 게

없다는 것이 아쉽기는 하지만……."

철웅의 말에 고산덕은 고개를 끄덕여 동조했다.

"큰 위험이 없기를 바라야지오. 그래도 사방이 한눈에 내려다보이는 위치이니 적어도 백 장 안에서의 움직임 정도는 미리 대비할 수 있을 겁니다."

철웅이 고개를 끄덕였다. 철웅이 내린 마차의 문으로 소소가 내려섰다. 그녀도 갑갑했던 듯 마차에서 내려 땅을 밟자마자 크게 한숨을 들이켰다.

"소 소저도 갑갑했나 봅니다. 하긴 이런 여행이라면 어지간한 장정들도 좀이 쑤셔올 테니 말입니다. 허허."

고산덕의 너스레에 철웅이 가만히 미소 지었다. 소소의 눈이 그런 철웅을 좇았다. 특별한 감정을 보이는 눈은 아니었지만, 다른 이들과는 달리 분명한 초점을 가진 눈이었다.

'안타깝구나. 저리 아름다운 소저가… 쯧쯧.'

고산덕뿐 아니라 일행 모두 소소를 보며 안타까워했다. 소소의 미모는 분명 눈에 띌 만큼 아름다웠다. 하얀 피부와 작지만 붉게 물든 입술. 아무런 표정이 없기에 더욱 아름다워 보이는 얼굴이었다.

주변의 잔가지들을 주워 모아 작은 모닥불을 지폈고, 금세 죽 끓는 냄새가 사방에 진동했다.

일반적으로 야영이나 숙영을 할 때는 죽을 선호했다. 먼 거리를 여행하려면 부식의 조달이 중요하다. 가급적 쉬이 상하지 않고, 보관이 간편하며, 적은 양으로도 근기를 가질 수 있어야 하기에 부식의 선택도 제법 까다로운 일 중의 하나다. 일행의 주된 부식은 건량과 육포였다.

보관하기도 쉽고, 마차 안 혹은 마상에서 먹기도 편하였거니와 적은 양으로도 근기를 느낄 수 있어 여행자들에겐 주된 부식으로 손꼽히는 것이다. 다만 매일 마른 건량과 육포만을 먹자니 오랜만에 음식 비슷하게 먹어보자고 죽을 끓이는 것이었다. 죽이라 해도 별다를 것은 없었다. 끓인 물에 건량과 육포를 함께 넣어 불린 것이 전부였으니. 하나 찬밥 더운밥 가릴 사람도 없었고, 까칠하고 텁텁한 육포보다야 걸쭉하게 입에 달라붙는 죽이 백 번 나았으니, 사방으로 풍기는 죽 냄새에 사람들의 입에는 절로 군침이 돌고 있었다.

"자, 어서 들게들."

사람들이 삼삼오오 모여 죽으로 끼니를 때우고 있었다. 철웅 일행이 모인 한 무리와 표국 사람들이 모인 한 무리, 그리고 소림의 속가들이 모인 한 무리와 위사 네댓 명이 번갈아가며 식사를 하는 무리까지 네 무리의 사람들이 모여 있었다.

"왕자께선 마차 안에 계신가?"

"예. 아무래도 사람들 앞에 나서시는 것을 꺼리시는 것 같습니다."

"그렇겠지. 우리 같은 사람들과 언제 무리 지어 보셨겠는가. 많이 불편하시고 서먹하실 게야. 자네가 틈틈이 살펴 드리게."

고산덕의 말에 하건이 고개를 끄덕였다. 주고치가 머무는 마차에는 항상 네 사람의 위사가 동행하도록 하였다. 만약의 사태에 대비함이니 어쩔 수 없는 선택이라 하지만, 주고치가 적지 않게 불편해하는 듯하여 하건의 마음도 편치 않았다. 하나 그럼에도 불평 한 번 하지 않는 것을 보면, 그의 사람됨이 그리 부족하지는 않은 듯했다. 그런 생각을 하는 하건의 눈에 누군가의 움직임이 보였다. 허리에 긴 장검을 차고 구릉 아래로 내려가는 사람은 다름 아닌 철웅이었다.

'음? 장 대인이 어디를…….'

하건은 거의 다 끝마친 식사를 내려놓고는 조용히 철웅의 뒤를 따랐다. 조금 경사가 있는 구릉 아래로 내려가니 사람들의 시선이 닿지 않는 낮은 평지가 나왔다. 그 가운데 철웅이 있었다. 하건은 조금 떨어진 곳에서 그를 지켜보고 있었다. 철웅은 사방을 한 번 살피더니 다시 걸음을 옮겼다. 그렇게 일행이 모여 있는 구릉 주위를 한 바퀴 돌고는 다시금 일행이 있는 곳으로 올라왔다. 그의 뒤를 따르던 하건이 고개를 갸웃거렸다.

'지형을 살피신 건가?'

이렇다 할 행동도 없이 주변을 한 번 돌아보는 철웅의 모습을 쉽게 이해할 수 없었지만, 조심하려 하는 것인가 보다 하고는 다시금 위사들이 모여 있던 곳으로 걸음을 옮긴 하건이었다. 자신의 일행으로 돌아온 철웅이 강추와 일삼, 영우를 불러놓고 말했다.

"모두 품에서 무기를 놓지 말게."

철웅의 말에 모두 고개를 끄덕였다. 낙양을 떠나기 전 가장 세심히 준비한 것이 병기였다. 강추는 장검 하나와 비도 몇 자루를 준비하였고, 일삼은 묵직한 거치도와 소부 두 개를 허리춤에 꽂았다. 영우 역시 장검을 한 자루 구했고, 특이하게도 활과 화살을 준비했다. 철웅 역시 활과 화살을 준비했기에 영우에게 묻지 않을 수 없었다.

"자네, 활을 잘 쏘는가?"

"헤헤, 가장 멀리 나가는 것이기에 구한 것입니다. 제 실력으로는 다른 사람들에게 짐만 될 뿐입지요. 예전부터 그랬습니다. 원래 무공에는 소질이 없고, 그나마 경공 하나 쓸 만한 놈이었기에 지금까지 목숨을 부지했다고나 할까요? 그래서 연습한 것이 활입니다. 이거라면… 멀리서라도 동료들을 도와줄 수 있을까 싶어서…….”

매일 히죽거리며 철딱서니없는 짓만 하는 영우였지만 그 역시 사내였고, 자신이 동료들에게 큰 도움이 되지 못함을 안타깝게 생각하고 있었다. 하나 천성이 밝은 그였는지라 체념하고 자괴하는 대신, 자신이 할 수 있는 일을 찾아 나섰고, 그렇게 인연이 닿은 물건이 바로 활이었다. 명궁이라고는 할 수 없었지만 검보다는 활이 더 도움이 될 거라 말하니 제법 열심히 노력한 모양이었다. 철웅도 느끼는 것이 있었는지, 활을 만지작거리는 영우의 옆에 자리를 잡았다.

“자네는 활시위를 당길 때 무슨 생각을 하는가?”

“예? 생각이요?”

느닷없는 철웅의 질문에 영우가 어벙한 표정으로 하늘을 바라보았다.

“음… 그냥 있는 힘껏 당기지요. 시위를 당기고… 목표를 찾아 조준하고… 피~잉~!!”

영우가 시위를 놓는 시늉까지 하며 휘파람을 불자 이야기를 듣던 철웅은 물론, 모닥불 앞에 앉아 있던 강추와 일삼도 웃음을 지었다.

“시위를 당기는 것은 호흡을 당기는 것이네.”

“……?”

“당겨진 시위는 그 속박에서 벗어나기 위해 요동을 치지. 목표를 정확히 꿰뚫기 위해선 시위를 놓기 전에 그 요동을 먼저 진정시켜야 하네. 활의 요동이 진정되면 나의 호흡도 진정되지. 활과 내가 일체가 되고 난 다음에 시위를 놓는 거라네.”

철웅의 손가락이 시위를 놓는 듯 튕겨졌다. 그 모습을 보던 영우의 눈이 껌뻑였다.

“에… 비슷한 느낌은 압니다. 숨이 가쁠 때에는 아무리 노력해도 맞추기가 힘든데, 한 점에 집중하고 있으면 마음이 가라앉곤 하죠. 그때 시위를 놓으면…….”

철웅은 미소 지으며 고개를 끄덕였다. 영우의 연습이 적지 않았음을 알 수 있었다. 그런 정도의 느낌을 읽을 정도의 수련이라면 그 실력도 결코 낮지 않으리라. 철웅은 영우에게도 믿음을 두었다.

“이보게, 강추. 이런 물음은 이상하게 들릴지 모르겠지만… 표국주 정도의 무인이면 어느 정도의 수준인가?”

“강호에서의 위치를 물으시는 겁니까?”

“음.”

철웅의 질문이 이번에는 강추에게 향했다. 강추는 철웅의 기분을 생각하여 대답하는 것보다는 성의있는 대답을 그가 바란다는 것을 느낄 수 있었다. 철웅이 궁금해하는 것은 고산덕의 무공 수위가 아니라 자신의 위치일 것이다.

“일류입니다.”

“일류?”

“예. 저 정도의 무공이라면 능히 일류라 손꼽힐 수 있지요.”

철웅의 시선이 잠시 고산덕에게 향했다. 그의 무리와는 제법 떨어져 있어 자신들의 목소리가 들리지 않을 것이다.

“그럼, 강호에서 일류라 불리는 사람은 얼마나 되는가?”

"음… 글쎄요. 천하에 기인이 많으니 그 수를 헤아리기는 힘들겠지만… 한 천 명은 넘지 않을까 싶습니다."

강추의 말에도 별 표정 변화가 없는 철웅이었다. 하나 강추의 말을 들은 일삼이 웃으며 고개를 가로저었다.

"설마… 천 명만 되겠소. 내가 알고 있는 일류만 따져도 이천은 넘겠소이다. 천하에 흩어져 있는 문파만 오백 곳이 넘소. 그것도 제법 이름있는 문파나 무관만. 소림의 백팔나한도 일류로 부족함이 없고, 화산파의 매화검수도 그렇소. 아니, 구대문파만 쳐도 그 정도 고수가 없는 문파가 없소. 보통 일류고수 일백은 구대문파로서는 구색이라 할 만큼 당연한 것인데, 다른 문파들이나 천하에 흩어진 협객들만 따져도 천 명은 가볍게 넘을 것입니다."

일삼의 말에 철웅은 조금 놀랐다는 표정을 지었다. 하나 그도 잠시, 다시금 물어오는 철웅이었다.

"그렇다면 천하에 손꼽을 만한 고수들은 누가 있는가?"

철웅의 물음에 이번에는 일삼이 이마를 찌푸리며 고민하기 시작했다. 하나 강호에서 잔뼈가 굵은 것을 증명이라도 하듯 그의 대답은 어렵지 않게 이어졌다.

"일단 구대문파의 장문인이라면 능히 천하에 손꼽힐 만한 고수들이지요. 거기에 같은 독보십절이 있고, 그 외에도 능히 일가를 이루었다 불려지는 사람들이 있지요. 장으로 일가를 이룬 화산파의 무현 진인이나 독으로 일가를 이룬 사천당문(四川唐門)의 가주 당철(唐徹). 검으로 일가를 이룬 남궁세가(南宮世家)의 가주 남궁승원(南宮勝元). 죽었는지 살았는지는 모르지만 쾌검으로 일가를 이루었던 냉한상… 따지다 보면 한도 끝도 없지요."

철웅은 고개를 끄덕였다. 그 모습에 일삼이 웃으며 물었다.

"후후, 너무 강자(强者)들이 많아 걱정이십니까?"

"글쎄… 세상에 피해 다녀야 할 사람이 그렇게 많은가 싶었네."

"예? 하하하!"

철웅의 너스레에 일삼이 파안대소를 터뜨리고 말았다. 강추와 영우, 장 의원마저도 그 웃음에 함께하니 사람들의 시선이 모이는 것은 당연지사였다.

"허허, 무슨 좋은 일이 있습니까?"

"허허, 아닙니다. 이리 와 앉으시지요."

맨 처음 철웅 일행에게 다가온 사람은 진립이라 불리는 자였다. 평소 말이 없던 그가 철웅 일행에게 먼저 다가선 것이 의외이긴 하였으나 철웅은 웃으며 그를 맞아 자리를 권했다.

"장 대협의 일행 분들께는 긴장을 찾아볼 수가 없습니다."

"긴장은 싸움에 임한 후에 하여도 늦지 않습니다."

철웅의 말에 진립이 고개를 끄덕여 동의했다.

"그렇지요. 과한 긴장보다는 적당한 여유를 가지는 것이 좋지요. 긴장이 과하다간, 정작 싸움에 임하여서는 허둥대기 십상이니……."

"해가 진 지 얼마 되지도 않았건만… 조급함은 언제나 일을 그르치지요."

진립의 표정이 이상하게 변했다. 하지만 이어진 철웅의 말에 다급히 주변을 둘러보고 있었다.

"풀벌레 소리가 잦아들고 있습니다."

진립은 자리에서 일어서며 청각을 곤두세웠다. 희미하지만 멀리서 들리던 풀벌레들의 울음 소리가 조금씩 잦아들고 있음을 느낄 수 있었다.

'이 사람의 내력이… 나보다도?'

평소 다른 사형제들보다 내력 하나만큼은 우위에 있다 믿고 있던 진립이었기에, 철웅의 말에 받은 충격은 클 수밖에 없었다. 범인은 상상할 수도 없을 만큼 예리한 그의 오감을 그가 알 리 없었으니…….

"조용히 사람들에게 알리십시오."

철웅의 말에 진립이 고개를 끄덕이며 고산덕에게 향했다. 그 모습을 바라보던 철웅이 영우를 바라보며 말했다.

"달 구경하지 않겠는가?"

진립이 고산덕과 몇 마디 대화를 나눈 뒤, 사람들의 움직임이 조금씩 분주해지고 있었다. 강추와 일삼은 마차를 등진 채 섰고, 표사들과 표두들 역시 넓게 원진을 짜듯 자리를 잡아갔다. 위사들은 검은 마차를 둘러싼 채 눈을 빛냈고, 원진 안에 자리한 고산덕과 소림의 속가제자들이 다가올 싸움을 준비하고 있었다.

철웅과 영우의 모습이 보인 곳은 마차 위. 어느새 밝아진 달빛이 그들의 모습을 비추고 있었고, 그들 손에 쥐어진 살의 촉이 달빛에 반짝이고 있었다. 그리고 철웅의 시선이 향해 있던 곳. 분명한 움직임이 그들에게 향하고 있었다.

조용하지만 무거운 살기를 담은 채…….

第四十三章
습격(襲擊)

단 일 수로 결을 할 수 있는 상대는 아니었다
과감하고… 날카로운… 과연 파검이다

"불을 끄는 것이……?"
"상관없네. 이미 우리의 위치를 확인하고 몰려드는 자들이니."
"그래도. 너무 적에게 모습이 노출되면……."
영우의 걱정스러운 목소리에 철웅이 미소 지었다. 마차 위에서 확인한 적들의 수만도 서른 명 안팎. 사방이 탁 트인 평원이라 조심스럽게 다가오는 적들의 움직임이 안쓰러울 지경이었다. 달이라도 숨어준다면 다행이련만, 적도들의 그림자가 평원 위로 제법 길게 늘어지고 있었다.
"이미 노출될 만큼 노출되었네. 모닥불 곁의 우리나, 달빛 아래로 보이는 저들이나……."
철웅의 눈이 월광처럼 빛을 내고 있었다. 이미 사십여 장 가까이나 다가온 적도들. 기세를 꺾기 위한 첫 번째 살을 시위에 걸었다.

'가까이 오기 전, 최대한 적의 수를 줄인다.'

철웅의 팔이 힘껏 시위를 당겼다. 활이 꺾이는 소리에, 사람들의 주먹에도 불끈 힘이 들어가고 있었다. 살과 직선을 이루고 있던 철웅의 시선이 월광 아래로 보이는 작은 움직임을 좇고 있었다.

'사부님께 야단맞지 않으려면…….'

피이잉!!

소스라치게 놀란 대기가 힘껏 비명을 질렀다. 철웅의 활을 떠난 살이 깊은 잠에 들었던 사위를 흔들어 깨우고 있었다. 그것이 시작이었다.

"크아악!"

밤하늘로 퍼진 비명에 다가오던 자들이 동요하고 있었다. 몸을 낮게 숙인 채 다가오던 장한 하나가 오른쪽 어깨를 부여잡으며 몸을 뒤집었다. 고통에 몸부림치던 사내가 바닥을 구르자 조심스럽던 움직임들이 격해지기 시작했다.

"쳐라!"

누군가의 고함이 평원에 울려 퍼졌고, 그 목소리를 따라 수십의 인영이 언덕의 모닥불을 향해 쇄도하기 시작했다. 불을 보고 날아드는 불나방들처럼…….

"…가능하면 하체를 노리게."

"예? 아, 예!"

시위를 겨누던 영우가 눈을 말똥거리다가 이내 고개를 끄덕이며 다시 시위를 겨눴다.

피잉!

또 한 대의 살이 먹이를 노리며 날아갔다. 잠자는 쥐를 맞추는 것보다 달리는 소를 맞추는 것이 더욱 어렵다. 움직이는, 아니, 지면을 박차며 달려오는 표적을 맞춘다는 것이 결코 쉬운 일은 아니었다. 그런 면에서 영우는 칭찬받아 마땅했다.

"크악!"

무리의 선두를 달리던 또 한 사내가, 영우가 쏜 살이 파고든 허벅지를 부여잡은 채 앞으로 고꾸라졌다.

"십 장 안까지 거리를 허락하게 되면 지체없이 활을 놓게."

피이잉!

철웅의 손에서 또 한 대의 살이 쏘아져 나갔다. 철웅의 살은 적도들의 어깨를, 영우의 살은 하체를 노리고 쏘아졌다. 달려오던 사내들이 하나둘 쓰러져 갔지만 달리기 시작한 무리는 멈출 생각이 없는 듯했다.

피이잉!

태애앵!

철웅의 손을 떠난 살이 다섯 번째 먹이를 노리며 날아갔다. 하지만 먹이의 손에서 뽑혀진 장도가 은광을 번뜩이며 철웅의 살을 두 동강 내었다.

'강호인!'

철웅의 눈이 가라앉음과 동시에 활을 잡은 그의 손이 수평으로 놓였다.

피잉! 피잉! 피잉!

세 마디 파공성이 밤바람을 가르며 놓쳤던 먹이를 향해 다시금 날아들었다.

'연사(連射)?!'

시위를 당기던 영우의 눈이 커질 수 없을 만큼 커졌다. 시위를 당기던 손가락 사이에 세 대의 살을 끼워놓고, 연거푸 시위를 당김과 동시에 살을 쏘아버린 연사의 신기는 흔히 볼 수 있는 것이 아니었다. 그리고 그것은 장도로 살을 쳐내던 사내 역시 마찬가지였다.

팅! 팅! 푸욱!

"으윽!!"

처음의 살을 쳐냈던 사내가 의기양양하게 달려오다 시야를 가리며 날아드는 살을 비웃으며 다시 장도를 휘둘렀다. 하지만 휘둘린 장도 사이로 보인 또 하나의 살에 당황해 허겁지겁 다시 도를 휘두를 수밖에 없었고, 내려친 장도 사이로 날아드는 세 번째 살에는 도리없이 당할 수밖에 없었다. 어깨가 꿰뚫린 사내는 들고 있던 장도마저 바닥에 놓치며 주저앉았다. 철웅 역시 그 사내를 끝으로 활을 내려놓았다.

"가세!"

철웅이 마차에서 뛰어내렸다. 영우는 철웅이 시야에서 사라진 다음에야 정신을 차릴 수 있었다. 다급히 마차에서 내려오던 영우의 시야에 지척까지 다가온 적도들의 모습이 보였다. 마차의 주변에 있던 소림의 속가제자들과 표사들이 저마다 병기를 꺼내며 언덕을 치달아 오르는 적도들을 맞이할 준비를 하고 있었다.

"모두 멈춰라!"

내공이 실린 고산덕의 일갈에 수세를 취하던 표사들은 물론, 미친 듯이 내달리던 적도들마저 그 움직임을 잠시 멈추었다.

"그대들은 누구인데, 일면식도 없는 우리를 향해 검을 겨누는가?!"

고산덕의 꾸짖음에 몇몇 사내들이 주춤 한 발을 물렀으나, 그들의 뒤에서 들린 음산한 목소리가 그들의 뒷걸음질을 막아섰다.

"흐흐흐, 하남일검의 검이 매섭다곤 하지만 감히 우리에게 호통을 칠 만큼 날카로운지 모르겠구나."

고산덕의 눈매가 매서워졌다. 자신이 누구인지 알면서도 검을 들이밀었다는 것은 그마만한 준비가 되어 있다는 뜻. 상대가 자신을 알고 있고, 자신이 상대를 모른다면 분명 불리한 일이었다.

"귀하는 누구시오? 녹림의 인물이라면 녹림과 표국의 예법을 따르면 될 일. 이렇듯 막무가내로 검을 뽑아 달려드는 예의는 들은 바가 없소만……."

"크크, 우리가 어찌 녹림과 같은 어중이떠중이들과 한배를 탈 수 있을까."

비슷한 느낌의 목소리지만, 다른 이의 목소리였다. 고산덕의 눈이 목소리의 진원을 찾아 움직였고, 그의 시선이 닿은 곳에서 네 사람이 걸어나왔다.

"우린 귀주사군(貴州四君)이라 한다. 귀주와 하남이 멀다 하지만 우리 이름을 모른다 하지는 않겠지?"

'귀주사괴?!'

고산덕은 내심 놀라고 있었다. 오십대로 보이는 네 사람. 황색 마의를 걸쳐 입었고, 얼핏 보면 형제라 보일 만큼 닮은 외모의 네 사람이었다. 세모진 얼굴들과 어울리는 세 가닥 염소수염. 게다가 너 나 할 것 없이 음산하고 꺼림직한 기운을 뿜어대는 것 역시, 그들이 귀주사괴가 틀림없음을 말해 주고 있었다.

"귀주사괴의 위명은 익히 들어 알고 있소. 하나 당신들과 우리가 무슨 인연이 닿아 있는지는 알 수가 없구려."

"귀주사괴라……. 그 이름으로 우릴 부른 자치고 명을 재촉치 않은 자가 없으나, 그대와 우리는 주고받을 것이 있는 사이이니 이번 한 번은 참고 넘어가도록 하지."

귀주사괴 중 다른 자들보다 두 배는 됨직한 팔뚝에, 그와 어울리는 주먹을 쥐고 있는 사내가 눈을 좁히며 말했다. 아마도 귀주사괴의 둘째인 붕권(崩拳) 추량(秋倆)일 것이다.

"그대들과 주고받을 것?"

"후후. 우린 너희의 마차를 받고, 너희는 너희의 남은 생을 가져간다. 어렵지 않은 계산이지."

한 발 나서는 다리가 유난히도 단단해 보였다. 귀주사괴의 셋째인 독각(獨脚) 추명(秋銘)이었다. 그의 말을 들은 고산덕의 눈에 노기가 일었다.

"감히 대호표국의 표물을 약탈하겠다는 것인가?!"

그의 심중만큼이나 그의 목소리에는 노기가 어려 있었다. 하나 귀주사괴의 얼굴에는 아무런 변화가 없었다. 비웃음 띤 표정 그대로…….

"주제를 알고 고이 바치기를 바라지만, 그 정도 사리 분별을 못하는 자가 국주라면……."

귀주사괴 중 마지막에 서 있던 자가 품에서 손을 빼내었다. 가늘고 긴 손가락이 그의 소매 아래로 모습을 드러내었다. 귀주사괴의 막내인 혈지(血指) 추이(秋利)가 분명했다.

"내가 사리를 분별함에 치밀하지 못함은 인정하나, 도의와 책임을 다하는 일에는 주저함없이 살아왔다. 표물의 안전을 책임진 이상, 그 어떤 일이 있어도 그 책무를 져버리진 않을 것!"

고산덕의 기개 어린 목소리에 귀주사괴의 눈매가 매서워졌다. 하나 귀주사괴의 첫째인 천살장(天殺掌) 추일(秋一)의 나직한 목소리에는 비릿한 조소가 담겨 있을 뿐이었다.

"…쳐라."

추일의 목소리가 떨어지기 무섭게, 적도들의 공세가 시작되었다. 이미 지척까지 다가와 있던 무리들이었기에, 그들이 있는 언덕은 순식간에 아수라장이 되어버렸다.

"가랏!!"

귀주사괴의 막내 추이의 손에서 뻗친 붉은 혈지가 고산덕의 목을 노리며 쇄도했다. 하지만 그의 옆에서 내려쳐진 한 자루 섭선으로 인해 그 공세는 무마되었다.

"그대의 상대는 나인 것 같소."

섭선을 들어 올리며 미소 짓는 사내, 백의수사 전립이었다. 추이의 눈가에 비릿한 미소가 지어지며 현란한 지법으로 그를 압박하기 시작했다. 하나 손가락에서 뻗치는 붉은 혈광이 난무함에도 전립의 섭선은 큰 무리 없이 그 공세를 막아내고 있었다.

이미 공터의 이곳저곳에서 서로의 상대를 찾아 검과 도가 어울리고 있었다. 귀주사괴의 둘째인 붕권 추량은 소림의 속가제자인 철권 이승수와 어울려 패도적인 권세를 주고받고 있었고, 셋째 독각 추명은 섬전도 육당과 어울려 이미 한바탕 드잡이질을 하고 있는 상태였다.

"하남일검 고산덕이라면 나의 상대로 부족함이 없지."

귀주사괴의 대형인 천살장 추일의 말에, 고산덕이 검을 뽑으며 답했다.

"귀주사괴의 악행은 이미 오래전부터 들어왔던바, 그대의 수급을 취한다 하여 나를 욕할 강호의 동도들은 없을 것이오."

추일의 눈빛이 잠시 매서운 빛을 내뿜었으나 그도 잠시, 이내 비릿한 조소를 띠며 두 손에 장력을 모으기 시작했다.

"가소로운……."

추일의 손에서 발출된 장력을 피해 고산덕의 검이 날아들었다. 추일의 손은 어느새 검게 물들어 있었다. 그의 절기라 할 수 있는 천살장은 무당의 면장에도 비견되는 내가장법으로 유명했다. 단지 무당의 면장이 상대의 오장육부를 뒤흔든다면, 추일의 천살장은 오장육부에 한기를 투입하여 장기를 괴사시키는 악랄한 장법이라는 것이 다른 점이었다.

"차아앗!"

장력을 피해 몸을 비튼 고산덕이 수중의 검을 휘두르며 거리를 벌리고 있었다. 그의 신형이 일행에게서 점차 멀어지는 것을 느끼면서도 추일은 그의 뒤를 쫓고 있었다. 천살장에 다른 일행이 피해를 입을까 염려한 고산덕의 선택이라는 것을 알고 있었지만, 그 역시 강호인이었기에 동하는 호승심을 누를 수가 없었다.

귀주사괴와 함께 달려든 사내들 중에도 손속이 매서운 자들이 제법 있었다. 대부분 복면으로 얼굴을 가리고 있었기에 진면목을 알아낼 수는 없었지만, 대호표국에서 무공으로 손꼽히는 표두 역산과 겨루고 있는 검은 무복의 사내만 해도 그 근원을 알 수 없는 매서운 검법을 구사하고 있었다.

'이놈, 검에 실린 기세가 예사롭지 않구나. 체계적인 수련을 한 자는 아니지만, 사람 한두 번 베어본 솜씨가 아니다.'

역산의 검이 어지러이 움직이고 있었다. 검은 복면을 한 사내의 검은 신랄한 쾌검이었다. 철저히 사혈만을 노리고 있었고, 변식과 허초에도 능했다. 배움으로 익힌 것이 아니라, 실전으로 익힌 임기응변 같았다. 역산의 검과 어울리기에 적당한 검이었다. 역산의 검 역시 그러하였으니.

몰려든 적도들 중 실력이 달리는 자들은 표사들을 향해 검을 휘둘렀다. 그들 역시 재물을 탐해온 것이지 고수의 손에 개죽음을 당하러 온 것은 아니었기에, 실력의 차이가 확연한 자들 근처로는 눈길도 주지 않는 듯했다. 동료애라는 것은 눈 씻고 찾을래야 찾아볼 수 없었다.

"장 대인, 저들을 도와주지 않으실 것입니까?"

전장에서 한발 물러나 있는 철웅에게 일삼이 물었다. 이대로 두었다가는 조만간 피를 뿌리는 자가 생길 것이 분명하건만, 철웅은 요지부동이었다.

"…단순히 재물을 노린 자들이었구먼."

철웅의 눈빛이 탄식하는 듯 보였다. 그는 자신들에게 검을 빼어 든 자가 주 왕자를 노린 무리라 생각했다. 그러하기에 선두를 향해 살을 날렸고, 투지를 불태우며 검을 들었었다. 한데 고산덕과 귀주사괴라는 작자들의 대화를 들어보니, 단순한 도적의 무리에 불과한 것이 아닌가? 철웅은 검을 들었던 손에서 힘이 빠지는 것을 느꼈다. 도와야겠다는 생각이 들면서도 선뜻 나서지 못하는 이유가 그것이었다. 이 싸움은 표국과 도적들의 다툼, 타인들의 싸움이었다.

"…그래도 싸움은 말려야겠지. 자네들은 이곳에서 형님과 아이들을 지키고 있게."

"아니, 그래도……."

무어라 더 말을 하려던 일삼이었지만, 뒤도 돌아보지 않고 전장으로 향하는 철웅의 모습에 열었던 입을 다물 수밖에 없었다.

"뭐가 맘에 안 들어 저러시는 거지?"

일삼이 이해할 수 없다는 표정으로 고개를 갸우뚱하고 있었다. 그런 일삼을 보며 영우가 조용히 속삭였다.

"일삼……."

"왜?"

"마차 안에 들어가도 되죠?"

"뭐?"

일삼이 어이없다는 듯 영우를 바라보았다. 하나 영우는 당연하다는 듯 일삼을 바라보다 마차의 문을 열고 들어가 버렸다.

"난 마차 위에서 네 놈이나 잡았으니, 나머지는 둘이서 알아서 해요."

일삼은 마차의 문을 당겨 열려던 손을 놓으며 전장으로 눈을 돌렸다. 얼뜨기 녀석과 입씨름하느니 전장의 상황을 지켜보는 편이 여러모로 편했다. 다수의 습격을 받았으나 미리 준비하고 있었던 탓인지, 어느 한쪽으로 크게 승기가 기울지 않고 있었다. 적도들의 수는 대략 사십여 명. 하나 영우의 말마따나 그중 십여 명이나 철웅과 영우의 활에

나뒹굴었으니, 수적으로도 크게 밀리지 않는 싸움이었다.

큰 싸움이 벌어지고 있는 곳은 품 자로 세워진 마차의 중앙이었기에, 주 왕자가 타고 있는 검은 옻칠을 한 마차나 자신들이 타고 온 허름한 마차 주위로 접근하기에는 적도들의 손발이 모자랐다. 주 왕자의 마차 주위로는 평복 차림의 위사들이 인의 장벽을 치고 있어 쉽사리 적이 접근하지 못하고 있었고, 자신들이 타고 온 마차는 그들의 구미를 당기기에는 너무 볼품이 없었나 보다.


한참 싸움이 벌어지고 있는 마차들의 중앙으로 철웅이 걸어 들어가고 있었다. 그곳에서는 하수들의 싸움이 한창이었다. 표국의 인물들, 그리고 그들과 어울릴 만한 무위의 사내들이 서로의 목숨을 노리며 검과 도를 휘두르고 있었다.

'도적의 무리들… 국법에 따라 엄중히 문책해야 할 자들……'

한 표사와 복면사내가 검을 맞댄 채 힘을 겨루고 있었다. 이마에 흐르는 비지땀을 보니, 그 나름대로 생사를 가르는 혈투 중임을 알 수 있었다.

'…하나 내 손에 죽어야 할 자는 없다.'

휘이익!

픽!

철웅의 검이 검집째 휘둘렸다. 힘을 겨루던 복면사내가 뒷목에 강한 충격을 받고 쓰러졌다. 그와 맞서 있던 표사가 자신의 힘에 못 이겨 앞으로 고꾸라질 뻔하다 가까스로 중심을 잡았다. 그리고는 고개를 들어 철웅의 얼굴을 보고 나서야 안도의 한숨을 내쉬었다. 파검이라 불리는 고수, 아군이었다. 그리고 잊었던 사실 하나를 떠올리며 잠시 내려졌던 검을 들어 쓰러진 복면사내의 목덜미로 검을 내려쳤다.

휘익!

탱!

하나 그 표사의 검은 쓰러진 복면사내의 머리와 몸통을 갈라놓지 못했다. 자신의 검을 막은 검은 물체에 화들짝 놀란 표사가 뒤로 물러섰다. 그리고 뼛골이 시릴 만큼 차가운 목소리에 놀라 또 한 걸음 물러서야 했다.

"피 흘린 자 없으니… 그냥 포박하시오."

표사는 잠시 어리둥절하여 철웅을 바라보았으나, 철웅은 다시금 걸음을 옮겨 싸움이 일어나는 이곳저곳을 누비고 다녔다. 철웅의 일수에 복면인 하나가 쓰러져 갔다. 그리고 포박을 지시하고는 다른 싸움이 일어난 곳으로 걸음을 옮기고 있었다. 표사는 무언가 느껴지는 것이 있었기에, 허리에 맨 포승을 풀어 복면사내를 묶기 시작했다. 어색한 무언가가 뒷덜미를 간질이고 있었지만, 썩 기분 나쁜 느낌은 아니었다. 시끄러웠던 전장이 조금씩 진정되어 가고 있었다. 소리도 없이… 기척도 없이…….


고산덕과 추일의 싸움이야말로 무음의 싸움이었다. 고산덕의 검이 내지르는 파공성만이 힘든 격전 중이란 것을 말해 주고 있을 뿐, 추일의 손에서 뿜어지는 장력은 소리도 없었고, 형체도 없었다. 하나 추일의 손이 자신을 향하고 그 장심이 검게 물들 때마다 고산덕은 식은땀을 흘리며 장세에서 벗어나기 위해 신형을 움직여야만 했다.

'장력의 음유함에 치가 떨릴 지경이구나. 방심하고 일 장을 스쳤건 만, 벌써부터 이리 저려오다니……'

고산덕은 추일과의 대결에서 승기를 잡기 위해 무리수를 던졌다. 살을 주고 뼈를 깎는다는 마음으로 약간의 장력을 왼쪽 어깨에 허락하고 일검을 뿌렸던 것이다. 그 덕에 추일의 옆구리에 얕은 자상을 낼 수 있었지만, 저려오는 왼쪽 어깨의 감각이 점점 더 무뎌지고 있었다. 뼈를 주고 살을 바른 격이었다.

'시간을 끌수록 불리하다. 저 정도의 장력을 뿌려댔으니 내력이 달릴 만도 하건만……'

고산덕은 어깨의 고통을 내색하지 않으며 기회를 엿보고 있었다. 그와 맞서는 추일의 얼굴에는 비웃음이 가득했으나, 그것은 오직 표정에 국한된 것이었을 뿐 그의 내심은 이미 놀람으로 가득하였다.

'일개 표국의 표국주. 하나 소림의 속가, 하남일검이라는 이름을 가벼이 여긴 탓이다.'

조금씩 쓰라려 오는 옆구리의 통증이 그의 신경을 긁고 있었다. 고통이나 출혈이 문제가 아니었다. 고작 하남일검 정도의 인물에게 일검을 허용한 자존심의 상처가 더욱 그를 노하게 하고 있었다. 자신의 천살장이면 능히 무당의 면장이나 천하제일장이라는 화산파의 무현 진인과도 겨룰 수 있을 것이라 자신하고 있었건만.

'이 상처를 아물게 할 방법은 네놈의 목숨을 취하는 것뿐……'

추일의 얼굴에 살기가 어리고 있었다. 그리고 전신에서 피어오르던 살기가 그의 두 손으로 집중되었다. 그런 분위기를 읽은 것인지, 검을 잡은 고산덕의 손에도 더욱 힘이 들어가고 있었다.

‘승부다……’

고산덕 역시 자신의 내력을 조금씩 끌어올리고 있었다. 감추어두었
던 삼 할의 내력마저도 모두 끌어올려야 할 만큼, 귀주사괴의 이름은
쉽게 볼 수 없었다. 악명 역시 명성이었다.


다섯 명의 사내를 때려눕히고 걸음을 옮기던 철웅의 뒤로 날카로운
검세가 쇄도하고 있었다. 주변의 인물들은 검을 주고받기에 여념이 없
었고, 이미 피를 흘리며 공수를 주고받는 이들도 적지 않아 철웅의 위
기를 보고 외마디 고함을 질러줄 사람조차 찾을 수가 없었다.

쐐애액!

카강!

하나 검은 날아들던 기세만큼이나 빠르게 튕겨져 나갔다. 그리고 흐
트러진 중심을 바로잡고 선 사내의 눈에 검을 들고 서 있는 철웅의 모
습이 보였다.

“흥! 제법이군. 하지만 그런 식으로 싸움을 멈추게 해서는 곤란하지.
살아남은 자가 있어서는 곤란하거든.”

복면 사이로 보이는 눈이 얇게 좁혀졌다. 일수의 공방만으로는 실력
의 우위를 알 수 없었는지 다시금 거리를 좁히며 다가오는 사내의 눈
에는 두려움이 보이지 않는 살기가 내려앉아 있었다. 그 모습을 바라
보던 철웅의 눈이 차갑게 변했다. 상대가 살심을 보이면 나 역시 살심
으로 대한다. 오랫동안 지켜왔던 전장의 불문율이 철웅의 마음속에서
고개를 쳐들고 있었다. 하지만……

‘참아라… 더 많은 자들을 해하기 위해 사부를 모시고, 강해지기 위

해 노력한 것이 아니지 않느냐. 능히 제압할 수 있음에도 목숨을 취하는 것은 결국 역리 속의 역리를 탐하는 짓이다. 이들은 단죄하여야 할 자들임에 분명하지만 모든 일의 단죄를 목숨으로 하자면, 세상에 살아남을 자가 몇이나 될고…….'

철웅은 고개를 쳐들던 살심을 내리눌렀다. 모든 일이 생과 사로 결정되던 삶에서 떠나온 지 이미 오래였다. 자신이 전장을 떠나며… 아니, 사부라는 존재를 모신 후부터 그는 생과 사 이외의 것을 선택할 수 있게 되었다. 바로 지금처럼.

"죽어라!"

복면사내의 검이 목줄을 노리고 쇄도함에도 철웅의 검은 움직일 줄을 몰랐다. 복면사내의 눈에 득의의 빛이 흐르고 있었다. 사내의 검이 철웅의 목을 가르고 지나갔다.

'베었다!'

사내는 손끝으로 전해질 살인의 쾌감을 기다리고 있었다. 하지만 사내에게 전달된 것은 목을 벨 때 느껴지는 쾌감이 아닌, 복부를 쑤시고 들어오는 지독한 고통이었다.

푸욱!

"크어어억!"

검을 휘두르던 동작 그대로, 사내의 몸이 새우등처럼 굽어지며 무릎을 꿇었다. 검이 베고 지나간 것은 철웅이 서 있던 공간이었을 뿐, 이미 철웅의 신형은 바닥으로 내려앉아 사내의 복부에 검을 쑤셔 박고 있었다. 꿰뚫렸을 복부에서는 피가 튀지 않았다. 검을 뽑지 않고 검집째 쑤셔 박았으니 죽지는 않을지 몰라도, 오장육부가 뒤틀리는 고통에 검을 쥐기조차 힘들 것이리라.

뎅그렁.

철웅의 앞으로 복면사내가 땅에 머리를 처박으며 쓰러졌다. 그렇게 무너져 내리는 사내의 모습 위로 철웅이 허리를 펴며 일어서고 있었다.

"…정말 힘든 일이야. 살기(殺氣)를 다스린다는 것은……."

철웅은 다시금 걸음을 옮겼다. 몇몇 표사들이 다가와 쓰러진 복면사내를 포박하고 있었다. 철웅의 등 뒤로 경외의 눈길을 보내면서…….


전립은 자신의 눈을 의심하고 있었다. 혈지 추이와 겨루고 있는 곳과 철웅이 걸음을 옮기던 곳은 정면으로 마주 바라보는 곳이었다. 복면사내의 일검이 대단했던 것은 아니었다. 자신이라도 어렵지 않게 제압할 수 있는 자였다.

'하지만 저렇게… 단 일 수로 결을 할 수 있는 상대는 아니었다. 과감하고… 날카로운… 과연 파검이다.'

잠시 한눈을 판 전립의 복부로 추이의 혈지가 날아들고 있었다.

"이놈! 감히 다른 곳에 눈 돌릴 수 있을 만큼 이 추이님이 만만해 보이더냐?!"

전립은 다급히 몸을 회전시키며 혈지를 막아내었다. 추이의 혈지는 강호에 크게 알려지진 않았으나 근자에 보기 드문 양강의 지공이었다. 붉게 물든 혈지는 그 붉은 빛깔만큼이나 강한 열기를 내포하고 있었다. 살에 닿으면 비릿하게 살이 타는 내음을 맡을 수 있을 만큼. 혈지로 점혈되거나 가격당하게 된다면, 추이보다 내력이 높아 해혈이 가능한 고수들이라 하여도 살이 지져지며 점혈된 혈을 해혈하지 못해 목숨을 잃거나 무공을 잃게 되는 무서운 지법이었다.

"풍화선(風化煽)!"

전립의 섭선이 펴지며 추이의 시야를 가렸다. 추이가 거리를 벌리며
물러서자, 전립의 섭선이 풍차처럼 회전하며 거센 바람을 일으켰다.
섭선으로 일으킨 바람이었지만 내력이 가미된 회전이었고, 얼굴의 정
면으로 불어오는 바람이었기에 상대의 시야를 흐리기에는 충분한 선법
이었다.

"차앗!"

매서운 바람에 잠시 눈을 감은 추이였지만, 그 역시 일류라 불리는
무림의 고수. 사방을 노리며 달려드는 경력을 느끼자마자 전립의 공세
에서 벗어나기 위해 몸을 허공에 띄웠다. 하나 전립의 연환퇴가 그런
추이의 발목을 잡았다.

"항마연환퇴(降魔連環腿)!"

허공에 수십 개의 잔영이 솟구치고 있었다. 소림의 비전절학 중 하
나인 항마연환퇴가 몸을 회전하며 허공으로 날아가려던 추이를 향해
날아들었다. 물론 빠른 판단으로 이미 대부분의 공세에서 빠져나가 있
었지만, 전립의 연환퇴에 한쪽 발이 가격당하며 허공으로 떠오르던 추
이는 볼썽사납게 바닥에 떨어져 구르고 말았다. 이런 호기를 놓칠 리
없는 전립이었기에 도약과 함께 섭선을 펼쳐 추이의 목을 노렸다.

"차아앗!"

바닥을 박차고 일어서려던 추이의 시야에 한줄기 섬광이 쏘아지는
것이 보였다.

'안 돼!'

추이는 다급한 마음에도 한줄기 지력을 뽑아내 날아드는 섬광에 대적하며 일지를 내질렀다.

슈각!

푸욱!

전립의 섭선이 추이의 목을 가르며 지나쳤다. 놀라 부릅떠진 추이의 눈이 믿을 수 없다는 듯 야공을 바라보고 있었다. 그리고 그의 목에 작은 혈선 하나가 그어지더니, 이내 머리가 몸에서 분리되며 바닥으로 떨어져 내렸다. 악명 높았던 귀주사괴의 막내 추이의 죽음이었다.

"크윽!"

하나 추이의 목을 떨어뜨린 전립 역시 무사하지는 못했다. 들고 있던 섭선마저 떨어뜨린 채 괴로운 신음을 흘리며 몇 발자국이나 뒷걸음질을 쳤다. 섭선을 들고 있던 그의 어깨 부위에 엄지 손톱만한 크기의 구멍이 까맣게 그슬려 있었다.

"흐읍!"

전립은 급히 내력을 운용하며 막힌 혈을 짚어 해혈을 시도하였다. 하지만……

'이런, 혈이 봉쇄되어 버렸다! 내력이 아니라… 살이 타 오그라들어 혈이 있던 자리를 뭉개 버렸구나…….'

전립의 눈에 절망의 빛이 떠올랐다. 뾰족한 방법이 없었다. 안 그래도 자신의 선법은 오른팔의 운용이 칠 할 이상의 중요함을 차지하는 무공이었다. 이대로라면 다시는 선법을 펼칠 수 없게 된다. 전립의 눈이 노기를 띠며 추이의 머리를 바라보았다. 저 죽일 놈이 결국 자신의 무공을 목숨의 대가로 가져가 버린 것이다.

“이… 이 쳐 죽일…….”

분노한 전립은 자신의 발을 굴러 추이의 머리를 밟으려 하였다. 그의 내력이 실린 진각으로 추이의 머리가 산산이 부서지려던 순간, 한줄기 목소리가 진립의 귓가로 파고들었다.

“그의 머리를 부수어 얻을 수 있는 것이 있다면 굳이 막지 않겠소. 하지만 그저 노기를 풀기 위한 행동이라면… 수사답지 않은 행동이라 말씀드리고 싶소.”

전립은 들었던 발을 내려놓으며 고개를 돌렸다. 어느새 다가온 철웅이 그를 바라보며 서 있었다. 안타깝다는 눈빛으로 추이를 바라보며.

“이자는… 죽어 마땅한 자였소.”

말을 마친 전립은 입을 굳게 다물었다. 철웅의 안타까워하는 눈빛이 자신에 대한 책망이라 여기는 듯한 표정이었다.

“살인을 비난할 생각은 없소. 나 역시… 누구를 탓할 입장은 못 되니. 단지… 세상에 죽어 마땅한 자는 없다고 말씀드리고 싶구려. 이 사람은 죽을 이유가 있어 죽은 것이 아니라… 죽을 때가 되어 죽은 것이오. 이 사람에겐… 지금이 그때였고.”

철웅의 말에 전립이 놀랍다는 표정을 지었다. 쉽게 인정할 수 없는 말이었지만, 또한 쉽게 반박하지도 못할 말이었다.

“모든 것은 천명을 따라 순리대로 흐르는 것이라 하더이다. 내가 사람을 살리는 것도 천리를 따른 것이고, 내가 사람을 죽이게 된다 하더라도… 그것 역시 천리를 따른 것이라고…….”

“누군가의 말씀을 옮기시는 것 같구려.”

어느새 노기가 가라앉은 전립이 철웅에게 물었다. 그런 전립을 바라보며 철웅이 웃으며 대답했다.

"내 사부가 가르쳐 준 것이라오. 나 역시… 아직 완전히 이해하지는 못하고 있지만."

대부분의 소란은 가라앉아 있었다. 이미 시야에서 사라진 고산덕과 추일, 무리의 한복판에서 일전을 벌이고 있는 철권 이승수와 붕권 추량만이 싸움을 계속하고 있었고, 조금 떨어진 곳에서는 섬전도 육당이 도에 묻은 피를 바닥에 뿌리며 걸어오고 있었다.

"젠장, 더럽게 질긴 놈이었어."

육두문자를 내뱉으며 걸어오던 육당의 온몸은 낭패의 흔적이 역력했다. 여기저기 구른 흔적과 찢어진 옷자락. 그리고 왼쪽 팔뚝에 검게 죽어버린 살들을 보니 쉽지 않은 상대였었나 보다.

"귀주사괴의 악명은 명불허전이었네. 나는 아무래도 섭선을 놓게 될 듯싶구먼…….."

전립의 씁쓸한 말에 육당이 놀라며 그의 몸을 살폈다.

"이… 이런, 혈지에……?!"

"음. 혈도가 뭉개져 버렸네. 살아가는 데에는 별 지장이 없을 테지만… 다시는 섭선을 펼치지 못할 듯싶네."

육당이 입술을 잘근 씹으며 본인보다도 더 노기를 뿜어내었다.

"이런, 개 씨부럴 놈! 내 이놈의 새끼를…….."

육당이 자신의 도를 뽑아 들며 추이의 시신에 다가가려 하자 전립이 그의 손을 잡으며 만류했다.

"그만, 되었네. 이미 죽은 사람이 아닌가……."

"하지만 사형……."

육당이 억울하다는 듯한 표정으로 전립을 바라보았다. 전립과 육당은 같은 사부 밑에서 동문수학한 사이는 아니었지만, 소림이라는 그늘 아래서 누구보다도 가깝게 지내왔었다. 육당의 눈 꼬리에 걸린 작은 이슬이 그들의 사이가 어떠했는지를 잘 말해 주고 있었다.

"되었네. 모든 것이… 부처님의 뜻이겠지……."

소림의 속가제자답게 모든 일에 대한 번뇌를 털어버린 듯한 모습이었다. 육당이 놀랐다는 표정으로 전립을 바라보고 있었지만, 전립의 눈은 사제가 아닌 철웅을 바라보고 있었다. 그리고 자신을 바라보고 있던 철웅에게 작게 고개를 숙여 감사를 표했다. 철웅 역시 마주 고개를 숙여 그의 인사에 답했고.

'대협의 일깨움이 아니었다면 소림의 가르침을 받은 자로서 부끄러운 행동을 할 뻔하였습니다. 감사합니다.'

'별말씀을…….'

육당은 철웅과 전립을 번갈아 보며 어리둥절해했다.

'두 사람이 원래 이렇게 친했었나?'


육당이 고민을 하는 사이, 무리의 중앙에서는 흔히 볼 수 없는 진기한 대결이 펼쳐지고 있었다. 철권 이승수와 붕권 추량이 서로를 노려보며 한 자 정도의 간격만을 둔 채 마주 서 있었다. 그들의 전신은 이미 땀으로 흠뻑 젖어 있었고, 두 눈의 투지 역시 달아오를 대로 달아올라 있었다.

"하압!"

"차앗!"

쿠궁!!

그들을 에워싸고 있던 사람들 모두 질렸다는 표정으로 그들을 바라보고 있었다. 두 사람의 주먹이 굉음을 울리며 맞부딪쳤다. 그러자 누구 할 것 없이 두 걸음씩 뒤로 물러났다. 두 사람은 서로를 노려보다 다시금 두 걸음 다가섰다. 그리고……

"카아앗!"

"하아앗!"

쿠궁!

또다시 두 사람의 주먹이 서로의 주먹을 향해 쇄도하다 맞부딪쳤다. 참으로 어이없고 황당한 대결이었으나 이승수나 추량, 두 사람 모두 이 것만이 서로의 무공에 대한 우열을 가릴 수 있는 길이라는 듯한 표정으로 대결에 임하고 있었다.

원래 권법 하나만큼은 누구에게도 뒤지지 않는다 자부하던 두 사람이었다. 그런 두 사람이 만났으니 어찌 승부욕이 불타오르지 않고 호승지심이 일지 않겠는가. 만약 추량이 자신의 형제들의 죽음을 알았다면 모를까, 그들과는 제법 거리가 있었기에 아직 형제들의 죽음을 알지 못하고 있었다. 그리고 지금의 그는 천지가 개벽을 해도 아무 소리도 듣지 못할 정도로 대결에 집중하고 있었다. 그마만큼 이승수와 추량, 두 사람의 실력은 비등하였다.

"지루하구나. 우리 한 방으로 끝내자꾸나. 크크."

"좋다. 마지막 한 방이다."

"남자는……."

"호호, 주먹!"

추량의 말에 이승수가 웃으며 응대했다. 누런 이를 드러낸 채 웃고 있는 두 사람. 지금 그들 두 사람은 적아가 아니라, 무인 대 무인으로서 마주하고 있었다. 두 사람의 전신으로 은은한 열기가 피어오르고 있었다. 모닥불 위로 아지랑이가 피어오르듯 두 사람의 온몸을 휘감고 있는 열기는 투기 그 자체였다.

"카아앗!!"

"으아하핫!"

두 사람의 주먹이 서로의 주먹을 향해 날아들고 있었다. 이제까지의 대결에서는 볼 수 없었던 엄청난 기세가 두 주먹에 실려 있었다. 모두 얼마간 남겨두었던 내력을 모두 쏟아 부은 까닭이리라. 결국은 누구의 내력이 더 높은가를 시험하는 꼴이 되었지만, 두 사람의 악다문 입은 그 어떤 짐작도 함부로 하지 못하게끔 하고 있었다.

쾌과과광!!

주먹이 맞부딪쳤음에도 폭약이 터지는 굉음이 울렸다. 서로 다른 기운의 내력이 맞부딪칠 때 나는 상쇄 반응이었고, 그 폭발의 여파를 감히 두 눈으로 지켜볼 수 있을 만큼 고강한 고수는 주변에 존재하지 않았다. 두 사람을 중심으로, 일진광풍이 허공으로 말려 올라갔다. 자욱한 먼지가 사방으로 비산하며 사람들의 시야를 더욱 흐리고 있었다. 진립과 육당도 그 여파에 고개를 돌릴 수밖에 없었다. 자신의 사제와 추량과의 실력차가 그리 크지 않았기에 나서서 말리거나 끼어들 수가 없었던 까닭이다.

먼지가 내려앉고 두 사람의 상황을 알아볼 때까지는 제법 긴 시간이 필요했다. 그리고 어느 정도 진정된 대기가 먼지를 가라앉히며 장내의 상황을 조금씩 드러내고 있었다.

"아……!"

진립의 입에서 가장 먼저 탄성이 나왔다.

이승수와 추량은 주먹을 서로 맞댄 채 서 있었다. 두 사람 모두 아무런 미동도 없어 혹시 양패구상(兩敗俱傷)한 것이 아닌지 의심스러울 정도였다. 그러나……

푸화학!!

추량의 어깨 뒤편으로 긴 피분수가 뿜어져 나왔다. 그리고 한 발 물러서던 추량이 결국 한쪽 무릎을 꿇었다.

쿵!

이승수의 얼굴은 고통과 승리의 쾌감이 얼버무려진 채 일그러져 있었다. 그의 주먹에서는 붉은 피가 흘러내리고 있었지만, 어깨가 터져 나간 추량과 자신 중 누가 승자인지는 그 누구보다 자신이 가장 잘 알고 있었다.

"흐흐, 이겼다……."

이승수는 승리의 광소를 내지르고 싶었다. 하지만 주먹을 내뻗은 모습 그대로 눈을 까뒤집으며 뒤로 넘어가고 있었다.

쿵!

이승수는 얼굴에 승리의 표정을 담은 그대로 혼절해 버리고 말았다. 주변을 에워싸고 있던 표사들의 표정이 밝아지고 있었고, 그런 이승수의 모습을 바라보던 추량은 말없이 고개를 숙였다. 패자는 말이 없는 법이었다.

"정녕 대단하구나. 내 사제이지만 정말 대단하다는 말밖에는……."

“정녕 그렇구먼. 승수도 장족의 발전을 하였구먼. 장 대협이 보시기엔… 장 대협?”

육당과 진립이 이승수의 모습에 안도하며 기뻐하던 그 순간, 철웅은 그 자리에 있지 않았다. 진립이 두리번거리며 그를 찾았지만, 이미 주변 어디에서도 그의 모습은 볼 수가 없었다.


육당이 장내로 달려가 추량을 제압하고 이승수를 돌보는 동안 철웅은 언덕의 아래로 달려가고 있었다. 움푹 파여 시야에 잡히지 않던 언덕의 뒤편, 추일과 고산덕의 소리없는 접전이 벌어지고 있는 그곳으로.


“얼추 끝이 난 건가?”

장 의원이 마차 밖의 상황을 바라보다 말했다. 굉음에 놀라 고개를 숙여야 했지만, 표사들의 환호 소리를 들으니 적도들을 모두 제압한 모양이었다.

“에… 피를 흘리는 표사가 셋이지만, 모두 죽을 정도는 아닌 것 같네요.”

영우의 목소리에 장 의원이 마차 문을 열고 나섰다. 다친 사람이 있다면 자신이 나서야 할 때였다. 사람들이 모인 곳으로 걸어가는 장 의원의 뒤로 강추가 뒤따르기 시작했다.

“아주 사부야, 제자야 하는구만.”

두 사람의 모습을 바라보던 영우가 괜한 심술을 부리며 마차에 털썩 앉았다. 맘에 들지 않는다는 표정이었지만, 부러운 듯한 눈빛이었다. 그런 영우의 고개가 갸우뚱거렸다.

‘뭐야? 우는… 건가?

영우는 눈을 비볐다. 하지만 자신이 보았던 반짝임은 이미 사라지고 없었다.

‘에… 잘못 본 건가?

영우는 잠시 고개를 갸우뚱해 보이곤 창밖으로 시선을 옮겼다. 어두운 마차 안이었고, 우연히 새어 들어온 달빛에 보인 찰나의 반짝임이었다. 잘못 보았다 하더라도 이상할 것이 없는 반짝임이었다. 설마 아무 말도 못하는 저 아이가 무엇 때문에 눈물을 흘리겠는가. 하나 달빛이 비껴간 마차의 구석, 소소의 눈 꼬리에 매달린 이슬은 분명 눈물이었다.

‘…돌아와요.’

소소의 꼭 쥐어진 두 손이 가늘게 떨리고 있었다. 아무렇지 않으려 해도… 넋 나간 사람처럼 행동하려 해도… 자신의 의지로 되는 것이 있고, 안 되는 것이 있었다. 두려움도 그중 하나였다.

‘아저씨… 빨리 돌아와요……. 제발…….’

이미 병장기 부딪치는 소리가 잦아든 지 오래건만 소소의 귓가로 들리던 그 소리는, 꼭 감은 그녀의 두 눈 속에서 잊고 싶던 그날을 다시금 그려 넣고 있었다.

‘…어머니.’

소소의 망막에 어머니의 모습이 그려지고 있었다. 그녀를 향해 손짓하는 어머니. 반갑게 뛰어가려던 소소의 두 발이 바닥에 붙어 떨어지지 않았다. 소소에게 손짓하던 어머니의 가슴에서 붉은 피가 흘러 바닥을 적시고 있었다.

‘어머니!’

소소는 아무 말도 할 수 없었다. 고함을 지르려 해도, 목 놓아 울부짖으려 해도 그녀의 목에선 아무런 소리도 나오지 못했다. 어머니의 영상이 멀어져 가고 있었다. 어머니를 쫓으려 해도 뿌리내린 소소의 발은 떨어지지 않았다. 어머니를 부르려 해도 굳어버린 목에선 아무런 외침도 들려오지 않았다.

‘어머니!!’

어머니가 사라진 자리에서 거센 눈보라가 휘몰아쳐 오고 있었다. 동장군의 손톱이 소소의 가녀린 어깨를 매섭게 훑고 지나갔다. 어느새 발목까지 차 오른 눈 더미 속에서 소소는 그렇게 얼어붙고 있었다.

‘추워요…… 아저씨…….’

철웅은 소소의 간절한 부름을 듣지 못한 채 언덕의 비탈을 내려서고 있었다.

소소의 떨림은 멈추질 않았다. 입술을 깨물어도, 두 손을 꼭 쥐어봐도 한번 일기 시작한 떨림은 좀처럼 멎질 않았다.

‘추… 워…….’

소소의 전신이 차디차게 얼어붙고 있었다. 그녀의 겨울은 아직 끝나지 않고 있었다.

第四十四章
암경(暗勁)

고산덕의 얼굴은 하얗게 질려 있었다. 그의 애검인 맹호검은 이미 자신의 손을 떠나 바닥을 뒹굴고 있었다.

"제법이었다만… 이제는 명부로 들 시간이다."

천천히 다가오는 추일의 모습은 명부의 사자 그대로였다. 추일 역시 제법 손해를 보았는지 머리는 산발을 하고 있었고, 의복도 서너 군데나 검에 베어 있었다. 하나 그뿐이었다. 고산덕은 복부를 움켜잡고 숨을 쉬는 것조차 어려워하고 있었고, 추일은 살기등등한 눈빛으로 그에게 다가서고 있었다. 양손의 장심 가득 검은 기운을 갈무리한 채.

"맹호삼십육검이라 했던가? 제법 괜찮은 검법이었다."

고산덕은 일행이 있는 쪽이 잠잠해졌음을 느낄 수 있었다. 정체를 알 수 없던 폭음도 이미 잦아들었고, 어느 쪽이 이겼든 아마 싸움은 끝나 있을 것이다. 자신이… 이 싸움의 마지막일 것이다.

"천살장도… 훌륭한 장법이었소."

음기가 실린 장법이라 하여 천대받을 이유는 없었다. 상대하기 어려운 무공이라 하여 정통으로 인정받지 못할 이유도 없었다. 하나 추일의 천살장법은 천대받았고, 인정받지 못하였다. 그가 귀주사군이 아니라 귀주사괴가 된 이유였다. 추일의 눈가에 작은 탄복이 어렸다.

"고맙구나. 그 대가로… 고통없이 보내주마. 뇌호혈에 천살장을 맞으면 고통을 느낄 새도 없을 것이다."

고산덕은 눈을 감았다. 무인의 최후는 죽음뿐이다. 남을 죽이는 삶만을 살 수는 없는 법. 이제는 자신이 죽을 때였다.

"나의 천살장이 강호 최고의 장법임을 입증할 것이다. 그리고 화산파에서 가지고 있는 천하제일장의 위명도 내가 가져올 것이다. 내가 바로 천하제일장이다……."

승리가 기꺼웠음인가. 추일의 얼굴에 기이한 미소가 어리고 있었다. 음산한 기운은 그대로였지만, 어찌 되었든 그로서는 최대한의 만족을 표현한 표정이었다. 하나 그런 그의 표정에 찬물을 끼얹는 목소리가 들려왔다.

"천하제일장은 그대 따위가 입에 올릴 만한 이름이 아니다."

추일의 얼굴이 굳어져 갔다. 그리고 죽음을 기다리던 고산덕에게서 조용히 몸을 돌렸다. 추일의 시선에 한 사내가 잡혔다. 검은 무복의 사내. 허리에는 무복에 어울리는 검은 장검을 차고 있었고, 틀어 올려진 상투는 불어오는 바람에 그 끝이 나부끼고 있었다.

"넌 누구냐?"

추일이 노기를 띠며 말했다. 자신의 광오한 포부를 부정한, 씹어 먹어도 시원치 않을 사내가 웃으며 답했다.

"…천하제일장과 친분이 있는 사람이라고 해두지."

하남일검이라는 고산덕을 물리친 귀주사괴의 첫째. 그런 추일의 포부를 부정하며 당당히 나타난 사내, 그는 철웅이었다.

추일의 눈에 불길이 일고 있었다. 천하제일장과의 친분? 그렇다면 화산파와 연관이 있다는 이야기일 수 있었다. 하나 그런 것이 그의 행동을 제지할 수는 없었다. 이미 무림의 태산북두라는 소림의 속가제자마저 적으로 돌린 그인데, 화산파라 하여 적으로 삼지 못할 이유가 없었다.

"너 따위에게 천하제일을 증명받고 싶은 생각은 없다. 하나 내 기분을 망친 이유 하나만으로도 너는 충분히 죽어 마땅한 자가 되었다."

추일이 한 걸음 다가섰다. 철웅 역시 한 걸음 다가섰다.

"마치 저승사자라도 되는 것처럼 말하는군."

"저승사자인지 아닌지는… 두고 보면 알게 될 것."

한 걸음 더 다가서던 추일이 한 손을 내뻗으며 말을 끝맺었다. 놀란 고산덕이 위험을 알리기 위해 입을 벌렸지만, 이미 한기가 엄습해 진탕된 내부였기에 미약한 신음만이 그가 내지를 수 있는 소리의 전부였다.

"위… 위험……."

고산덕의 미약한 신음이 아니었더라도, 철웅은 추일의 장심을 바라보며 긴장하고 있었다. 산발괴인의 장심에서 일렁이던 검은 기운은 그 모습만으로도 충분한 위험 신호였다. 철웅의 눈이 낮게 가라앉았다.

'장법인가?'

철웅은 지체없이 몸을 날려 한쪽으로 피했다.

슈슈슈슉!

철웅이 서 있던 자리로 한줄기 바람 같은 무엇인가가 스치고 지나갔다. 그리고 그것이 스치고 지나간 자리를 바라보던 철웅의 눈에 놀라움이 어렸다. 그가 서 있던 자리. 어둠 속에서도 그 변화가 또렷이 보일 만큼 천살장에 스친 잡초들이 시들어 죽어가고 있었다.

'암경(暗勁)?!'

철웅의 의식 위로 수많은 글자가 빠르게 흐르고 있었다.

'사부가 말하길 몸 안의 내력을 발산하는 것을 발경(發勁)이라 하였고, 그중 명경과 반대되는 것을 암경이라 하였다. 명경은 유형유상(有形有象)하고, 암경은 사유사무(似有似無)한다 했다. 강맹하고 파괴적인 명경과는 달리 암경은 음유하고, 외부가 아닌 내부를 진탕시키는 침투경의 속성을 가진다 했다. 이것이… 암경이라는 것이구나.'

이미 사부가 남긴 심득을 통해 무학의 기초를 잡아가고 있던 철웅이었다. 게다가 그는 무학에 대해 아무것도 모르는 범인이 아니라 이미 온몸에 실전의 기술이 녹아 있는 전장의 용사였기에, 그 심득의 습득이 평범할 리 없었다. 일신우일신(日新又日新)이라는 말이 무색할 만큼, 그의 성취는 빠르게 이루어지고 있었다.

철웅은 낮게 가라앉은 눈으로 추일의 장심을 바라보고 있었다. 그의 두 눈은 추일에게 향해 있었지만, 그의 전신 세포는 주변의 변화를 감지하고 있었다.

"이제는 네가 죽는다는 것을 인정할 수 있겠나?"

추일의 이죽거림에 철웅의 눈매가 조금 얇아졌다.

'장력의 형(形)이 보이지 않으려면 두 가지를 만족하여야 한다 배웠다. 첫 번째는 그 내력 운용의 속성이 파(破)가 아닌 침(浸)에 있어야 하고, 다른 한 가지는… 느려야 한다는 것이다.'

철웅은 자신을 스친 장력의 느낌을 되뇌이고 있었다. 미리 감지한 것이 아니라 무작정 피했다고는 하나, 그럼에도 그다지 빠르다는 느낌은 받지 못했다. 무현 진인의 명경이 쏘아지는 포탄이라면, 이자의 암경은 쏘아진 살과 같았다. 둘 다 빠르긴 하지만 분명한 차이가 있는 빠름이었다.

"천살장에 죽는 것을 영광으로 생각해라. 훗날 천하제일장으로 불릴 이름이니. 차앗!"

추일의 두 손이 동시에 움직였다. 철웅은 전신의 오감을 최대한 확대시켰다. 그것은 수십 년간 피가 튀는 전장에서 갈고닦인 그의 능력이었다. 게다가 사부에게서 전수받은 단환으로 내력이 증진되었고, 그 내력이 자신의 능력에 한층 배가된 상태였다. 철웅은 자신에게 다가오는 두 가닥의 기운을 어렵지 않게 느낄 수 있었다.

'암경을 막는 방법 역시 두 가지. 하나는 암경보다 더욱 강력한 내공으로, 탄(彈)하여 맞받아치거나…….'

"차아앗!"

철웅의 입에서 외마디 기합성이 터져 나왔다. 그리고 그의 전면을 수직으로 가르는 새파란 귀광이 허공으로 치솟아올랐다.

촤아악!

"암경의 흐름을 갈라 흩어놓는 것……."

철웅에게 쇄도하던 기운은 허공으로 흩어져 버렸다. 그 모습을 바라보던 추일의 눈이 경악으로 물들어가고 있었다. 천살장은 파훼되었다.

"…말 …말도 안 돼. 어찌… 어찌 천살장의 기운을……."

자신감이 큰 만큼 그것이 무너진 후에 오는 충격도 큰 법이다. 추일은 자신의 천살장이 파훼되었다는 믿지 못할 현실에 당혹스러워하고 있었다.

"미… 믿을 수 없다. 어디, 이것도 막아보아라! 차아앗!!"

허공으로 몸을 띄운 추일의 손이 현란하게 밤하늘을 수놓았다. 가뜩이나 내력의 고갈이 심한 천살장이었다. 철웅에게 쇄도하는 열 개가 넘는 암경들로 인해 추일의 얼굴은 허옇게 질려갔다. 하나 그의 그런 노력에도 불구하고 철웅의 검은 인정사정없이 휘둘리며 야공에 은빛 궤적을 남기고 있었다.

파파파팟!

한 발 뒤로 물러섰던 철웅이 아무 일 없다는 듯 몸을 바로 했다. 하나 그의 표정에서 득의의 빛은 찾을 수가 없었다.

"마… 말도… 안 돼……."

추일은 경악과 허탈함이 뒤섞인 표정으로 몸을 휘청였다. 그 모습을 하나도 빠짐없이 지켜보던 고산덕 역시 경악하기는 마찬가지였다.

'저것이 있을 수 있는 일인가? 암경을 느끼고, 검으로 그 장세를 갈라낸다는 것이?'

고산덕이 가지는 의문은 추일의 머리 속에 맴돌던 의문과 같았고, 천하무림인이라면 누구나 가질 수 있는 의문이었다. 느낄 수 있는 암경은 이미 암경이 아니다. 고산덕이 겪어본 천살장은 분명 암경으로서는 최고라 불릴 만한 무공이었다. 천살장을 막을 수 있는 자가 있다면,

암경을 느낄 수 있을 정도의 고수라면… 이 넓은 천하에서도 열 명 이상을 꼽기 어려웠다.

'일신우일신이라더니……'

고산덕의 당혹스러움도 추일에 비해 결코 적지 않았다. 불과 며칠 전에 자신과 직접 검을 섞지 않았던가? 하나 그때 느꼈던 그의 모습과 지금의 철웅이 보여준 무위는 전혀 다른 사람을 보는 듯했다.

하나 이것은 추일과 고산덕 두 사람 모두의 착각이었다. 암경이 위험하고 두려운 이유는 발경을 눈치 채지 못한다는 것뿐, 그 원리나 위력은 일반 명경과 크게 다를 바가 없었다. 일반적인 장법이고, 그보다 높은 내력을 가진 자라면 능히 장세를 검으로 가를 수 있었다. 암경은 그 공세의 은밀함을 알아채기가 어렵기에 두려운 무공일 뿐. 철웅이 암경을 막아낸 것은 그의 기감이 남들보다 월등히 좋았고, 그 능력이 내공을 바탕으로 더욱 확장되었기 때문이다. 물론 철웅의 무위가 추일과 비교하여 손색이 있는 것은 아니었지만, 고산덕의 생각처럼 천하에 이름난 고수들과 함께 놓기에는 큰 무리가 있었다.

하나 사람들은 자신들의 눈으로 보고 들은 것을 진실로 받아들이고 만다. 지금 철웅을 바라보는 고산덕처럼… 추일처럼…….

"이런 방법으로 천하제일장의 이름을 넘보았던 것인가?"

철웅의 목소리는 결코 크지 않았다. 하나 그 목소리를 받아들이는 추일에게는 청천벽력보다도 더 큰 추상같은 위엄이 담겨 있는 듯했다.

"…떠나라. 그리고 다시는 강호에 나타나지 마라. 그대가 저지른 행패를 생각하면 나 역시 살심을 누르기 어렵지만, 피해를 입은 자가 없으니 오늘은 고이 돌려보낸다."

추일과 고산덕의 고개가 동시에 철웅에게 향했다. 추일은 자신을 살려준다는 이야기에 놀란 것이고, 고산덕은 추일을 놓아준다는 말과 일행에게 피해가 없다는 말에 놀란 것이다.

"장 대협! 이자는 무림의 해악과 같은 자입니다. 지금까지 저질러 온 악행은 일일이 나열하기도 어려울 지경이고……."

"그만 하십시오."

철웅의 말에 고산덕은 더 이상 아무 말도 할 수 없었다. 아니, 뒤이은 철웅의 이야기로 인해 그러했다는 말이 맞을 것이다.

"귀주사괴라 하였나? 그대의 형제 둘이 죽었고, 권을 쓰던 자는 어깨가 바수어졌다. 그대들이 저지른 악행이 많다 하니, 뿌린 대로 거둔 것이라 생각하고 떠나라. 그리고 고 국주. 더 이상 이자들은 우리에게 위협이 되지 못하오. 굳이 피를 뿌려야 할 이유가 없소. 물론 이자들의 지난 악행이 있다면, 그것은 분명 단죄될 것이오. 하나 이들의 지난 죄업을 내가 단죄할 수는 없소. 그것은 하늘이 정하는 것. 나는 하늘의 뜻을 알지 못하니, 이들을 단죄하는 것이 온당한 것인지 알지 못하겠소."

철웅은 말을 마치며 자신의 검을 검집에 집어넣었다. 그리고 추일을 지나쳐 고산덕에게 향했다.

"상처가 심한 것 같소. 이것을 복용하시오."

철웅은 품에서 검은 자기 병을 꺼내 고산덕에게 전했다. 이미 자신의 목숨을 구해준 전력이 있는 단환이었다. 제아무리 암경에 당한 내상이라 하더라도, 사부가 남긴 검은 병의 단환 한 알이면 그의 상세를 고치기에 충분하리라.

고산덕은 사양치 않고 단환을 받아 입으로 넘겼다. 그리고 곧바로 가부좌를 틀고 앉아 운기조식을 취했다. 사방이 훤히 뚫린 곳인지라 운기조식을 취함에는 적당하지 않았지만, 상세가 위중하기도 하였거니와 철웅이 호법을 서준다는 믿음이 있었기에 아무 걱정 없이 운공요상에 들어갈 수 있었다. 그때까지도 추일은 주저앉아 아무 말이 없었다. 철웅은 그런 추일에게 일별도 하지 않았다. 그저 빨리 떠나주기만을 바랄 뿐.

"…천살장이 …그렇게 쓸모없는 장법이었소? 천하제일장이라는 무현 진인의 장법에 비해서 말이오."

추일의 목소리가 깊이 잠겼다. 철웅은 가만히 등을 돌려 추일을 바라보았다.

"무현 진인의 일장은… 나 같은 이, 일백이 모여도 막기 어렵소."

철웅의 말에 추일의 어깨가 부르르 떨렸다. 그의 모든 신념을 나락으로 떨어뜨릴 만큼 천하제일이란 자리는 두려움이 느껴질 정도로 높은 곳에 있었다.

침묵하던 추일이 자리에서 일어났다.

"…떠나겠소. 하나 그전에… 당신의 이름이나 알았으면 하오."

철웅은 잠시 고민을 하다가 입을 열었다.

"철웅… 장철웅이라 하오."

"역시… 화산파와 인연이 있다는 이야기를 들었을 때… 당신을 장대협이라고 부를 때 짐작했소. 당신이 섬서의 파검 장철웅 대협이셨구려."

철웅은 가만히 고개를 끄덕였다. 아직까지도 민망함이 가시지 않는 별호였지만, 그도 조금씩 자신의 이름에 적응해 가고 있었다.

"…다시는 세상에 나오지 않겠소. 약속하겠소."

"……."

추일은 철웅의 대답도 기다리지 않고 걸음을 옮겼다. 이미 그들의 주위로 일행의 대부분이 와 있었다. 추일이 다가가자 육당이 맘에 들지 않는다는 표정으로 추량을 건네주었다. 하나 뭐라 말할 입장도 아니었다. 철웅의 결정에 반대할 사람은 아무도 없었다.

"다른 이들도 병기를 압수한 후 풀어주시오."

철웅의 말에 진립이 고개를 끄덕였다. 데리고 다닐 수도 없고, 그렇다고 모두 죽이고 떠날 수도 없는 노릇이니 풀어줄 수밖에 없었다. 포박에서 풀린 자들 대부분이 어리벙벙한 표정이었으나 눈치 빠른 몇은 벌써 철웅의 눈치를 살피고 있었다.

"떠나라. 그리고 다시는 우리를 노리지 마라. 두 번의 구명(救命)은 없는 법이다."

철웅의 말이 떨어지자 몇몇이 슬금슬금 뒷걸음질치더니 이내 줄행랑을 놓았다. 시간의 차이일 뿐, 다른 이들 모두 어둠 속으로 사라지고 있었다.

고산덕이 가부좌를 풀고 일어났다. 그의 혈색은 원래의 신색으로 되돌아와 있었고, 깊게 숨을 들이마시는 것으로 보아 내상은 모두 치유된 듯 보였다. 고산덕은 서둘러 철웅을 찾았다. 그와 얼마 떨어져 있지 않은 언덕 위에 그가 서 있었다. 그에게 다가가 시선을 좇으니 어둠 속으로 멀어지는 두 사람의 모습이 보였다.

"아직도… 내가 잘한 것인지, 잘못한 것인지 모르겠습니다."

"저들을 놓아준 것 말입니까?"

고산덕의 물음에 철웅이 고개를 끄덕였다. 철웅은 말이 없었다. 옳고 그름을 따지기엔 자신의 판단에 대한 확신이 부족했다. 단지 사부의 말씀이 가슴에 남아 있고, 아직까지도 천리와 순리라는 명제로 고민하고 있었기에 불필요한 살생에 맘이 가지 않은 것이었다.

"어쩌면… 더 큰 시련을 가지고 올지도 모릅니다. 귀주사괴야 악명이라도 자신들의 위명이 있으니 자신들의 입으로 내건 약조는 어기지 않을 겁니다. 하나 함께 놓아준 자들 중 절반은 그 생활에서 벗어나지 않을 겁니다. 인간의 습성이란 것이… 그리 쉽게 바뀌는 것은 아니니까요."

"언제까지 피할 수만도 없는 노릇이지만……."

철웅도 느끼고 있었다. 강호에서 살생을 피하고자 하는 것은 그마만큼의 위험을 자신이 짊어져야 한다는 뜻이나 다름없었다. 더군다나 자신은 지금 누군가를 보호하고 있는 입장이었다. 사치스러운 생각일지도 몰랐다.

"고 국주의 마음을 불안하게 만들어 버린 것 같습니다."

"아닙니다. 장 대협에게 목숨의 구원을 받았으니, 그 정도의 양보는 당연한 것이었습니다."

고산덕은 웃으며 답했지만, 그의 말처럼 목숨의 구원으로 인한 한 번의 양보였다. 이런 식의 행보라면 자신들의 일정 자체가 큰 차질을 빚게 될 것이 분명했다. 하나 그렇다고 철웅에게 살생을 강요할 수도 없는 노릇이었으니, 고산덕의 입장도 꽤나 난처할 따름이었다. 그런 그의 귀에 들린 철웅의 목소리는 가슴 한편을 쓸어 내리게 하는 것이었다.

"위험하다 느껴지면… 필요하다 느껴지면… 분명 살검을 뽑을 것입니다. 나 역시… 왕자님의 호위니까요."

고산덕은 가만히 고개를 끄덕여 철웅의 말에 감사를 전했다.

어스름한 새벽, 야공과 맞닿아 있던 지평선 너머로 금빛 물결이 출렁이고 있었다. 잠시라도 눈을 붙이자는 생각인지 불이 채 꺼지지 않은 모닥불 주위로 사람들이 몰려들어 고개를 꾸벅이고 있었고, 잠을 설친 몇몇은 출발을 준비하는 듯 마차 주변을 어슬렁거리고 있었다.

언덕 위에 서 있던 철웅의 뒤로 어둠 속에서 잠을 자던 그림자가 조금씩 모습을 드러내고 있었다. 여정의 첫 번째 시련은 그렇게 지나가고 있었다.

"바깥이 조용하군. 싸움이 끝난 것인가?"

"그런 것 같습니다. 소신이 알아보고 오겠습니다."

"아닐세. 그냥 이곳에 남아 있게."

주고치의 말에 마차 밖으로 나서려던 하건이 다시금 자리에 앉았다. 마차 안에는 주고치와 하건 두 사람만이 앉아 있었다. 바깥에는 열 명의 위사가 마차를 호위하고 있었다. 하나 아직까지 그들의 병장기 소리가 들리지 않은 것을 보니 무탈하게 모든 일이 마무리되어진 것 같았다.

"낙양을 떠난 지 이제 닷새. 아직 가야 할 길이 멀기만 한데……."

주고치의 탄식에 하건의 마음이 무거워졌다.

“왕자 전하, 너무 심려하지 마오소서. 왕자 전하의 주변에 있는 자들은 하나같이 천하에 이름난 고수들이옵니다. 저런 도적의 무리들이 아니라, 그 어떤 적이 몰려온다 하여도 능히 전하의 안위를 지켜 드릴 수 있을 것입니다.”

“알고 있네……. 후우. 당장이라도 아버님께 전서를 올려 도움을 청하고 싶은 마음이 굴뚝 같지만…….”

주고치는 뒷말을 흐렸다. 하나 뒤이을 말이 무엇인지 모를 하건이 아니기에 감히 주고치의 얼굴을 마주하지 못했다. 신분을 의심받는 왕자, 그 마음 위에 올려진 바위의 무게가 어찌 가볍다 할 수 있을까. 하나 그 모든 것은 북평에 도착하면 모두 해결될 일이었다. 그러기 위해먼 길을 재촉하는 것이었고.

“내가 북평에 도착하면… 소림과 자네들의 수고는 잊지 않겠네.”

“황공하옵니다.”

하건이 무릎을 꿇으며 예를 올렸다.


주고치의 시선이 창밖으로 향했다. 창으로 비치는 일출에 주고치의 얼굴이 환히 밝아지고 있었다. 북평으로 향하는 닷새째 날이 밝아오고 있었다.

＊　　　＊　　　＊


“이번에는 맞겠지?”

두주개가 의심스럽다는 듯 똥푸대에게 물었다. 그의 목소리를 듣기는 한 것인지, 똥푸대는 지워진 모닥불의 흔적을 유심히도 뒤적거리고 있었다. 냉한상은 말들을 돌보며 너른 평원을 바라보고 있었다. 말들의 헐떡임을 들어보니 제법 먼 길을 쉬지 않고 달려온 모양이었다.

"마차가 세 대, 사람이 서른. 저쪽에서도 한 서른 명 몰려왔고, 여기에서 싸웠네요."

똥푸대가 손가락을 들어 넓은 공터를 가리키며 말했다. 두주개가 그곳을 바라보는 동안에도 똥푸대의 이야기는 계속되고 있었다.

"떠난 지 사흘 정도 되었습니다. 생각보다 다친 사람은 많지 않은 모양인데요? 혈흔을 보면 많아야 다섯 명 안쪽이고……."

똥푸대가 머리를 긁적이며 걸음을 옮겼다. 똥푸대는 웃기는 이름과 평범한 생김과는 달리 무창분타에서도 알아주는 추적자였다. 두주개가 무창을 떠나며 다른 누구도 아닌 그를 선택한 이유 역시 그의 놀라운 추적술 때문이었다. 걸음을 옮기는 똥푸대를 쫓아 두주개가 뒤를 따랐고, 말들을 진정시킨 냉한상이 그들에게 다가오고 있었다.

"제법 고수들도 있었네요. 여기서 크게 한 번 붙은 모양이고……."

똥푸대는 이승수와 추량이 겨루었던 자리를 보며 말했다. 그리고 땅을 보며 언덕의 이곳저곳을 돌아다녔다.

"분타주님, 여기 좀 보실래요?"

똥푸대의 목소리에 두주개와 냉한상이 다가왔다.

"이거……."

똥푸대의 손가락이 가리키고 있던 곳. 말라 죽은 잡초가 한 방향으로 제법 넓게 쓰러져 있었다.

"내가 장력을 맞으면 이렇게 되는 거 맞죠?"

"…그래. 분명한 장력의 흔적이다."

"암경 같군."

두주개의 대답에 냉한상이 고개를 끄덕이며 동의했다. 근 반 각 가까이 주변을 돌며 얻어낸 사실들이 두주개의 머리 속에서 짜 맞추어지고 있었다.

"세 대의 마차와 삼십 인의 일행이라면 대호표국의 행렬이 맞을 것이다. 이곳에서 야영을 하던 그들을 또 다른 인물들이 습격했다. 대략 육칠십에 달하는 인물들이 뒤엉켜 싸움을 벌였다. 그런데도 희생자는 별로 없었다. 어느 한쪽이 압도적인 힘의 우위를 지녔다면… 충분히 가능하지."

두주개는 서 있던 그대로 턱을 괸 채 주저앉았다.

"한쪽은 하남일검 고산덕과 세 명의 소림 속가제자. 십여 명의 표사. 그리고 정체를 알 수 없는 십여 명의 인물. 다른 한쪽은 암경을 발출할 수 있는 내가고수와 내력의 충돌로 방원 일 장에 달하는 기의 폭풍을 일으킬 수 있는 고수가 포함된 삼십여 명. 어느 쪽이 압도적인 우위를 지닌 것일까? 이봐, 이 정도의 암경을 발출할 수 있는 자가 당금 강호에 누가 있지?"

두주개의 물음에 냉한상이 고개를 돌렸다.

"글쎄… 암경을 발출할 수 있는 내가고수야 천하에 널렸지. 하지만……."

냉한상의 시선이 말라비틀어진 잡초의 길 위로 향했다.

"이 정도의 암경을 내뿜으려면 철저히 암경만을 수련했다고 봐야겠지. 그게 아니면… 화산파 무현 진인 정도의 절정고수가 암경을 시전

했거나.”

냉한상의 대답에 두주개가 고개를 저었다.

“그 정도의 절정고수가 나타났을 리가 없지. 정말 그랬다면 굳이 암경을 쓸 필요도 없이 순식간에 모두 날려 버렸을 테니까. 암경의 고수라…….”

두주개는 상황을 그려보기 위해 애쓰고 있었다. 하나 그도 잠시, 고개를 흔들며 자리에서 일어나 엉덩이를 털었다.

“그건 직접 물어보면 될 일. 야, 어느 쪽으로 이동했다고?”

“저쪽이요.”

똥푸대의 손가락이 평원의 한곳을 가리켰다. 끝없이 이어진 지평선이 두주개의 시선을 괴롭히고 있었다.

“젠장, 사흘 전이라고? 따라잡으려면 고생 좀 하겠군. 안 그래도 길을 잘못 들어 이틀이나 버렸는데…….”

두주개의 인상이 찌푸려졌다. 하남에서 북평으로 이어진 관도의 갈래에서 침 한 번 잘못 뱉은 죄로 이틀이나 돌아와야 했다. 하지만 두주개는 조급해하지 않았다. 자신이 찾고 있는 진실에 다시 한 걸음 바짝 다가선 느낌이었으니까.

“사흘이라곤 해도, 이 정도의 이동 속도라면 하루 반나절이면 따라잡을 겁니다.”

“그래… 하루 반나절 동안 뭐 빠지게 달려야 한다는 소리지.”

두주개가 말을 풀어논 곳으로 걸음을 옮겼다. 그 뒤를 따르던 냉한상이 입을 열었다.

“그들과 만나서 어떻게 할 작정인데?”

언덕 위로 올라 걸음을 옮기던 두주개의 신형이 멈추어 섰다. 그리고 그의 대답을 기다리던 냉한상에게 웃으며 자신의 생각을 말해 주었다.

"몰라. 만나면… 알게 되겠지."

성큼 걸어가 말 위에 올라타는 두주개. 그 모습을 바라보던 냉한상이 고개를 저으며 말에 올라탔다.

'연결 고리. 대호표국의 표행은 내가 의심하고 있는 모든 것의 연결 고리야. 이 정도로 확실한 느낌도 드물지. 소림사와 화산파, 그리고 마교. 어떤 이유로 그들이 엮이게 되었는지는 몰라도… 대호표국의 표행. 그것이 모든 사건의 열쇠가 될 거야.'

세 마리 말이 언덕을 내려와 관도 위를 질주하기 시작했다. 아직 해는 중천에 떠 있었고, 그들의 예상이 맞다면 아마 모레 저녁쯤에는 대호표국의 깃발을 볼 수 있을 듯했다.

그들의 예상은 크게 빗나가지 않았다. 아주 조금 빗나갔을 뿐이었다.

*　　　*　　　*

마부석에 앉은 일삼이 가물거리는 눈을 뜨려 애쓰고 있었다. 천천히 움직이는 마차 위에서 봄볕을 가득 맞으며, 엿가락 늘어지듯 노곤해진 몸을 억지로 바로 세우는 것이 마음처럼 쉽지만은 않았다. 교대로 말 고삐를 잡기로 했으니 옆에 앉아 졸고 있는 영우를 깨울 수도 없는 노롯이었다. 차라리 말을 탔더라면 좀 나았을지도 모른다는 생각이 들기도 하지만, 엉덩이가 떨어져 나가는 말안장보다야 마부석이 그나마 편안한 자리라는 것을 알기에 자신의 뺨을 때리며 졸음을 쫓을 수밖에 없었다.

"소소는 좀 어떻습니까?"

철웅의 걱정스러운 목소리가 들린 곳은 마차 안이었다. 장 의원이 연신 물수건을 갈아 소소의 머리에 올리고 있었다.

"열은 다시 오르지 않고 있지만 좀처럼 의식을 회복하지 못하고 있어. 몸살도 아니고, 열병도 아닌 듯한데… 무슨 조화인지 모르겠구만."

소소의 머리에서 물수건을 내리던 장 의원이 걱정스럽다는 듯 소소의 머리에 손을 올리며 말했다. 벌써 사흘째 누워 잠만 자고 있는 소소였다. 온몸이 불덩이처럼 달아올라 사람들 속을 태웠지만, 장 의원의 치료에 금세 차도를 보여 한시름 놓을 수 있었다. 다급한 마음에 자신이 가지고 있던 단환을 먹여볼 생각도 했지만, 피곤하여 그랬을 것이라는 의형의 말에 참았던 철웅이었다. 한데 어찌 된 일인지 사흘이 지나도록 깨어날 생각을 하지 않고 있어 철웅의 마음을 답답하게 하고 있는 것이다.

'그동안 내 너를 생각지 않고 있었구나. 미안하다……'

철웅은 소소의 손을 꼭 붙잡고 있었다. 인연이랄 수도 없는 만남이었지만, 자신으로 인해 이지를 상실해 버린 아이였다. 이미 내 몫의 사람이라 생각한 지 오래였다. 아니, 다른 이들보다 더하면 더했지 결코 덜하지 않을 만큼 안타까워하며 가슴을 내어준 아이였다. 하나 그 자신에게 일어났던 일련의 일들에서 소소가 자리할 곳은 없었다. 그리하기에 자신의 생각 속에서 소소의 모습이 조금씩 지워져 간 것이리라. 자신이 가장 많이 보살피고 아꼈어야 할 아이였음에도 불구하고. 어떻게 생각해 보아도 자신의 불찰이었다.

'싸움이 일어났을 때, 이 아이가 느낄 두려움을 생각했어야 했다. 내가 네 곁에 있어야 했건만⋯⋯.'

철웅의 입에서 작은 한숨이 새어 나왔다. 마차의 한쪽을 모두 차지한 채 누워 있던 아이, 아니, 아이라고 부르기엔 이미 너무나 성숙해 버린 열여덟의 여인이었지만, 그녀를 바라보는 철웅의 눈빛은 아픈 딸아이를 바라보는 아비의 애틋함과 같아 보였다.

"다음 목적지가 어디라고 했지?"

철웅의 목소리에 한쪽에 앉아 있던 강추가 입을 열었다.

"무안(武安)이라는 작은 마을이라고 들었습니다."

철웅은 가볍게 고개를 끄덕이곤 다시 소소를 바라보았다. 소소를 위해 무엇인가를 해야겠다는 생각이 들었다. 그것이 무엇이 되었든지 간에 이대로 손놓고 앉아 있을 수만은 없다 생각했다.

그날 저녁, 일행은 무안에서 십 리 정도 떨어져 있는 한 작은 숲에 야영지를 만들었다. 인적이 없는 곳에서 지내는 것이 여러모로 나을 것 같다는 고산덕의 판단이었다. 혹 성내에서 습격을 받게 된다면 물리치는 것이야 조금 수월할지 몰라도, 사방으로 퍼져 나갈 소문을 감당할 자신이 없었던 탓이리라.

그 시각, 일삼은 조용히 일행 틈을 빠져나와 무안으로 향했다. 철웅이 고산덕에게 찾아가 부탁하였으니 괜한 의심 받을 일은 없었다. 일삼이 무리를 잠시 이탈하든, 손에 두툼한 보따리 하나를 들고 돌아오든.


　저녁 식사를 마치고 주변을 경계하던 대호표국의 표사 하나가 야영지로 돌아오는 일삼을 보곤 말을 건넸다.
　"어디 다녀오는 길이슈?"
　"아, 마을에 좀 다녀왔소."
　일삼의 손에 들린 보따리를 바라보던 표사가 고개를 갸우뚱거리며 물었다.
　"아니, 그게 뭐요? 혹시……."
　표사의 은근한 눈빛에 일삼이 손을 한 번 흔들어 보이곤 걸음을 옮겼다.
　"술 같은 거 아니니 코 벌름거리지 마쇼. 우리 대인 심부름 다녀오는 길이니."
　마차로 돌아온 일삼에게 보따리를 건네받은 철웅이 말했다.
　"고맙네. 번번이 자네에게 수고를 끼치는구먼."
　"수고는요, 무슨. 한식구끼리……."
　일삼은 어울리지 않게 쑥스러워하며 눈을 돌렸다. 그리고 누가 볼세라 걸음을 옮겨 표사들이 모여 있던 모닥불 근처로 향했다. 철웅은 가만히 미소 지어 보이곤 마차 안으로 들어갔다. 마차 안에는 소소만이 누워 있었다. 강추와 장 의원은 바람이나 쏘겠다며 밖으로 나선 지 오래였고, 영우와 소아는 먹고 남은 식기들을 닦느라 정신이 없을 것이다. 소소를 바라보던 철웅이 보따리를 한쪽에 내려놓곤 입을 열었다.
　"너는 듣지 못하겠지만… 아니, 알지 못하겠지만… 너에게 참으로 미안하게 생각하고 있단다. 생각해 보니 너와 함께 지낸 시간이 적지 않았음에도 너에게 해준 것이 아무것도 없구나. 몸저 누워 있는 너를 보고서야 그것을 깨달았으니 내가 참으로 무심한 보호자였다는 것을 새삼 느끼게 되는구나."

철웅은 말을 잠시 멈추곤 일삼이 가져다준 보따리를 끌렀다. 그 안에서 색이 고운 분홍 저고리가 눈에 들어왔다. 철웅은 그것을 꺼내어 보며 다시 입을 열었다.

"너에게 해주고 싶은 것이 무엇일지 고민해 보았지만… 이런 것밖에는 생각나는 것이 없더구나. 그래도 무엇이라도 해주지 않으면 내 맘이 편치 않을 것 같아. 그냥 준비해 보았다. 네가 이것을 입은 모습을 보고 싶지만……."

철웅은 꺼내었던 옷을 다시 곱게 접어 보따리 속에 넣었다.

"언젠가… 네가 이 옷을 입게 될 날이 오겠지. 네 손으로 말이다. 하루라도 빨리 그런 날이 왔으면 좋겠구나. 네 고운 모습도 보고 싶고, 네 어여쁜 미소도 다시 보고 싶고……."

철웅은 보따리를 소소의 머리맡에 놓았다. 그리고 가만히 손을 들어 소소의 머리를 쓰다듬어 보곤 말없이 일어섰다. 한데 그런 철웅의 옷을 잡아끄는 것이 있었다. 철웅이 흠칫 놀라 천천히 고개를 돌렸다. 하얀 손. 덮어두었던 모포 속에서 나온 하얗고 가는 손이 철웅의 옷을 붙잡고 놓칠 않았다.

"소소야?"

소소의 눈꺼풀이 힘겹게 떠 올려지고 있었다. 철웅의 눈이 그 모습에 고정되어 움직일 줄 몰랐다. 천천히, 힘들게 움직이는 그 모습에 가숨이 다 오그라들 지경이었지만 철웅은 미동도 하지 않았고, 시선을 떼지도 못했다. 그리고 마침내 떠진 소소의 두 눈은 자신의 앞에 서 있던 철웅을 물끄러미 바라보고 있었다.

"……."

철웅은 가만히 자리에 다시 앉으며 소소의 손을 잡았다. 온기가 느껴지는 손. 그 손을 통해 전해지던 외로움과 두려움이 그의 마음에도 전해지는 듯했다.

"이젠… 괜찮다. 내가 여기 있으니……."

철웅은 소소의 손을 꼭 쥐며 말했다. 철웅의 눈이 놀람으로 가득 찬 것은 소소의 눈을 바라보고 있던 그 순간이었다. 소소가 웃고 있었다. 언젠가 화산에서 보여주었던 그 환한 미소가 다시금 그의 눈을 시리게 하고 있었다.

"소… 소야……."

철웅의 목소리가 떨리고 있었다. 하지만 지금의 감격은 이후 벌어진 일들에 비하면 아무것도 아니었다. 소소가 힘겹게 철웅의 손에서 자신의 손을 빼내었다. 그리곤 어쩔 줄 모른 채 펼쳐져 있던 철웅의 손바닥 위로 손가락을 움직이고 있었다.

'난… 괜찮아요.'

힘겹게 써졌지만 분명한 글씨. 철웅의 눈이 놀람이라 부르기도 힘든 느낌으로 확대되고 있었다.

"소소야!"

철웅은 놀라 소리쳤지만, 그것뿐이었다. 그는 움직일 수 없었다. 아직 그녀의 말은 끝난 것이 아니었기에.


'고마워요… 아저씨. 나를… 지켜주어서…….'


철웅의 눈에 때 아닌 안개가 일며 흐릿해지고 있었다. 그리고 자신도 모르게 고개를 흔들고 있었다.
"아니다… 아니다. 모든 게 내 탓이거늘……."
소소의 손이 또다시 움직이고 있었다. 그전보다도 더욱 분명하게…….


'모두 기억하고 있어요. 어떻게 마을을 떠나게 되었는지… 어떻게 이곳까지 함께하게 되었는지…….'


소소의 손이 움직일 때마다 철웅의 눈에 일던 감정이 시시각각 변하고 있었다. 마치 그때를 회상하듯… 잊었던 감정들이 되살아나듯…….


'고마워요… 아저씨…….'


철웅은 결국 참지 못하고 소소를 안아 들었다. 너무나 오랜 기다림이었다. 커다란 빚이었고, 보이지 않는 희망이었다. 기대하기 힘든 희망이었기에, 그가 느끼고 있는 기쁨은 이루 말할 수 없이 벅차게 밀려오고 있었다.

철웅의 품에 안긴 소소가 힘겹게 손을 들어 철웅의 등을 감싸 안았다.

"고맙구나… 고맙구나……."

철웅은 다른 말은 모르는 사람인 양 연신 고맙다는 말만을 되풀이하고 있었다. 그런 철웅의 등 뒤로 소소의 손가락이 움직이고 있었다. 그리고 철웅은 말없이 고개를 끄덕이고 있었다.

'나를 지켜주세요…… 언제까지라도…….'

第四十五章
이합집산(離合集散)

산이라 부르기도 뭐한 낮은 야산. 산 위에 있는 나무의 수를 세는 것이 불가능해 보이지 않을 정도로 작은 야산이었지만, 주변으로 펼쳐진 드넓은 평야에 비한다면 울창하다 말할 수도 있을 그런 산이었다. 그런 야산의 산정에 혈공작 적유가 앉아 있었다.

"어디쯤 가고 있더냐?"

혈작의 물음에 부복하고 있던 사내가 입을 열었다.

"무안에 여장을 풀었습니다."

사내의 말을 들은 혈작이 가만히 고개를 끄덕이며 자신의 검신을 손가락으로 톡톡 두드렸다. 예상했던 일이 자신의 생각과 맞아떨어질 때 나오는 그의 버릇이었다.

"소교주와 다른 무리는?"

“소교주님은 하남의 경계까지 도달해 있으시고, 괴불 나탁과 탐심호리의 무리가 백여 리의 거리를 두고 형태(邢台)에서 그들을 기다리고 있습니다.”

“인원은?”

“나탁과 탐심호리 모두 삼십여 명 정도의 무리를 이끌고 있습니다.”

혈작은 가만히 고개를 끄덕이고 있었다. 하나 만족스럽다는 표정은 아니었다.

“네가 보았을 때, 귀주사괴의 무리와 비교하여 어떠한 것 같으냐?”

부복해 있던 적색 장포의 사내는 고민할 가치도 없다는 듯 빠르게 답했다.

“나탁과 탐심호리, 그리고 몇몇 자들을 제외하면 칼 든 허수아비와 같은 자들입니다. 성공하지 못할 것입니다.”

“만약 두 무리가 연합하여 싸우게 된다면?”

이번에도 적색 장포의 사내는 고민하지 않고 대답하였다.

“성공하지 못할 것입니다.”

“이유는?”

“귀주사괴와 싸워 전립과 고산덕이 손해를 보았지만, 아직 육당과 이승수가 건재합니다. 또한 하남지부의 위사들은 싸움에 임하지도 않았습니다. 두 무리가 연합한다 하여도 성공하지 못할 것입니다. 그리고…….”

적의 장포 사내가 처음으로 말끝을 흐렸다. 하나 그의 보고를 듣고 있던 혈작은 이미 수하의 마음을 모두 읽어버린 듯하였다.

“파검이라는 자 때문이냐?”

“…예.”

혈작은 고개를 돌렸다. 평원의 밤은 빨리 찾아온다. 해가 진 지 얼마 지나지도 않은 듯하건만, 벌써부터 대지에선 냉기가 올라오려 하고 있었다. 밤하늘에 떠 있는 달과 별들도 서둘러 세상의 침묵을 종용하는 듯 보였다.

“두렵느냐?”

“무엇을 말씀하시는 것인지 모르겠습니다.”

혈작은 입가에 미소를 지었다. 보고받은 내용이 사실이라면 파검이란 자는 고산덕보다도 위에 있는 자였다. 그것보다 독보십절 중 검절이라는 절대고수에게 인정받은 자였다. 본 실력을 모두 보인 적도 없었다. 충분히 두려워할 만한 구석을 가지고 있다. 하지만 자신들의 수하는 그런 것에 개의치 않는다. 두려움이란 단어를 모른다. 알고 있다 해도 명령 앞에선 깨끗이 지워질 감정이었다. 상대가 파검이라 해도, 검절이라 해도.

“그자를 직접 보고 싶구나. 어느 정도의 고수인지…….”

부복해 있던 사내의 눈에 작은 놀람이 일었다. 자신이 모시고 있는 혈공작은 백련교 내에서도 손꼽히는 고수였다. 좌사와 우사, 구마로 대변되는 백련교 최고의 절정고수들 중에서도 그를 후위로 밀어놓기가 쉽지 않을 것이다. 그런 혈공작이 관심을 보이고 있다.

“검절이 인정한 자라면… 그만한 이유가 있겠지.”

호기심, 무인의 호기심이었다. 지금은 련의 대계를 이끄는 군사의 위치에 있지만, 그 자신이 절정이라 불리는 고수였다. 강하다 짐작되는 상대에 대한 호기심은 당연한 것일는지도 모른다.

"…괴불과 탐심호리에게 은밀히 사람을 보내라."

"협공입니까?"

사내의 질문에 혈작의 고개가 끄덕여졌다.

"불가능하다 해도, 그 정도면 충분히 큰 타격을 입힐 수 있다. 나머지는… 우리 소교주께서 알아서 하시겠지. 그들은 소교주가 준비한 사람들. 약간의 정보만 흘려주어라. 괴불과 탐심호리가 바보가 아니라면……."

혈작은 자리에서 일어섰다. 밤이슬을 맞으며 잠에 들 수는 없는 일이었다. 십 리만 가면 사하(沙河)가 나온다. 그곳에 준비된 장원에서 밤을 보내고 나면 그들의 조우를 앉아서 구경할 수 있을 것이다.

'이곳에서 한가하게 싸움 구경이나 하고 있을 때가 아니지만…….'

혈작은 고개를 흔들며 걸음을 옮겼다.

'잃어버린 주작홍기의 행방을 서둘러 찾아야 한다. 허허, 혁련웅의 뒤를 그가 밟고 있으니 과히 천우신조라 말할 수도 있을 만큼 절묘한 안배가 아닌가?'

혈작의 신형이 바닥을 차고 날아올랐다. 그의 뒤를 따른 적포사내와 그의 꼬리를 물듯 뒤쫓아 나오는 수십의 인영. 사하까지의 십 리 길은 그들에게 산보 이상의 의미를 주기 어려울 것이었다.

'십 년 전 파양호에서 쫓기지만 않았던들, 어찌 그런 불찰을 막지 못했을까…….'

하늘을 가르는 비조. 혈작과 호위들은 비조나 다름없는 모습이었다.

'십 년 전 그 일만 아니었더라면 그가 노예가 되는 일도 없었을 것이고, 주작홍기를 잃어버릴 일도 없었을 것이다.'

이미 까마득히 점으로 화해 버린 그들이었다.

'…옥영진, 그 멍청한 자. 대계가 이루어지면 네가 저지른 실수의 대가를 반드시 받아내고 말리라…….'

이미 사라진 혈작이었지만, 그의 사념은 허공에 남아 메아리치고 있었다.

*　　　*　　　*

봄볕에 흐느적거리던 관도가 열기를 피어올리고 있었다. 마차를 끌던 말들도 지친 듯 자주 거친 숨을 토하고 있었다.

"올해는 유난히 덥겠구만. 벌써부터 이렇게 내리쬐니……."

말을 몰던 표사 하나가 짜증이 난다는 듯 투덜거렸다. 그 옆을 나란히 하던 마차에서 비슷한 투덜거림이 튀어나왔다.

"그러게 말이오. 서둘러 일 마치고 섬서로 돌아가던가 해야지……."

"섬서? 섬서 어디 사시오?"

"화산에 사오."

일삼의 목소리에 표사가 부럽다는 듯 그를 바라보았다. 표사도 무사였으니 화산에 산다는 일삼이 부러웠던 모양이다.

"화산파 사람들도 많이 보셨겠소?"

"화산파 바로 밑이 우리 집이라오. 가끔 무현 진인께서도 놀러 오시고, 상현 진인께서도 놀러 오신다오."

일삼의 말에 표사의 눈이 번쩍 뜨였다. 귀를 쫑긋거리던 표사 하나가 그들에게 다가와 말을 걸었다. 화산팔선 중 두 사람의 이름이 거론되었으니 호기심이 동하지 않았다면 강호인이 아니었을 것이다.

"그… 그게 정말이오? 진짜 그분들이……."

"거참, 속고만 살았소? 그분들하고 우리 대인하고 각별한 사이이신지라……."

그때부터 이어진 일삼의 장광설에 옆에 있던 강추가 다 민망할 지경이었다. 무현 진인의 장법이 어떻고, 상현 진인의 풍모가 어떻고, 화산은 어디가 좋고… 마지막으로 자신과 철웅이 대호를 잡은 이야기까지 풀어놓으니 표사들의 쩍 벌어진 입은 다물어질 줄을 모르고 있었다.

마차 안에서 그들의 이야기를 듣던 철웅이 고개를 살며시 저었다. 하나 틀린 말도 없었기에 차마 뭐라 나무라지 못했다. 흥이나 말하는 일삼이 무안할까 말을 못한 면도 있었지만, 그보다는 장 의원과 소소의 모습을 지켜보는 것이 더 중요하다 생각한 까닭이었다.

"그래, 어디 불편한 곳은 없느냐?"

장 의원의 물음에 소소의 고개가 가만히 끄덕여졌다. 장 의원의 눈에 안타까움이 번졌다. 소소를 어릴 적부터 보아온 장 의원이었다. 그집의 내력이 어땠는지도, 그 노모가 어떤 최후를 맞이하였는지도 모두 알고 있는 그였다. 힘들게 살아온 아이였건만…….

"그래도 다행이다. 이렇게라도 정신이 돌아왔으니. 말을 하지 못하는 것은 차차 나아질 것이니 너무 걱정하지 말거라."

장 의원의 말에 소소가 살짝 미소 지으며 고개를 끄덕였다.

"우와! 누나 웃으니까 진짜 예쁘다. 근데 진짜 예전 일들이 전부 기억나요?"

소아의 환한 얼굴에 소소가 미소 지으며 고개를 끄덕였다. 그리고 가만히 손을 들어 철웅의 손에 글을 써 내려갔다.

"네가 자기를 많이 보살펴 준 것도 기억한다고, 고맙다고 하는구나."

소아는 아직 글을 읽지 못했다. 언젠가 시간을 내어 소아에게 글을 가르쳐야겠다고 생각했지만, 아직 그런 여유를 가져 보지 못한 일행이었다. 소아는 멋쩍은 웃음을 지으며 머리를 긁적였다. 그런 소아의 머리 위로 소소의 손이 얹혀졌다. 귀여운 동생이라도 되는 양 소소는 소아의 머리를 가볍게 쓰다듬고 있었다.

"저… 저기… 저는… 그러니까……."

영우가 말을 더듬거리며 소소에게 말을 걸었다. 소소는 그런 영우를 바라보며 그의 말을 기다리고 있었다.

"그러니까… 저기… 저는… 저……."

소소가 바라보자 영우의 버벅거림이 더욱 심해졌다. 날이 더워 흘리는 땀이 아니라는 것을 쉽게 알아챌 수 있을 만큼, 이마에 식은땀이 송골송골 맺히고 있었다.

"형, 어디 아파?"

보다 못한 소아가 영우에게 말했지만, 영우는 그런 소아의 말을 듣지도 못한 듯했다.

"그러니까… 저는… 영우라고… 하고요……."

겨우 꺼낸 영우의 한마디에 소소가 가볍게 고개를 끄덕였다. 그 고갯짓을 따라 영우의 고개도 함께 끄덕여졌다.

"저기… 그러니까… 혹시라도… 심심하거나… 그러니까……."

듣는 사람이 더 답답할 정도로 말을 더듬거리는 모습에 장 의원이
가슴을 쳤다.

"거참, 무슨 소린지 차근차근 말해 보게!"

영우는 장 의원의 채근에 함께 가슴을 치고 있었다.

'아, 씨발! 이게 아닌데. 말 못하는 바보였을 때는 이러지 않았는
데…….'

소소의 정신이 돌아오고 가장 놀란 사람이 있다면, 그중에 영우도
반드시 포함될 듯싶었다. 소소가 고운 눈으로 바라보면 눈도 마주치지
못하는 자신이 이렇게 한심스러울 수가 없었다. 이놈의 심장은 왜 이
렇게 펄떡거리는지…….

"그러니까… 하하, 그냥 잘 지내보자는 말이지요. 하하하!"

결국 커다란 웃음으로 대충 얼버무린 영우의 말에 소소가 재미있다
는 듯 웃음을 지었다. 눈을 반쯤 감고 째려보던 소아가 한껏 목소리를
내리깔며 말했다.

"뭐야, 형. 소소 누나한테 관심있는 거야? 그런 거야?"

*     *     *

마차 밖의 열기나 마차 안의 열기나 매한가지였다. 하지만 하건과
다른 네 명의 위사와는 달리 늘어지다시피 누워 있는 주고치의 고역은
이만저만이 아니었다.

"후우… 후우……."

　더위를 참지 못해 거친 숨을 내몰아쉬는 주고치의 모습에 하건이 다른 네 명의 위사에게 눈짓을 했다.

　"바깥 동정을 좀 살펴보고 오게."

　"예."

　하건의 명에 네 명의 위사가 마차 문을 열고 밖으로 나갔다. 조용한 바깥 동정을 살필 이유가 있을 리 없었지만, 마차 안은 빠져나간 사람들의 자리만큼 조금은 시원해진 것 같았다.

　"고맙네, 하 동지."

　하건은 고개를 깊이 숙여 주고치의 말을 받들었다. 다른 사람보다 두 배는 됨직한 살들이었다. 아마 더위를 타는 것도 다른 사람보다 곱절은 될 것이었다.

　"조금만 참으십시오, 왕자 전하. 조금만 더 가면 사하(沙河)이옵니다. 그곳에서는 무리를 해서라도 객잔에 방을 잡을 것이니……."

　"아닐세. 나 때문이라면 그럴 필요 없네."

　"아닙니다. 어차피 말도 바꿔야 하고, 식량도 다시 추슬러야 합니다. 그리 크지 않은 마을이니 별다른 문제는 없을 것이옵니다."

　하건의 말에 주고치는 가만히 고개를 끄덕였다. 이런 상태라면 주고치의 몸이 견뎌내질 못할 성싶었다. 정신의 금제가 풀렸다고는 하나, 신체의 안정을 되찾지 못한 채 출발한 여정이었다. 무리가 되지 않는 한도 내에서 최대한 빠르게 이동하고 있었지만, 그것도 걷는 것보다 조금 빠른 정도였을 뿐. 하지만 이런 날씨가 지속된다면, 이러한 이동도 주 왕자에게는 큰 무리였다.

　'비라도 내려주면 좋으련만…….'

하건의 한숨은 입 안을 맴돌다 사라졌다. 위험과 안정, 두 가지 선택 중에서 그는 안정을 선택할 수밖에 없었다. 위험은 자신들이 막아내면 된다. 그것이 관원 된 도리였고, 왕자에 대한 예의였다.

해가 지려면 아직도 한참을 기다려야 했다. 열흘째로 접어들던 여정에 더위라는 뜻하지 않은 복병을 만나고 말았다.

그리고 오늘은 사월로 접어드는 삼월의 마지막 날이었다.

*　　　*　　　*

"아미타불. 그러니까 나와 함께 대호표국의 표물을 털자?"

"뭐, 일단은 그렇소."

"일단?"

불호를 외던 사내의 입이 열렸다. 작은 모닥불 하나만을 의지한 채 마주한 사람들의 수는 여섯 명. 조금 멀리 떨어진 몇몇 불빛들이 불꽃의 주변으로 모인 수십의 그림자를 바닥에 그리고 있었지만, 여섯 사내가 모여 있던 곳과는 제법 거리가 있었다. 육십여 명에 달하는 자신들과 자신들을 이끌던 여섯 사내와의 지위만큼이나 먼 거리였다.

나탁의 번들거리던 이마가 미미하게 움직였다. 다른 사람이었다면 굵은 주름이 미간에 잡혔겠지만 팽팽하게 조여진 듯한 그의 피부에 주름을 잡기는 그리 쉬워 보이지 않았다.

"난… 이 서찰을 믿지 않아. 그 왕 대인이란 자도 그렇고……."

짙은 남색의 복면을 얼굴에 두르고 있던 사내가 손가락을 튕겼다.

나탁은 가만히 손을 들어 자신에게 날아오는 서찰을 손가락 사이로 잡았다.

‘건방진… 감히 내력을 실어?’

나탁의 손가락이 살짝 뒤로 밀렸다. 탐심호리가 날린 서찰에는 가볍지 않은 내력이 실려 있었다. 주도권을 잡기 위한 나름의 실력 행사였겠지만, 가볍게 잡아채는 모습에 내심 놀라는 탐심호리였다.

‘흠, 과연 만만히 볼 자는 아니군.’

탐심호리의 눈에 미세한 변화가 일어남을 알면서도 나탁은 말없이 서찰을 읽어 내려갔다. 강자의 여유였다.

“…대충 무슨 뜻인지는 알겠는데, 그대와 함께 그놈들을 노려야 할 이유는 도무지 찾아볼 수가 없군.”

나탁은 장난스레 서찰을 흔들어 보이며 이죽거렸다. 탐심호리의 눈에서 작은 불똥이 튀었지만, 가벼운 행동과는 달리 만만치 않은 상대임을 알기에 성급한 행동을 자제할 수 있었다.

“귀주사괴가 당했소.”

“귀주… 사괴?’

귀주사괴라는 이름이 나오고 나서야 나탁의 얼굴에 진지한 표정이 떠올랐다. 귀주사괴라면 아무리 괴불이라 불리는 자신이라 하더라도 함부로 승부를 점칠 수 없는 자들이었기에.

“귀주사괴라… 그들도 대호표국을 노렸었던 말인가?”

“둘이 죽고, 하나가 병신이 되었소. 표국 놈들은 표사 몇이 조금 다쳤을 뿐이고.”

“……?!”

나탁의 표정이 조금 굳어졌다.

"죽은 자가… 없다?"

"단 한 명도."

탐심호리의 눈에 득의의 빛이 떠올랐다. 긴장하는 듯한 나탁의 모습이 통쾌하다는 듯.

"고산덕이 그렇게 강한 자였던가?"

나탁의 의문은 당연한 것이었다. 표국을 이끄는 자 중 그가 가장 윗줄에 놓인 고수였으니.

"나머지는 직접 들어보시오."

탐심호리의 말이 끝나자 그의 뒤에 서 있던 자들 중 하나가 걸어와 입을 열었다.

"대호표국의 무리에는 하남일검 고산덕과 철권 이승수, 섬전도 육당, 백의수사 전립이 함께하고 있소."

퍽!

"크허억!!"

입을 열던 사내가 갑자기 세 걸음이나 주르륵 밀리며 바닥에 주저앉았다. 그 모습에 놀란 탐심호리가 손을 뒤로 가져갔으나 나탁의 목소리가 그의 손보다 빨랐다.

"네가 누구인지는 궁금하지 않다. 들을 말이 있어 가볍게 손본 것이나 다시 한 번 반 토막의 혓바닥을 놀린다면……."

바닥에 주저앉아 있던 사내의 눈에 두려움이 번졌다. 나탁의 전신에서 뿜어지던 살기는 그가 감당할 만한 것이 아니었다.

"명심… 하겠습니다."

사내의 존대에 나탁은 만족스러운 웃음을 지었다. 탐심호리의 눈가에 잔경련이 이는 듯하였으나 뒤로 돌아갔던 손은 조용히 제자리로 내려오고 있었다.

"계속해 봐."

"…예. 귀주사괴는 고산덕과 이승수, 전립과 육당이 마주 겨루었습니다. 우리와 싸웠던 자들은 십여 명 정도의 표국 표사들이었으나, 실제 우리를 물리친 자는 검은 흑포를 입고 검은색의 묵검을 휘두르던 자였습니다."

"묵검?"

나탁이 고개를 갸우뚱거렸다. 묵검은 흔히 볼 수 없는 병기였다. 그 이야기는 그의 뇌리에 당금 강호에서 묵검을 사용하는 고수가 쉽게 떠오르지 않는다는 뜻이었다.

"제법 고수였나 보군."

"…천살장 추일이 그에게 패했습니다."

나탁의 눈에 놀람이 일었다. 그 역시 강호의 풍문을 들은 바가 있어 그의 천살장이 그리 녹록한 장법이 아님을 알고 있었다. 능히 일류라 불릴 수 있는 자였기에 그를 물리친 자에 대한 호기심이 절로 일었다.

"그자의 이름이 무어냐?"

"그것까지는……."

사내의 고개가 수그러들었다. 그와 맞서다 자신의 복부를 가격한 그의 검에 기절해 버리고 말았었다. 그리고 다시 눈을 떴을 때, 그는 자신들에게 무기를 놓고 돌아가라 말하고 있었다. 이름을 물어볼 정신 따위가 있을 리 없었다.

"정체불명의 고수라… 재미있군."

나탁의 얼굴에 어렸던 진지한 표정이 다시금 풀어지고 있었다. 나탁의 시선이 탐심호리에게 향했다. 탐심호리 역시 그의 시선을 무심히 받아내고 있었다. 그의 실력이 예상보다 높았지만, 겨루어보지 않고 꼬리를 내리기엔 탐심호리라는 위명이 그리 만만한 것은 아니었다.

"머리가 늘어나면 몫이 작아진다. 알고 있겠지?"

"물론. 하지만 그것은 일이 성사되고 난 후에 따져도 늦지 않을 것 같군."

나탁의 시선과 탐심호리의 시선이 엉겨들고 있었다. 서로에 대한 경계와 합작에 대한 필요성이 절묘하게 어우러지고 있었다. 이합집산은 그들의 장기였고, 깊게 생각할 필요가 없음을 두 사람 모두 알고 있었다.

"좋아, 사하로 간다. 그렇게 대단한 놈들이 지키고 있다면, 그만큼의 가치가 분명히 있겠지."

나탁의 결정으로 그들의 합작은 이루어졌다. 탐심호리는 앞으로의 일정을 이야기하기 시작했다. 그들을 습격할 장소와 시간, 작전과 매복 등등 전반적인 계획을 나탁에게 말하였다. 탐심호리의 말을 듣던 나탁과 몇몇 사내들의 얼굴에 수긍의 빛이 떠오르고 있었다. 아마 내일 저녁이면 그들의 계획이 결과로 나타나게 되리라.

그들의 이야기는 깊어가는 어둠만큼이나 은밀하게 진행되고 있었다. 그들의 계획은 아무런 문제가 없었다. 그리고 원래 문제라는 것은 계획 자체에 있는 것이 아닌 법이었다.

변수라는 것은 세상 어디에나 존재하는 것이었고, 표국 습격을 모의하던 그들 역시 그 존재를 떨쳐 내지 못하고 있었다.

*　　　　*　　　　*

"아침에 쉬고, 저녁에 출발한다?"

고산덕의 반문에 하건이 고개를 끄덕였다. 마차에는 모두 여섯 사람이 타고 있었다. 고산덕과 전립, 왼쪽 팔뚝에 하얀 붕대를 감고 있는 육당과 오른쪽 주먹에 천을 단단히 동여맨 이승수가 서로의 얼굴을 바라보고 있었다. 그리고 하건의 옆에는 묵검을 자신의 옆에 비스듬히 기대어 논 철웅이 말없이 앉아 있었다.

"낮과 밤을 바꾸어 이동하자는 것인가?"

"의견을 드려보는 것입니다."

"불가하네."

고산덕이 단호한 음성으로 고개를 가로저었다. 야간 이동은 주간 이동보다 배는 힘들다. 시야가 확보되지 않은 상태에서의 이동이 얼마나 사람의 심력을 소모시키는지 그는 잘 알고 있었다. 더군다나 어디서 어떻게 다가올지 모르는 위협과 마주한 상태라면, 재고의 여지도 없었다.

"너무 위험해. 어디서 어떻게 적이 찾아들지 모르는 상황에서 야간 이동이라니? 거기다 우리는 한시가 급하네. 야간 이동은 아무래도 그 이동 속도가 더딜 수밖에 없어. 여러모로 사리에 맞지 않네."

고산덕의 이야기에 대부분의 사람들이 고개를 끄덕이고 있었다. 철웅도 고산덕의 말에 동의하는 눈치였다. 하지만 뒤이은 하건의 말에도 일리는 있었다.

"하지만 앞으로도 때 아닌 봄 더위가 계속 된다면, 말과 사람 모두 지치게 됩니다. 거기다 우리를 습격하려는 자들은 필경 야심한 시각을 노릴 터, 경계를 하느라 피곤에 지친 상태에서 쉬지도 못한다면 중요한 순간에 패착이 될 수도 있습니다."

하건의 의견도 제법 타당한 면이 있었다. 피로가 쌓인 상태에서 적을 맞느니, 차라리 충분한 휴식을 하고 난 후 긴장한 상태에서 습격에 대비하자는 뜻이었다. 사람들의 눈이 조금씩 동요하고 있었다.

"이동 속도 역시 마찬가지입니다. 주간 이동이라 해도 현재의 이동 속도라면 야간 이동과 다를 바가 없습니다. 그리고 주간 이동은 왕자 전하에게도 좋지 않고……."

하건이 말을 흐리곤 있었지만, 주 왕자에게 끼칠 좋지 않은 영향이 어떤 것인지 모를 사람들이 아니었다. 무더운 날씨와 주 왕자의 비만한 모습만 떠올려도, 그들의 상관관계는 쉽게 눈치 챌 수 있었다.

"쯧쯧……."

육당이 고개를 저으며 혀를 찼다. 입 밖으로 주 왕자에 대한 푸념을 늘어놓고 싶던 마음을, 두어 번 혀를 차는 것으로 대신해야 했다.

"그래도 야간 이동은 위험해. 만에 하나 매복이라도 만나게 된다면……."

고산덕은 하건의 조리있는 설명에도 쉬이 마음이 놓이질 않는 모양이었다. 말로야 무엇이든 가능하지만 그의 경험상 야간 이동은 여러 가지로 무리수가 따르는 일이었다.

"매복은 정찰조를 편성하면 됩니다. 위사들 중 교대로 두 사람을 뽑아 정찰을 시키도록 하겠습니다. 번거로움은 있겠지만 평원의 매복을 찾아내는 일이니 어렵지는 않을 것입니다."

하건이 이렇게까지 말하니 고산덕으로서도 무조건 무시할 수만은 없었다. 그의 시선이 자연스레 철웅에게 향했다. 이미 철웅의 존재는 일행의 행보에서 호위 이상의 커다란 무게를 가지고 있었다.

"장 대협의 생각은 어떤지……."

철웅은 잠시 고민을 하는 눈치였다. 하건이 내놓은 의견이 얼마나 무모한 것인지 잘 알고 있는 철웅이었다. 야간 이동은 수십, 수백 가지의 변수를 가지고 있는 법이었다. 미처 발견하지 못한 함정이 있을 수도 있고, 어설픈 매복도 어둠과 동화되면 천하에 다시없을 은잠이 되는 법이었다. 반대해야만 했다.

"일리있는 의견입니다. 단, 더위가 가실 때까지만… 그렇게 하도록 하지요."

철웅은 자신의 머리 속에서 결정한 말을 가슴에 묻고, 가슴 어림에 있던 전혀 다른 대답을 사람들 앞으로 꺼내놓았다.

'그분의 장자이다. 위험은… 어떻게든 막으면 된다.'

철웅은 하건이 꺼내놓은 의견이, 결국 주고치 일신의 문제 때문이라는 것을 알 수 있었다. 어떠한 위험이 도사리고 있을지는 모르지만, 어차피 그 위험은 자신들이 감당해야 하는 일. 그 간극에 벌어질 위험은 자신들의 몫이었다. 그리고 그의 안위를 위해서라면 그 몫을 감당해야 한다 생각했다.

'그것이 나를 친우로 대해준 그분에 대한 예의이다.'

사람들은 철웅의 말에 고개를 끄덕였다. 그들 자신도 이 의견이 나온 배경이 때 아닌 더위 탓임을 알기에, 더위가 지속될 때까지만이라는 철웅의 단서에 고개를 끄덕였던 것이다. 그리고 굳이 그러한 단서를 꺼내지 않았다 하더라도, 철웅의 의견에 반대할 사람은 아마 없었을 것이다.

주고치를 호위하던 대호표국 일행이 사하에 당도한 것은 해가 질 무렵이었다. 사하는 마을의 가호 수가 이백여 호에 불과한 작은 마을이었지만, 작은 마을의 규모와는 어울리지 않는 객잔 하나가 철웅 일행을 맞이하였다. 용래객잔(龍來客棧)이라는 이 층으로 지어진 허름한 객잔이었다.


예정에 없던 오수(午睡), 그것은 흉몽(凶夢) 전의 단잠이었다.


*     *     *


"그럼 내일 오후에 출발하는 겁니까?"

일삼의 말에 철웅이 고개를 끄덕였다. 사람들 모두 오랜만에 제대로 된 음식을 먹고, 일상이 주는 고마움을 새삼 만끽하고 있었다.

"각별히 주의해야 할 것이네."

"알고 있습니다. 야간 이동이 주간 이동과 얼마나 다른지……."

일삼은 각오가 담긴 어투로 철웅의 말에 답했다. 철웅은 강추와 영우의 긴장된 표정까지 확인하고 난 후 미소를 지었다. 철웅은 가만히 일어나 자신의 방으로 향했다.

"근데 오늘은 왜 혼자 방을 쓴데요?"

영우가 철웅이 나간 방문을 바라보며 이상하다는 듯 말했다. 일삼과 강추 역시 이상하게 여긴 것은 마찬가지였지만, 어렵게 생각하지 않는 눈치였다.

"무공 수련을 하는 것 같지?"

"아마……."

일삼의 말에 강추가 답했다. 그들도 강호의 밥을 허투로 먹은 것은 아니었기에, 한 달에 한 번씩 그가 홀로 있으려 한다는 것을 무공과 연관 지어 생각하고 있었다. 그리고 그런 생각은 그의 변화와 맞물려 가장 신빙성있는 추측이 되어 있었다.


철웅은 사람들의 추측대로 무공을 수련하기 위해 홀로 방을 청했다. 오늘은 네 번째 단환을 섭취해야 하는 날이었기에 홀로 있을 시간이 필요했다.

"사부님이 남긴 단환으로 내공을 증진시키지 못했다면, 지난 위험에서 어떤 낭패를 보게 되었을지 모른다."

철웅은 자신의 손 위에 놓인 단환을 바라보며 말했다. 그의 몸에 내력이 없었다면, 소림에서 이미 죽었을지 모른다. 고산덕과의 비무야 그렇다 쳐도 이전의 그였다면 천살장 추일의 암경을 가르는 것은 절대 불가능한 일이었다.

"후……."

철웅은 작은 한숨을 마지막으로 마음속의 잡념을 지워 나갔다. 가부좌를 튼 그의 전신으로 미미한 열기가 피어오르는 듯 보였다. 그 열기가 철웅의 몸 주위를 맴돌다 그의 콧속으로 다시금 빨려들어 가고 있었다. 반 각 가까이 이어진 운기가 마무리되고 나서야 철웅은 눈을 뜨고 탁자 위의 단환을 무심히 바라볼 수 있었다. 그리고 그의 손은 아무 망설임 없이 단환을 들어 입으로 가져갔다.

단환의 열기가 뱃속을 지지고 있었지만, 철웅의 표정은 아무런 변화가 없었다. 익숙해진 고통이었고, 강해지기 위한 시련이었기에 철웅의 이마에 흐르던 땀방울이 턱에 방울져 떨어짐에도 그의 전신에서 이는 미세한 경련만이 그에게 무언가 변화가 일어나고 있음을 말해 주고 있었다.

철웅의 내력은 비정상적인 내력이었다. 시간의 흐름에 따른 정상적인 축적이 아니라, 약과 연단으로 얻은 것이었기에 인간의 몸으로 받아들이는 데에는 필연적인 고통이 따르고 있었다. 하나 고통이 큰 만큼 성취도 높았다. 이미 철웅의 몸에 쌓인 내력은 수십 년을 노력한 이들과 겨루어도 손색이 없을 만큼 깊고 정순했다. 그것을 자신의 것으로 소화하는 일은 전적으로 철웅에게 달린 문제였다.

미세한 경련이 끝나고 철웅의 몸 주위로 고요함이 찾아들고 있었다. 천천히 철웅의 눈이 떠졌고, 그의 두 눈은 깊이 가라앉아 있었다.

'몸이 가볍다. 한층 더 가볍다. 머리 속이 명경지수처럼 맑고 분명해지는 듯하다.'

철웅은 자신의 두 주먹을 쥐었다 폈다. 온몸 가득 충만한 기운이 느껴지고 있었다. 사부의 말대로라면 자신은 사십여 년 동안 수련해야만 얻을 수 있는 내력을 지닌 상태였다. 그것을 알지 못했다 하더라도 가라앉은 마음 한복판에서 일렁이는 자신감은 그가 얼마나 큰 성취를 이루고 있는지를 말해 주고 있었다.

철웅은 조용히 서책을 들었다. 쉽게 얻은 내력과는 달리 사부가 남긴 진전을 얻는 것은 쉽지 않았다. 글을 읽지 못하는 것도 아니었고, 뜻을 이해하지 못하는 것도 아니었건만, 그 뜻이 무엇을 가리키는 것인지만은 쉽게 알 수 없었다.

'활검이라는 것의 의미가 무엇일까? 검으로 사람을 살린다? 검은 살인을 위한 병기이다. 태생이 죽음을 위한 검일진대, 어찌 사람을 살릴 수 있을까? 검신합일은 어떠한 상태일까? 검과 내가 하나가 된다는 것은 나의 의지가 완전히 부합된 검이라는 것인가? 내가 한 자루 검처럼 만들어진다는 뜻인가? 검의 의지라는 것은 또 무엇인가? 철로 만들어진 검에 무슨 의지가 있단 말인가? 검기를 응축시켜 강기를 만들어낸다는 것은 강한 검기를 뿌린다는 뜻인가? 검기라는 것은 검에 맺혀 있는 상태. 그것을 검에서 이탈시키는 것이 가능한 것인가?'

사부가 적어놓은 글들은 수많은 경지와 단계, 그리고 그것들이 가지는 장점과 단점들을 나열해 놓고 있었다. 간혹 그것을 이루기 위한 방법과 같은 글귀들도 적어놓긴 했지만, 도가의 경전과 같이 써놓은 모호한 단어의 나열은 영민한 철웅의 머리로도 그 뜻을 헤아리기가 어려웠다.

'내가 알고 있는 무공에 내력을 뒷받침하는 것만으로도 일류고수라 불리는 고산덕과 추일 같은 자를 어렵지 않게 물리칠 수 있었다. 하지만 무현 진인이나 검절 어르신과 같은 사람들과 비교해 본다면 아직도 크나큰 격차가 있다. 그럼 그분들의 강함은 나보다 월등히 높은 내력에 기인한 것인가? 아니면 사부님이 말씀하신 것처럼 어떠한 경지에 올라섰기에 그러한 것인가? 그 경지의 구분은 무엇으로 규정하는 것인지… 그렇게 되기 위해서는 어찌해야 하는 것인지…….'

철웅은 강함이라는 화두를 놓고 고민하고 있었다. 철웅의 고민이 길어질수록 밤은 더욱 짧아지고 있었다. 하지만 그의 고민은 어느 순간 종지부를 찍고 있었다.

'다른 누구보다 강해지는 것은 의미가 없다. 사부님의 말씀대로… 결국 나 자신을 뛰어넘어야 한다. 강함에… 끝이 있을 리 없지 않은가?'

철웅은 누군가와 비교하며 자신을 돌아보는 것을 포기했다. 지금 당장은 강해지는 것보다 북평까지 무사히 도착하는 것이 중요한 문제였다. 강함에 대한 고찰은 그 이후에도 충분하리라 생각하고 있었다.


그리고 그런 생각에 결정적인 쐐기를 박는 일이 그를 기다리고 있었다. 그 손님은 아침 조반과 함께 그를 찾아왔다. 다행인지… 불행인지…….

＊　　　＊　　　＊


"뭐? 떠나?"

두주개가 어이없다는 듯한 표정으로 말했다. 객잔을 나온 똥푸대 역시 어깨를 으쓱이며 두주개를 바라보았다.

"떠난 지 벌써 두 시진은 되었다는데요?"

"어디로 간다는 말은 하지 않았다던가?"

“아뇨, 말했을 리가 없죠.”

냉한상의 물음에도 똥푸대는 고개를 가로저을 수밖에 없었다. 자신의 예측대로라면 지금쯤 자신들은 이곳에서 그들을 만났어야 했다. 따지고 보면 자신의 예측이 틀린 것은 아니었다. 그들은 분명 예상대로 사하에 왔었다. 단지 일몰과 함께 사하를 떠난 것일 뿐.

“이미 한차례 습격을 받았으면서도 야간에 이동을 한다? 멍청하다고 말하기엔 너무 황당하고, 혹시 다른 복안이라도 있었던 것일까?”

두주개의 입에서 혼잣말이 흘러나오고 있었다. 대호표국은 표행을 업으로 삼는 곳이었다. 그 말은 어떤 특별한 이유가 있지 않는 한, 습격의 위험을 감수하고 야간에 이동할 이유가 없다는 뜻이었다.

“다시 방향을 잡아봐야겠군.”

냉한상의 시선이 마을 반대쪽으로 나 있는 길로 향해 있었다. 마을로 드는 입구와 나는 입구는 일직선상에 있었다. 그들을 따라나서는 길은 마을을 벗어나야 가능했지만, 몇 리 가지 않아 또 다른 갈림길을 맞이하게 될 것이다. 저번처럼 또다시 길을 잘못 들게 된다면 또 며칠을 낭비하게 될지 모르는 일이었다.

“염병, 하는 수 없지.”

두주개가 투덜거리며 말에 올랐다. 두 시진이라면 동이 트기 전까진 충분히 따라잡을 수 있는 시간이었다. 그들이 간 길만 확실히 알 수 있다면.

“야! 앞장서.”

“히히, 그러죠 뭐. 분타주님보다야 내 침 뱉는 솜씨가 나을 테니까. 크크.”

똥푸대의 말에 두주개가 홍 하는 콧소리와 함께 고개를 돌렸다. 자신 때문에 이틀이나 다른 곳을 헤맨 전적이 있으니, 얌통스러운 수하의 말에도 인상 한 번 구기지 못한 두주개였다.

세 마리 말이 사하를 벗어나던 시각, 자시(子時)를 알리는 야경꾼의 죽간 때리는 소리가 밤하늘 위로 넓게 퍼지고 있었다.

第四十六章
선공(先攻)

선공
先攻



세 대의 마차가 어두운 관도를 따라 움직이고 있었다. 관도 위에 들리는 소리라곤 마차가 움직이며 삐걱거리는 소리와 말발굽 소리, 그리고 마차 안에서 들리는 사람들의 목소리가 전부였다. 지나치던 바람이 호기심이 났는지, 차양 사이로 새어 나오는 목소리를 따라 선두에 있는 마차로 조용히 날아들었다.

"과연 잘하는 일인지 모르겠습니다."

고산덕이 고개를 저으며 한숨을 내쉬었다. 육당과 이승수도 불만 섞인 표정이었지만, 진립만은 말없이 앉아 있는 철웅의 손을 들어주었다.

"저도 의심스럽지 않은 것은 아니나, 무시해 버릴 수도 없는 일 아닙니까? 이번 결정은 저도 장 대협의 뜻이 옳다고 생각합니다."

"나 역시 장 대협의 의견이 잘못되었다는 뜻은 아닐세. 단지 그 서찰의 진위가 불확실하고······."

고산덕의 눈이 철웅에게 향했다. 단 한 장의 서찰로 인해 자신들의 행로가 바뀌었다는 것이 마음에 걸렸다. 아니, 정해져 있던 행로를 따라 그대로 가고 있다는 것이 마음에 걸린 것이리라.

"저 역시 고국주의 마음과 같습니다. 하나 그 서찰을 보낸 이는 분명 믿을 수 있는 사람입니다. 그 사실을 어찌 알게 되었을까가 저도 궁금하기는 합니다만······."

철웅의 얼굴도 마냥 편안한 것만은 아니었다. 그의 허리에는 사부가 물려준 묵검과 함께 긴 전낭과 같은 것이 매달려 있었다. 무엇인지는 정확히 알 수 없었으나, 싸움을 대비한 준비라는 것은 어렴풋이나마 짐작할 수 있었다.

"뭐, 모든 것은 잠시 후면 알게 되겠지요."

고산덕이 자신의 애병인 맹호검을 쓰다듬으며 말했다. 마차 안에 있는 다섯 사람 모두 평소와는 달리 조금은 긴장하고 있는 모습이었다. 마치 자신들에게 다가올 위험을 미리 감지하고 있다는 듯.

철웅은 마차에서 나와 마부석으로 올라섰다. 마부석에는 대호표국의 표두인 상두가 마차의 고삐를 잡고 있었다.

"어떻소?"

철웅의 말에 주변을 한 번 둘러본 상두가 입을 열었다.

"일단은 조용합니다. 기분 나쁠 정도로요."

철웅은 고개를 끄덕이며 다시 입을 열었다.

"상 표두, 표사들에게는 모두 잘 일러두었소?"

"물론입죠. 겉보기에는 조는 것처럼 보여도, 아마 속으로는 귀를 쫑

굿 세우고 있느라 긴장이 이만저만이 아닐 겁니다."

상두는 웃으며 마차 옆에서 걷고 있는 표사들을 보며 말했다. 말 위에 앉아 꾸벅거리는 것이 영락없이 피곤에 지친 모습이었지만, 그들을 유심히 지켜보고 있으면 얇게 뜬 두 눈이 사방을 경계하고 있다는 것을 느낄 수 있었다.

"이번 위험만 잘 넘어간다면, 앞으로의 여정은 훨씬 수월할 수 있소. 부디 몸조심해서 북평까지 함께 가도록 합시다."

철웅의 말에 상두가 웃으며 고개를 끄덕였다. 자신과 같은 일개 표두에게 다가와 무운을 빌어주는 모습에 제법 감명을 받은 듯한 표정이었다. 철웅은 마차 옆에 묶어두었던 말에 올라탔다. 철웅이 타고 있는 말의 원래 주인은 지금쯤 후미의 마차에 앉아 칼을 다듬고 있을 것이다. 말에 올라탄 철웅이 깊은 숨을 들이마시고 있었다.

'사람에 대한 믿음이란 것이 얼마나 중요한 것인지… 내가 그를 믿었기에, 그 또한 나를 위해 이러한 도움을 주는 것이 아닌가.'

철웅의 말이 조금씩 앞서 나갔다. 어느새 무리의 선두에서 말을 몰고 있는 그 모습이 너무나 잘 어울렸기에 뒤따르는 표사들이 귓속말을 나누지 않을 수 없었다.

"이봐, 저 장 대협 좀 보게. 말을 타는 모습이 예사롭지 않은데?"

"그러게. 역시……."

말을 타는 것은 어렵지 않다. 빠른 자는 배운 지 일주일 만에 말을 몰고 달리기도 한다. 하지만 말을 자유자재로 다룰 수 있기까지는 적지 않은 시간이 소모된다. 단지 앞만 보고 달리는 것이 아니라, 자신이 원하는 대로 말을 모는 것은 한두 달의 연습으로 되는 것이 아니다. 게

다가 말과 호흡을 함께하는 것은 더욱 어려운 일이다. 철웅이 말을 다루는 것은 언뜻 보기에는 아무렇지 않아 보이지만, 십수 년간 말을 몰아온 표두 역산의 눈에는 그것이 예사 솜씨가 아님을 숨길 수 없었다.

'어깨의 흔들림이 거의 없다. 말의 걸음과 운율을 맞추고 있는 것이다. 저 사람이 말을 달린다면, 제아무리 명마라 할지라도 쉽게 따라잡지 못할 것이다. 말이 잔등 위의 부담을 느끼지 않을 테니까.'

자연스럽다는 말이 절로 나오는 기마술이었다.

그런 철웅이 눈을 반짝이고 있었다. 그들의 앞에 나타난 것은 평야를 조금 벗어난 관도에 있는 작은 숲이었다. 숲이라 불러도 될지 모를 만큼 나무가 적었다. 고작 이십여 장이나 될까. 농사를 짓던 농부들이 참을 먹기 위해 찾을 것이 분명한 작은 숲. 그 안으로 들던 철웅의 눈이 반짝였다. 꾸벅꾸벅 졸고 있던 표사들 역시 표나지 않게 품속으로 손을 옮기고 있었다.

"쳐라!"

외마디 외침이 숲의 정적을 깨웠다. 그리고 수십의 인영들이 나무 위에서 날아들며 숲으로 들어선 철웅 무리를 노렸다. 번득이던 칼날들이 마상의 표사들을 노리고 떨어졌다. 꾸벅거리던 표사들의 목이 금세라도 붉은 피를 뿌리며 떨어져 나갈 듯 보였다. 하나,

파팟!

쉬쉭!

"크악!"

"으헉?!"

복면을 한 채 검을 들고 날아들던 인영들이 저마다 고통에 찬 비명

을 지르며 바닥으로 떨어져 내리고 있었다. 바닥을 구른 자들의 몸에는 저마다 비도와 손도끼 등의 병기가 꽂혀 피를 뿜어대고 있었다. 표사들의 눈에서는 졸음의 흔적을 찾아볼 수가 없었다. 마치 모든 것을 예상하고 있었다는 듯. 그 모습에 복면 무리들이 다급히 바닥을 굴러 도망치려 하였으나 이번에는 표사들이 반격을 가할 차례였다.

"차아앗!"

표사들이 말에서 뛰어내리며 달아나던 자들의 몸을 베기 시작했다. 상처 입은 몸으로 발버둥을 쳐보았지만, 헛손질 한 번 제대로 하는 자가 없었다. 한 복면인 역시 허벅지에 비도가 꽂힌 채 바닥을 기어가고 있었다. 그런 그의 앞을 막아선 그림자가 있었다. 고개를 들던 복면인의 눈이 경악으로 물들고 있었다.

"…두 번의 구명은 없을 것이라 했다."

차가운 철웅의 목소리, 복면사내가 이승에서 들을 수 있었던 마지막 목소리였다.

푸아악!

복면인의 수급이 허공으로 떠올랐다. 철웅의 눈이 무심히 가라앉았다. 면면을 모두 알아볼 수는 없었지만, 자신이 놓아주었던 자들도 상당 부분 포함되어 있었다. 이미 마차 안에 있던 사람들도 저마다 병기를 들고 달려나와 있었다. 습격한 무리에게 손속에 사정을 두는 자는 아무도 없었다. 철웅의 검이 피를 뿌렸으니 그들 나름의 살계는 이미 열린 셈이었다.

"모두 멈춰라!"

숲의 안쪽에서 일단의 무리가 뛰쳐나왔다. 얼핏 보아도 육십 명은 넘어 보이는 무리였다. 그들의 앞으로 두 사람이 걸어나왔다. 한 사람은 황색 가사를 몸에 걸친 승려였고, 다른 한 사람은 짙은 남색의 무복을 걸친 복면인이었다.

"아미타불……."

승려의 입에서 불호가 들리자 검을 들고 서 있던 표사들이 주춤 물러섰다.

"이런 살겁을 저지르다니… 석가세존의 자비도 덧없구나. 아미타불."

표사들은 이 어이없는 사태에 당황하고 있었다. 습격을 받았고, 그것을 물리쳤다. 한데 느닷없이 승려가 등장해 자신들을 꾸짖는, 정녕 괴이한 형국이었다. 하나 철웅의 목소리가 그런 표사들의 풀어져 가던 검을 다시금 굳게 만들었다.

"그대가 괴불인가?"

"……?!"

승려의 눈에 놀람이 일었다. 하나 그도 잠시, 인자해 보였던 표정이 괴이하게 물들어갔다.

"호오, 본좌를 알아보는 자가 있다니, 참으로 놀랍구나. 본좌가 노린 자들 중 살려둔 자가 없었거늘……."

살기 가득한 승려의 목소리에 표사들의 마음은 차갑게 식어가고 있었다. 괴불 나탁. 그 악명으로 치자면 오히려 귀주사괴가 한 수 접고 들어가야 할 정도로 유명한 자였다. 악명만큼이나 무공 역시 뛰어나다 알려진 고수였고.

"아니지, 매복을 알아채고 본좌가 누군지도 아는 것을 보면, 단지 눈이 좋다는 것으로는 설명이 안 되지. 배신자가 있었군."

나탁이 고개를 돌려 주위를 돌아보았다. 그 눈길을 받은 수십의 복면인 모두 고개를 저으며 한 걸음 물러섰다. 하나 단 한 사람. 가장 끝에 서 있던 복면인 하나가 그의 시선을 받으면서도 그 자리를 지키고 서 있었다. 아니, 걸음을 옮겨 철웅이 서 있던 곳으로 걸어가고 있었다. 그 모습에 나탁의 눈에 보다 짙은 살기가 내려앉고 있었다.

"네놈은……?"

철웅의 앞으로 걸어간 사내가 옆에 차고 있던 검을 빼 들었다. 하나 철웅은 지척에서 사내가 검을 빼어 드는데도 아무런 움직임이 없었다. 복면사내의 두 눈이 웃고 있었다. 그리고 빼어 들었던 검을 숲으로 내던져 버렸다. 대신 그의 뒤춤에 숨겨져 있던 한 자루 박도를 빼어 들었다.

"오랜만이오."

"그렇군요, 장 대협. 따르지 말라던 말씀을 어길 수밖에 없었습니다."

풀어진 복면 사이로 모습을 드러낸 사내, 그는 무심박도 임정이었다.


임정이 나탁의 무리에 들게 된 것은 참으로 우연이었다. 그 역시 강호의 인물이었기에 심심치 않게 주변의 회유를 받는 편이었다. 이번 초적행도 그에게 들어온 회유 중의 하나였다. 물론 그가 초적질 따위에 마음이 혹할 리는 없었다. 하나 그들이 노리는 대상이 대호표국이라는 것이 마음에 걸렸다. 그 역시 소림의 제자였기에 무언가 석연치 않음을 발견할 수 있었던 것이다.

그런 호기심에 가담한 것이 오늘의 결과였다. 며칠 전 무리의 회의에서 나온 이야기들. 나탁도 알아채지 못했던 검은 묵검을 사용하는 신비 고수가 누구인지 그는 알 수 있었다. 그 후의 행동은 그에게 있어 당연한 수순이었다. 몰래 무리를 빠져나와 철웅이 머물고 있다는 객잔에 서찰을 남겨두었다. 그들을 노리는 자가 누구인지, 인원과 매복을 하려 하는 장소까지. 다른 길을 찾아 떠나길 바랐지만, 결국 그들은 매복이 있다 알려준 장소로 찾아들었다.

"왜 이곳으로 오신 겁니까?"

"허허, 북평까지 꼬리를 달고 싶은 생각은 없었소. 이번이야 넘어간다 치더라도, 조만간 다시 쫓을 것이 뻔하고… 꼬리를 좀 잘라 내야겠다 생각했소."

철웅의 말에 임정은 고개를 저었지만 반박할 순 없었다. 시간의 차이가 있을 뿐, 나탁은 반드시 그들의 뒤를 쫓을 테니까. 하나 그 말을 듣고 있던 나탁의 반응은 그렇지 못했다.

"배신자가 내 밑에 있었던 자라니, 그대에게 민망스럽구먼. 하나 어차피 이곳에서 모두 죽을 목숨들이니 별 상관은 없지 않겠는가? 허허."

나탁의 말에 탐심호리의 눈이 마주 웃었다. 얼핏 보아도 저들의 수는 이십여 명도 채 되지 않는 듯 보였다. 승부를 가름하는 데에는 큰 지장이 없었다.

"사람이 조금 부족해 보이는군. 표물을 빼돌린 것인가?"

탐심호리의 말에 고산덕이 한 발 나서 답했다.

"표물을 준다면 길을 열겠는가?"

나름대로의 복안이었다. 그도 생각이 있어 적지 않은 양의 예물을 준비해 왔다. 혹시나 하는 마음에 떠본 말이었지만 돌아온 말은 역시 나였다.

"허허, 그깟 예물 따위 받자고 먼 길 찾은 것이 아니다. 그리고 나에게는 한 가지 철칙이 있지. 내가 노린 자 중 살아 있는 자는 없다. 모두 죽고 없는데 무엇 때문에 남은 표물을 남길 것인가? 허허."

나탁의 웃음에 사람들의 눈이 노기로 물들고 있었다.

"잘되었군."

느닷없는 철웅의 말에 나탁이 웃음을 지으며 그를 바라보았다.

"나도 꼬리를 남길 생각은 없으니……."

나탁의 눈에 살기가 어렸다. 그의 옆에 매여진 묵검이, 그가 바로 천살장 추일을 물리친 신비 고수라는 것을 말해 주고 있었다.

"네놈은 누구냐?"

살기 어린 물음에 살기 어린 대답이 들려왔다.

"장철웅."

주변을 장악해 가는 동요에 표사들의 입가는 자신감으로 채워지고 있었다. 여기저기서 파검이란 말과 화산이란 말이 튀어나오고 있었다. 나탁과 탐심호리의 얼굴 역시 천천히 굳어져 가고 있었다.

"그대가… 정녕 파검인가?"

철웅은 탐심호리의 물음에 가만히 고개를 끄덕였다. 고수의 이름은 그 하나만으로도 커다란 힘이 되는 법이다. 나탁과 탐심호리의 뒤로 자리하고 있던 복면인들의 동요가 눈에 띄게 일고 있었다.

"후후, 그런 거짓을 누가 믿을 것 같으냐?"

나탁은 웃으며 입을 열었다. 그가 파검인지 아닌지 확실하지 않았다. 설사 그가 진정 검절이 공언한 섬서의 파검이라 하더라도 자신들의 수하에게는 파검이어서는 안 되었다. 그것이 그의 판단이었다.

"네놈이 파검이라는 증거는 아무것도 없다. 그리고 내 손에 죽어도 네놈의 명복을 빌어줄 이는 없을 것이다. 다른 자의 명호를 사칭하였으니… 흐흐."

나탁의 어이없는 말이었지만 효과는 있었다. 동요하던 복면인들이 차츰 안정을 되찾는 듯 보였다. 고산덕은 이득을 볼 수 있던 기회가 사라짐을 느끼며 서둘러 입을 열려 하였다. 하나 나탁의 일장이 먼저였다.

"쳐라! 그런 잔꾀에 속을 나 괴불이 아니다!"

나탁의 손에 어린 금광이 철웅에게 폭사되었다.

"허억! 금강장(金剛掌)?"

그 모습에 놀란 고산덕이 외마디 경악성을 내뱉고 말았다. 금강장은 대력금강장이라고도 불리는 소림의 진산무공이었다. 괴불의 사문이 소림이라는 소문이 사실로 드러나는 순간이었다. 철웅은 검을 들어 나탁의 금강장에 맞섰다.

퍼벙~!

금강장과 맞부딪친 철웅이 세 걸음이나 밀려났지만, 큰 외상은 없어 보였다. 철웅은 검을 빼며 나탁을 향해 달려들려 했지만, 어느새 수십의 복면인에게 포위된 상태였다. 복면인의 무리에도 제법 쓸 만한 자들이 많았다. 일류라 불리기엔 손색이 있었지만, 십여 명에 불과한 표국 일행의 발목을 잡기엔 충분해 보였다. 철웅 역시 복면인 셋의 합공을 받고 있었다. 고산덕과 이승수 등도 두셋 이상의 합공을 받고 있었다. 그들을 막아서는 것에 큰 위험은 없었지만, 쉽게 떨쳐 내기도 쉽지 않았다. 더욱이 문제는 표사들이었다. 표사들은 복면인 둘의 협공에도 쉽게 선기를 잡지 못하고 있었다. 실력으로 뽑고 고른 표사들이었지만, 습격한 복면인들을 압도할 만한 무위는 아니었다.

그 모습을 지켜보던 나탁과 탐심호리의 입가엔 득의의 빛이 어리고 있었다. 물론 자신들이 모은 자들이 그들을 모두 해치울 수 있으리라 생각하지는 않았다.

'동귀어진이라도 해주면 좋겠지만, 그럴 놈이 있을 리 없지. 하지만 이 정도의 차륜이라면 능히 저들의 기운을 빼놓을 수 있을 것이다. 내가 나서는 것은 그때다.'

나탁과 탐심호리의 생각은 정확하게 일치하고 있었다. 단지 차이가 있다면 나탁이 그들의 싸움을 지켜보며 살기를 불태우고 있을 때, 탐심호리는 조용히 자리를 빠져나와 아무도 지키고 있지 않던 마차들로 향했다는 것뿐이었다.

"자, 어떤 물건이 이토록 애를 태우게 했는지 한 번 볼까?"

탐심호리의 손이 마차의 손잡이를 잡아갔다. 그의 양손에는 날카로운 발톱 네 개가 박힌 호지철갑(狐趾鐵甲)이 끼워져 있었다. 호지철갑은 탐심호리의 독문병기인데, 반 자 길이의 긴 날이 발톱처럼 박혀 있었다. 날이 휘어 상대의 가슴을 찌르면 심장이 딸려 나와 외호마저 탐심호리라 불리게 된 기형 병기였다.

오른손으로 공격할 태세를 취한 채 문을 벌컥 열었지만, 안에서의 반격 따위는 없었다. 아무도 없는 빈 공간. 사람도 없었지만 짐도 없었다. 비어 있는 마차였다.

"뭐, 뭐야?"

탐심호리는 당황해하며 두 번 째, 세 번째 마차의 장막도 거칠게 베어내었다. 하나 그를 기다리고 있던 것은 몇몇 가재 도구들과 옷가지가 전부였다.

"이, 이놈들 표물을 정녕 다른 곳으로 빼돌렸구나!"

분노한 탐심호리의 눈이 싸움이 한창인 곳으로 향했다. 당장 달려가 그들의 심장을 파내고 싶었지만, 그의 뇌리에는 그보다 좋은 생각이 떠오르고 있었다.

'표물을 노리자!'

탐심호리의 머리는 재빨리 회전하고 있었다.

'처음 출발했을 때의 인원이 서른 명 정도였으니, 표물이 옮겨졌다면 그것을 지키고 있을 자는 열 명 정도에 불과할 것이다.'

탐심호리는 재빨리 주위를 살폈다. 느긋함에 빠져 있는 나탁은 자신이 있는 쪽으로 눈길도 주지 않고 있었고, 다른 자들 역시 싸움에 온 정신이 팔려 있는 상태였다. 자신이 사라진다 하여도 당장 눈치 챌 사람은 아무도 없었다.

'후후. 나탁아, 너는 이들과 드잡이질이나 하고 있거라. 나는 네놈이 싸움에 정신 팔린 사이 표물을 찾아 사라질 것이니.'

탐심호리는 조용히 어둠 속으로 사라져 갔다. 다행히 사하에서 북평으로 향하는 갈림길은 두 가지뿐이었다. 서두른다면 충분히 그들을 따라잡을 수 있을 것이다. 파검과 고산덕 등 고수라 불릴 자가 모두 이곳에 모여 있으니, 표물을 지키고 있을 자들 중 그의 호지철갑을 피할 자는 아무도 없을 것이다. 그것이 그의 걸음을 빠르게 만들고 있었다. 여반장. 손바닥을 뒤집는 것보다 쉬운 일 같았다.

하나 탐심호리는 표물을 지키고 있을 열 명에 대한 생각을 좀 더 깊이 했어야 했다. 표물을 지키는 것이 업인 사람들이 표물을 쉽게 방치할 리 없었다는 것을. 하지만 본시 생각은 좋은 쪽으로 흐르기 마련이었다. 표물에 눈이 먼 탐심호리처럼.


"크어억!"

또다시 복면인 하나가 가슴에서 피를 뿌리며 쓰러졌다. 고산덕의 칼에는 사정이 없었고, 두 명의 표사가 목숨을 잃은 후에는 더욱 광포하게 휘둘리고 있었다. 다섯의 복면인으로는 성이 차지 않았는지, 또 다른 상대를 찾아 맹호와 같이 몸을 날렸다.

철웅과 고산덕, 이승수, 전립 등의 피해는 거의 없었다. 역산이 약간의 찰과상을 입었고, 상두 역시 얼마간의 검상을 입었을 뿐이다. 하나 표사들의 경우에는 복면인들만큼이나 눈에 띄게 그 수가 줄고 있었다.

'이놈들……'

가족과 같았던 표사들이었다. 이름 하나, 얼굴 하나 잊을 수 없는 사람들이었다. 그런 자들이 죽어나가고 있었다. 어차피 도당들의 손에서 표물을 지키는 것이 업이었기에, 죽음이란 놈과 늘 가깝게 지낼 수밖에 없었다. 이렇게 죽는 것이 그들의 운명이라는 것을 모르지는 않지만, 그럼에도 수하들의 죽음은 덤덤히 받아들이기 힘든 법이었다.

"차앗!"

고산덕의 검이 또 다른 복면인을 향해 날아들고 있었다. 하나 두 자루의 검이 그의 검로를 막아섰다.

챙!

고산덕이 두 걸음 물러서며 전방의 복면인들을 바라보았다. 살기로 따지자면 매한가지. 고산덕과 그를 노려보는 두 사람의 전신은 피로 얼룩져 있었고, 살기로 범벅이 되어 있었다.

'지치고 있다. 이대로 가다가는 저들을 모두 쓰러뜨린다 해도 내가 버티기 힘들게 될 것이다.'

고산덕은 자신이 지치고 있음을 느끼고 있었다. 이미 홀로 다섯 명의 복면인을 베어내었다. 한때는 산적 열을 단칼에 베어낸 적도 있지만, 자신이 상대하고 있는 자들은 그들과 비교하기 힘든 자들이었다. 게다가 한 손이 열 손을 감당하지 못하는 법이었다. 죽은 자도 많지만, 그보다 더 많은 자가 살아 자신을 노리고 있었다.

"허업!"

고산덕의 잡념을 끊으며 검이 내려쳐졌다. 고산덕은 검을 들어 공세를 막았다. 하나 합공의 위력은 공세 후에 빛나는 법. 그의 틈을 노리고 또 다른 검 하나가 복부를 노리며 날아들었다. 급히 허리를 비틀며 하체로 들던 검을 쳐내자 위로 튕겨내었던 검이 자신의 목을 노리며 날아들었다. 고산덕이 어지러이 보법을 밟으며 그들과 거리를 벌리고 있었다. 그들은 고산덕을 쫓다가 옆에서 고전하던 한 표사의 등을 향해 검을 휘두르고 있었다.

"안 돼!"

고산덕이 놀라 뛰었지만, 내려쳐진 검을 막아낼 순 없었다.

"크아악!"

표사가 비명을 지르며 쓰러져 갔다. 그 표사의 목 위로 다시금 검이 내려쳐지고 있었다. 고산덕의 검이 닿기에는 턱없이 모자란 거리였기에 죽음을 막기는 어려워 보였다. 하지만,

카가강!

무언가가 날아들어 두 자루의 검을 허공으로 튕겨내며 등을 베인 표사를 구해내었다. 고산덕의 시선이 급히 돌아갔다.

"이것이 천리라면… 기꺼이 따르리다."

철웅이 걸음을 내딛고 있었다. 그의 검은 허리에 고이 모셔져 있었다. 그가 들고 있던 그것, 팔 척에 가까운 한 자루 장창이 그의 손에 들려 은광을 토해내고 있었다. 한순간 철웅의 차갑던 눈이 섬광을 발하는 듯했다.

"타하앗!"

철웅의 몸이 허공으로 날아올랐다. 그것이 시작이었다. 복면인 무리 중 철웅의 일수를 받아내는 자가 없었다. 횡으로 그어지면 복부가 갈라졌고, 종으로 내려치면 검과 함께 가슴이 베어졌다. 사방으로 튀는 핏방울들로 장내는 피의 폭풍이 몰아치고 있었다.

"무, 물러서라!"

고산덕이 표사들을 향해 외쳤다. 하나 그런 외침은 필요하지 않았다. 철웅의 창이 날아들 때마다 고전하던 표사들이 하나둘 뒤로 몸을 뺄 수 있었다. 순식간에 벌어진 반전에 놀라던 복면인들이 정신을 차렸을 때는, 이미 철웅의 창 아래로 여섯 명이 꿰뚫린 후였다. 복면인들은 그제야 하나둘 목표를 바꾸어 철웅에게 달려들었다. 삽시간에 스물에 가까운 복면인들이 철웅을 포위하고 나섰다.

다른 인물들도 그를 돕고 싶었지만, 남은 자들의 공세 또한 만만치 않았기에 쉽게 발을 떼지 못하고 있었다. 고산덕은 상처 입은 표사들을 뒤로 물리며 삼십여 명의 복면인을 맞이해 검을 놀리고 있었다. 이승수는 다친 오른손을 피하며 권각을 놀리고 있었고, 전립 역시 선법을 제대로 펼치지 못해 서넛의 복면인을 맞이하면서도 쉽게 물리치지 못하고 있었다. 그나마 육당만이 도를 휘두르며 자신의 기량을 전부 발휘할 수 있었고, 임정의 박도만이 날아드는 검들을 막아내고 있었다. 고산덕과 육당, 임정의 칼에 하나둘 복면인들이 쓰러져 갔지만, 철웅의 손에 쓰러지고 있는 복면인들에 비하자면 너무나 더뎠다.

스무 명에 달했던 포위가 이미 반 이상 줄어 있었다. 철웅의 공세는 정녕 잔인했다.

'사부님의 가르침을 생각하느라 잠시 주춤한 사이, 다섯 표사가 목숨을 잃었다. 저들도 생령이고, 우리도 생령이라 생각한 것이 잘못된 것은 아니다. 자비를 베풀어 적의 목숨을 구해준 것 역시 잘못된 것이라 생각하지 않는다.'

철웅의 창이 바람을 가르고 있었다. 아니, 그의 은빛 창날은 이미 한줄기 바람이었다. 그리고 그 바람이 스치는 곳마다 한줄기 핏물이 뿜어지고 있었다.

'하나 나는 잘못 생각하고 있었다. 지금껏 나는 천리를 따르려 애쓰고 있었다. 불필요한 살생을 피하고자 했다. 하나 그것은 나의 의지였을 뿐, 천리가 아니었다. 천리를 의지로 따른다 하여 그것이 천리가 될 수는 없다는 것을 잊고 있었다. 나는 옳음에 치우친 판단을 하고 있었다. 옳게 행동하는 것이 천리를 따른 것이라 생각하고 있었다. 하나 그

것은 옳음도 아니었고, 천리도 아니었다. 가식이었고, 자기기만이었다.'

철웅의 공세가 더욱 매서워지고 있었다. 철웅의 전면으로 뛰어들던 자 하나가 목을 꿰뚫리자, 그 틈을 타 좌우에서 검들이 쇄도해 들어왔다. 철웅은 한 점의 망설임도 없이 꿰뚫린 목을 찢어내며 창을 휘두르며 회전했다. 사방으로 휘둘린 창의 기운에 달려들던 자들이 비명을 지르며 나가 떨어졌다.

'살고자 싸우는 것이다. 죽지 않기 위해 죽이는 것이다. 자신의 생명을 도외시하고 살기를 꺾는 것이 어찌 선의일 수 있는가? 이것은 희생이 아니다. 정의도 아니다. 내가 가고자 하는 길은 멀다. 그 끝이 어딘지는 모르나 멀고도 험할 것이라 사부님은 말씀하셨다. 멀고 험한 길임을 알면서, 스스로를 더욱 위험에 빠뜨리는 것이 어찌 천리를 따름이라 하겠는가?'

은빛의 궤적이 사방으로 이어져 있었다. 철저히 죽음을 내릴 곳으로 찾아들었고, 궤적이 이르는 곳에는 살과 뼈가 갈라지고 있었다. 자비도 없었고, 동정도 없었다.

'길을 막는 자가 있으면 베고 나간다. 그것이 나의 천리이다!'

철웅의 창이 힘껏 날아가 꽂히며 그 움직임을 멈추었다. 마지막까지 검을 들고 서 있던 자의 심장이 철웅의 창에 꽂혀 움직임을 멈추었다. 철웅의 주위로 혈향이 진동하고 있었다. 그는 그렇게 시체의 산 위에 우뚝 서 있었다.

'너의 길은 험하고 모진 길이다. 천리가 너를 그 길로 인도하고 있

단다. 그 길 위에서 모든 것을 너의 뜻대로 하거라. 그것이 너의 운명
이니… 가엾구나, 제자야. 이 사부를… 부디 용서하거라.'

귓가로 들린 사부의 목소리가 철웅의 가슴을 아프게 하고 있었다.
결국 그가 있을 곳은 전장이었다. 무림이라는 새로운 전장이었다.

"으음……."
나탁의 몸에 작은 경련이 일고 있었다. 처음에는 모든 것이 그의 뜻
대로 되는 듯싶었다. 저들은 당황했고, 많은 자가 죽어가는 듯 보였다.
하나 파검이라는 자가 나선 순간, 모든 일은 자신의 예상과 반대로 흐
르고 있었다. 삽시간에 스무 명에 달하던 자들이 목숨을 잃었다. 잔혹
한 손속이었고, 두려운 움직임이었다. 다른 이들 역시 주춤거리며 뒤
로 물러서고 있었다. 그마만큼 파검이란 자가 보여준 무위는 압도적인
것이었다.
'파검이… 맞구나……'
나탁은 한 걸음 물러섰다. 하나 철웅의 시선이 올가미처럼 그의 몸
을 옥죄어오고 있었다.
"네가 죽어야… 내 창을 거둘 수가 있겠구나."
철웅의 목소리는 주변의 공기를 얼려 버릴 만큼 차갑게 내려앉아 있
었다. 나탁의 몸 역시, 그 목소리에 얼어 굳은 듯 보였다. 그의 굳은 입
이 어렵게 떼어지고 있었다.
"허… 허허. 고작 스무 명을 베었다고 의기양양한 것이더냐?"
나탁의 입가에 조소가 이는 듯 보였다. 하나 그것이 억지라는 것은

주춤거리며 물러나던 복면인들도 느낄 수 있을 정도였다.

"후후. 자, 오너라. 네놈을 죽여 파검이라는 명호를 강호에서 지워 버릴 것이다."

잔인한 미소와 살기가 깔린 목소리가 철웅을 부르고 있었다. 철웅은 서슴없이 그를 향해 걸음을 내디뎠다. 그의 창이 원하는 대로, 자신이 원하는 대로 나탁이라는 자의 목숨을 취하기 위해. 그를 맞이하던 나탁의 장심은 금광으로 물들고 있었다. 백보신권과도 비견되는 불문의 장법이었다. 철웅을 바라보던 나탁이 소리치며 장력을 날렸다.

"대력금강장!"

철웅은 들고 있던 창에 내력을 집중시키고 있었다. 파르스름하게 맺힌 기운 때문인지 그의 장창이 부르르 떨며 울고 있었다. 그런 철웅에게 쇄도하던 두 줄기 장력은 밝은 금광을 띠고 있었다. 하나 철웅은 나탁의 금광이 소림의 혜원 대사가 보여주었던 금광과 너무나 다르다는 것을 알 수 있었다.

'금광은 허상일 뿐, 너의 장력은 검고도 검구나.'

철웅은 창을 사선으로 올려치며 한줄기 장력을 파훼하며 몸을 회전시켰다. 그리고 휘둘린 여력 그대로 한 바퀴 돌아 다시 사선으로 창을 내려쳐 남은 장세 하나를 갈라 버렸다.

펑! 펑!

장세가 파훼되며 금색의 빛 무리가 시야를 어지럽혔다. 하나 철웅의 눈은 그 빛 무리 사이로 달아나는 나탁을 보고 있었다.

'인정하긴 싫지만 분명 나보다 강한 자이다. 지금 싸우게 된다면 잘해야 양패구상. 저놈 하나라면 어찌해 보겠지만……'

신형을 날리던 나탁은 입술을 잘근 깨물었다. 대세가 기울어짐을 너무 늦게 깨달았다. 아니, 파검이란 자가 수하들을 도륙할 때 나섰어야 했다. 아니면 그때 달아났던가. 너무나 순식간에 벌어진 일이었기에 재빠른 판단을 할 수가 없었고, 모든 판단을 마쳤을 땐 이미 너무 늦고 말았다.

'쓸모없는 것들. 그놈들이 고산덕과 다른 자들만 처리하였어도…….'

나탁은 끝내 자신의 실책을 인정하지 않고 있었다. 자신이 데려온 자들과 탐심호리가 데려온 자들. 도합 칠십 명의 무사를 이끌었음에도 십여 명의 도검을 피해 달아나야만 했고, 나탁은 그 모든 책임을 무능한 수하들에게 돌리고 있었다. 그들이 '표국의 다른 놈들만 처리했었더라도' 라는 가정을 끝없이 되뇌이고 있었다. 그래야 마음 깊숙한 곳에서 치미는 파검에 대한 두려움을 잊을 수 있겠다는 듯.

철웅의 눈이 그런 나탁의 속내를 눈치 채 노기를 띠고 있는 것은 아니었다. 단지 수하들을 뒤로한 채 도주하는 나탁의 등이 그의 분노를 자극하고 있을 뿐. 철웅이 결코 용서하지 않는 자, 도주하는 나탁은 철웅의 분노를 자아내기에 부족함이 없었다.

"패배한 장수에게 줄 기회는 있어도, 부하를 배반한 장수에게 줄 기회 따윈 없다. 차아앗!"

철웅이 나탁의 뒤를 쫓다 바닥을 차며 뛰어올랐다. 이 장에 가까운 도약이었고, 그렇게 뛰어오른 그의 시선 아래로 신법을 전개하며 달아나는 나탁의 움직임이 한눈에 보였다. 그는 표적이 되어 있었다.

도약의 정점에 다다른 철웅의 손에서 한줄기 유성이 쏘아져 나갔다.

창공을 수놓은 은빛 궤적은 파공성마저도 허락하지 않았다. 쏘아진 유성의 뒤를 쫓는 파공성. 그의 창은 이미 한줄기 빛살이었다.

'우선 살아야 한다. 살아서 후일을 도모해야 한다. 오늘의 원한은 훗날 갚으면 된다.'

나탁의 상념은 복수로 이루어져 있었다. 스무 명을 죽였으니 오십을 모아오면 된다. 아니, 백 명을 모아오면 된다. 원한을 갚기 위해서라면 어떠한 방법도 그에겐 상관이 없었다. 그것이 그의 방식이었다. 자신의 일을 방해한 대가를 톡톡히 치루게 해주리라, 나탁은 그렇게 다짐하고 있었다. 부질없는 다짐이었지만, 그는 그렇게 다짐하고 있었다.

퍼억!

나탁의 앞으로 긴 창이 날아와 박혀들었다. 한 자는 파고들었을 만큼 세찬 기세였다. 바닥에 꽂힌 창은 그 여력을 감당치 못하고 세차게 흔들리고 있었다.

'뭐지? 벌써 따라온 것인가?'

놀란 나탁이 뒤를 돌아보려 했다. 하나 그의 목은 그의 지시를 따르지 않았다. 아니, 따르지 못했다. 나탁은 목뿐만이 아니라 그의 전신이 자신의 생각을 따르지 않는다는 것을 깨달았다. 그리고 자신이 더 이상 사고를 하고 있지 않다는 것도 깨달았다. 그의 망령은 그렇게 그의 육신을 벗어나고 있었다. 목이 꿰뚫린 나탁의 시신은 그렇게 한참을 서 있었다.

철웅이 다가와 자신의 창을 뽑아 돌아설 때까지도, 그의 시신은 그렇게 서 있었다. 자신이 왜 움직이지 않는지 모르겠다는 눈빛 그대로……

'저기로군.'

수풀 사이로 번뜩이는 두 눈이 있었다. 이십여 리를 내달려온 탐심호리가 가볍게 숨을 고르며 바라보는 곳에는 한 대의 마차가 숨겨져 있었다. 짙은 수풀 사이에 숨겨진 마차의 주위로, 몇 사람의 장정이 눈을 번득이며 번을 서고 있었다.

'표사들의 복장이 아니군. 돈을 주고 산 무인들인가?'

탐심호리의 눈은 그자들의 일거수일투족을 세심하게 관찰하고 있었다. 허리에 검을 찬 무인들만 일고여덟 명에 달했다. 그들과의 거리가 있어 확실히 볼 순 없었지만, 서 있는 자세나 주위를 살피는 눈빛만으로도 어설프게 검을 배운 자들은 아닌 듯 보였다.

'후후, 정말 생각할수록 군침이 도는 마차로구나. 도대체 얼마나 많은 외인들을 끌어들인 것이냐. 얼마만한 가치가 있기에……'

탐심호리의 눈이 탐욕으로 물들어갔다. 눈앞에 서성이는 사내들 따위는 눈에 차지도 않았다. 그에게 있어 마차 앞의 사내들은 닭장을 지키는 수탉들일 뿐이었다. 수탉이 제아무리 많이 모여 있다 하여도 그것을 두려워할 여우는 없었다. 생각을 이어가던 탐심호리가 다시금 양손에 호지철갑을 착용하였다. 먹이를 발견하였으니 사냥하는 일만이 남았다.

마차를 거닐던 사내 하나가 숲 속의 바스락거림에 고개를 돌렸다. 평복으로 변복한 낙양지부의 위사였다. 고개를 돌렸던 사내의 눈이 경악으로 물들며 다급히 허리춤의 검으로 손을 움직였다. 하나 검을 반도 채 뽑기 전 가슴을 지지는 통증에 눈을 까뒤집으며 절명하고 말았다.

"끄르륵······."

숲과 마차와의 거리는 오 장 정도였으나 사내의 심장을 도려낸 탐심호리에겐 숨 한 번이면 다가갈 수 있는 짧은 거리였다. 그의 출현에 놀란 사내들이 다급히 검을 뽑아 들었으나 탐심호리의 호지철갑은 그런 사내들을 향해 아무런 망설임 없이 달려들고 있었다.

"타아앗!"

위사 하나가 매섭게 검을 휘두르며 달려오는 탐심호리와 마주쳐 갔다. 탐심호리의 옆구리를 노린 위사의 검이 공중으로 세차게 뿌려졌다. 하나 기세 좋게 나아가던 위사의 검은 내려쳐진 호지철갑의 발톱 사이에 막혀 멈추고 말았다.

푸우욱!

"크아악!"

탐심호리의 강철 발톱이 위사의 목을 할퀴고 지나갔다. 어느새 모여든 위사들의 눈이 경악으로 물들고 있었다. 양손에 반 자나 되는 발톱을 끼우고 나타난 사내. 이미 두 사람의 동료가 그 발톱에 목숨을 잃었다. 위사들의 눈이 분노로 물들고 있었으나, 수탉이 화를 낸다 하여 여우가 사냥을 멈출 이유가 없었다.

"오래 놀아주고 싶지만 시간이 없구나. 나 역시 내 이야기가 강호에 떠도는 걸 좋아하지 않아서 말이야. 타앗!!"

천천히 걸어오며 말을 하던 탐심호리가 다시금 번개같이 발을 놀려 위사들 사이를 파고들었다. 기실 짧은 단병이라 할 수 있는 그의 철갑 발톱이 위사들의 장검을 상대로 이득을 볼 수 있었던 것은, 그가 익힌 신법의 탁월함 때문이었다. 그 스스로 '호영신법(狐影身法)'이라 부르는 그의 신법은 사실 종남파의 잠영보(潛影步)를 훔쳐 배운 것으로, 구결을 얻지 못해 절정에 다다르진 못했다. 하나 대문파의 신법이 가지는 놀라운 효용만으로, 반쪽짜리 신법임에도 그의 호지철갑과 어울려 실전에서는 대단한 위력을 발휘하고 있었다. 하건이 고르고 골라 뽑은 관부의 위사들이었지만, 잠영보라는 탁월한 신법과 호지철갑이라는 기형 병기의 난해함에 쉽게 대처하지 못하고 있었다. 다시 한 사람의 위사가 허리를 베여 바닥을 뒹굴었고, 이에 그치지 않은 철갑 발톱은 또 다른 위사의 목을 노리며 날아들고 있었다.

카강!

"음?"

가까스로 목숨을 건진 위사가 뒷걸음질치며 자신의 목을 쓰다듬고 있었다. 그의 앞을 막아선 사내는 하건이었다.

"제법이구나. 내 철갑 발톱을 쳐내다니……."

"그대의 날카로운 발톱에 나의 수하들이 다치고 있으니, 가만히 보고 있을 수만은 없구려. 내 그대의 발톱을 조금 잘라 다시는 사람이 상하지 않게 하려 하오."

하건의 날카로운 눈빛에 탐심호리가 조금 움찔했다. 하나 그것은 그의 내부에서 일어난 변화였을 뿐. 복면 사이로 보인 탐심호리의 눈은 살기를 담은 채 웃고 있었다.

"내 발톱을 잘라 주겠다던 놈은 많았으나, 그들 중 내 발톱을 피해 살아남은 자가 없다. 네놈 역시 그 많던 자들 중 하나일 뿐."

탐심호리가 양손을 교차해 가슴을 가렸다. 하건의 손에는 어느새 한 자루 장검이 들려 있었다. 두 사람의 눈이 허공에서 어울리고 있었지만, 두 사람 모두 쉽사리 한 발을 먼저 내뻗지 못하고 있었다.

'악독한 손속. 하나…….'

'제법이구나. 검을 들고 서 있는 자세, 빈틈이 보이질 않는군.'

서로에 대한 탐색이 이어지고 있었다. 주변에 서 있던 위사들은 뒤로 물러선 상태였다. 그들의 탐색이 끝나면 불꽃 튀는 접전이 시작될 것임을 알기에 숨을 죽이고 있었다.

"타앗!"

"하압!"

탐심호리의 신형이 흔들린다 여겨진 순간, 하건의 신형도 함께 움직였다. 서로를 향해 맞부딪쳐 가던 두 사람의 신형이 사라진 것은 일장을 격하고 마주한 그때였다.

채재쟁!

허공으로 뛰어올랐던 두 사람이 서너 번의 공방을 마치며 땅으로 내려섰다. 두 사람 중 누구도 우위를 점하지 못하였으나, 놀람으로 치자면 탐심호리의 놀람이 조금 더 컸다.

'검의 흐름을 끊을 수가 없다. 허공에서의 공격은 가급적 삼가야겠다. 저놈과 나와의 격차는 겨우 한 호흡 차이. 신법의 유리함으로 승부해야만 저놈을 쓰러뜨릴 수 있다.'

탐심호리의 눈가에 진득한 살기가 다시금 피어오르고 있었다. 그의 신형이 꺼지듯 사라지며 하건의 우측을 노렸다. 눈으로 좇기 어려운 빠른 움직임이었지만, 그것은 위사들에게나 통할 일. 소림사 혜정 대사의 수제자인 하건에게는 빠름 이상의 의미를 지니지 못한 움직임이었다. 소림의 가르침이 정중동(靜中動)에 있음이 탐심호리의 불운이었다.

타다당!

하건의 검이 무겁게 내려쳐지며 탐심호리의 발톱을 허공으로 쳐냈다. 만약 그의 호지철갑이 한쪽뿐이었다면 일검을 허용하고 말았을지도 몰랐다.

'이럴 수가?'

탐심호리의 눈이 놀람으로 커지고 있었다. 자신의 움직임은 빠른 이동 외에도 사람의 눈을 현혹시키는 효과가 있었다. 만약 자신의 눈앞에서 상대가 사라진다면 얼마나 당황스럽겠는가? 그 당황한 틈을 노리는 것이 탐심호리의 장기 중 하나였다. 하나 눈앞의 사내에게는 그의 장기가 통하지 않고 있는 것이다.

"수비만이 능사는 아닌 법. 이번엔 내 검을 받아보시오!"

하건이 일갈을 내지르며 탐심호리에게 날아들었다. 가벼운 몸놀림과는 달리 그의 검에는 천 근 같은 무게가 실려 있었다. 한 손으로 그의 검을 막았던 탐심호리가 놀라 두 번째 검은 두 손을 교차하여 막아야 했을 만큼. 하건의 검은 무거움에도 가볍게 휘둘리고 있었다. 부리는 자가 가볍게 부리고, 막는 자가 무겁게 막으니 한 번 기운 승기는 좀처럼 뒤집히지 않고 있었다.

'이… 이런 개 같은……'

탐심호리는 속으로 욕하고 있었다. 단순한 내력의 차이가 아니었다. 하건이 휘두르고 있는 검에는 눈에 잘 띄지도 않을 만큼 미약한 검기가 서려 있었다. 그에 반해 탐심호리는 그의 검을 맞아 전력을 다해야 했다. 한 호흡 차이라 여겼던 그들의 격차는 하늘과 땅 같은 차이가 있었던 것이다. 소림 계율원주의 수제자란 이름은 아무에게나 주어지는 것이 아니었다. 무공만으로 따지자면 그는 고산덕보다도 윗줄의 고수였던 것이다.

"이제 내 수하의 목숨 빚을 받겠소."

하건의 눈에도 살기가 내려앉았다. 탐심호리가 눈동자를 이리저리 굴리고 있었다. 자신의 상대가 아니라는 것을 알게 된 이상 곱게 앉아서 죽을 수는 없는 일이었다.

"젠장, 두고 보자!"

인상을 구기던 탐심호리가 하건을 한 번 쏘아보곤 다급히 몸을 돌려 수풀 속으로 도주하기 시작했다. 그 모습을 본 하건이 그의 뒤를 쫓기 위해 신형을 날리려 하였다. 하나 수풀 속으로 사라졌던 탐심호리가 몸을 날리던 것만큼이나 빠르게 다시금 수풀에서 튀어나왔다. 혹시 모를 반격에 대비하며 검을 들어본 하건이었으나, 바닥으로 내팽개쳐진 탐심호리의 모습에 놀라 한 걸음 물러설 수밖에 없었다.

"끄으… 끄으으……."

바닥을 구르던 탐심호리가 가슴을 부여잡은 채 듣기에도 힘들어 보이는 신음을 흘리고 있었다. 하건이 급히 달려가 그를 뒤집어보았지만 이미 탐심호리는 가슴 어림이 함몰된 채 절명한 후였다.

"그렇게 갑자기 달려들면 어떻게 하나."

옷 주변을 손으로 털며 나타나는 사내. 느닷없는 사내의 등장에 주변의 시선이 그에게로 쏠리고 있었다.

"그대는 누구요?"

하건이 인상을 굳히며 입을 열었다. 비록 도주하던 탐심호리를 즉사 시켰다고는 하나, 아직 피아의 구분은 되지 않은 상태였다. 그런 하건의 말에 사내는 웃으며 답했다.

"나? 못다 한 임무를 완수하러 온 사람."

달빛을 받아 윤곽을 드러낸 사내의 얼굴에는 만족스러운 미소가 그려져 있었다. 어두웠던 수풀을 지나 달빛이 내리던 마차의 앞으로 걸어나오던 사내.

그는 백호 한수였다.

# 위기(危機)

"드디어 도착하셨군."

혈공작 적유의 입가에 미소가 걸렸다. 한수가 모습을 드러낸 숲에서 백여 장 정도 떨어져 있던 송림. 동산이라 불릴 만한 크기의 작은 언덕 위에는 조촐한 술상이 차려져 있었다. 평소 술을 즐기지 않는 적유였지만, 오늘과 같은 날이면 어김없이 술을 찾는 그였다. 자신의 계획이 실현되는 것을 지켜보는 날이면 언제나.

"파검이란 자의 무공을 보고 싶었지만, 그보다는 소교주의 모습을 보아주는 것이 수하된 도리지."

아쉽다는 듯한 눈빛으로 술잔을 기울이던 적유가 등 뒤에 시립해 있는 적포사내에게로 눈길을 돌렸다.

"그쪽은 어찌 되어가고 있느냐?"

“현재 접전 중입니다. 파검과 고산덕 등 주요 고수들이 표사들만을 대동하여 숲에 들었습니다. 나탁 일행 내부에 배신자가 있었던 듯싶습니다. 인원의 열세를 감안하더라도 나탁 쪽이 패할 공산이 큽니다.”

“그렇겠지. 탐심호리마저 빠져 있는 상태이니…….”

싸움에서 고수가 차지하는 비중은 무시할 수 없었다. 비록 나탁이 이끄는 무리가 칠십여 명이 넘는다지만, 나탁만이 일류라 칭해질 수 있을 뿐 다른 칠십의 인원 중 이류라 불릴 수 있는 자는 오 할도 되지 않았다. 고산덕 일행에 큰 피해는 있겠지만, 일류고수만 다섯이 모여 있다는 것이 나탁의 승리를 점치기 힘든 이유였다.

“그를 지키고 있는 자들은 몇 명이나 되느냐?”

“낙양부 하 동지와 그가 데려온 위사 열, 그리고 와해된 막야조의 강추와 일삼, 영우라고 하는 삼류무사 셋이 전부입니다. 나머지는 파검의 일행인 중년인 하나와 여아 하나, 남아 하나뿐입니다.”

“파검의 일행?”

적유가 흥미를 보였다.

“장인수라는 의원과 소소라 불리는 여아, 그리고 소아라 불리는 남아입니다. 장인수와 소소는 장철웅의 고향인 청수곡 출신이고, 소아라는 아이는…….”

“잠깐, 지금 어디라고 했나?”

적유의 물음에 사내가 의아해하면서도 적유의 말에 답했다.

“섬서 소화산 인근의 청수곡이라는…….”

적유가 손을 들어 수하의 보고를 끊었다. 그리고 무엇인가를 기억해내려는 듯 생각에 잠겼다.

‘청수곡… 청수곡… 그 이름이 낯설지 않구나. 어디에서 들었더라……’

적유의 침묵이 생각보다 오래 지속되고 있었다. 수하는 그의 옆에 선 채, 백 장 밖 숲 속에서 일어나고 있는 변화를 주시하고 있었다. 안력을 돋우며 상황을 주시하던 적포사내의 귀로 적유의 신음 소리가 들린 것은 전방의 숲에서 작은 소란이 이는 듯한 움직임이 일어난 후였다.

“설마……?”

적유의 눈이 전방의 숲으로 향했다. 그리고 자리에서 일어나 신형을 날렸다. 그 모습에 당황하던 적포사내 역시 적유의 뒤를 따라 날아올랐다. 적유가 십여 장을 날아가고 있을 때, 주변에 은잠해 있던 이십여 명에 달하는 붉은 장포의 사내들이 모습을 드러낸 채 그의 뒤를 따르고 있었다.

‘청수곡… 확인해 봐야 한다. 그곳이 정녕 내가 기억하는 그곳이라면……’

풀잎을 밟는 발길이 가벼웠다. 한 번의 도약으로 삼사 장씩 앞으로 밀려 나가는 적유의 모습에 수하들의 긴장이 더했다. 이렇게 서두르는 상관의 모습은 그들로서도 처음이었다. 그러하기에 연유를 알 수 없는 적유의 다급한 움직임은 그들을 더욱 긴장시키고 있었다.

‘청수곡… 죽은 우사와의 인연이 이어져 있는 곳.’

적유의 신형은 어느새 숲의 초입까지 다다라 있었다.

“임… 사제……”

고산덕이 천천히 다가와 임정의 손을 맞잡았다. 급박한 상황이었고, 어둠 속에서 자세히 보지 못한 까닭이었으나 자신들에게 위험을 알려준 사람은 분명 자신의 옛 사제 임정이었다.

"……."

두 손을 잡힌 임정은 고개를 숙이고 있었다. 고산덕과 전립의 눈에 만감이 교차하고 있었다. 하남 어딘가에서 살고 있다는 이야기는 들었지만, 설마 이러한 곳에서 이러한 인연으로 만나게 될 줄이야.

"이게… 얼마 만인가, 사제?"

"사제란 말씀… 거두어주십시오. 저는 파문된 몸입니다."

임정의 고개가 지면과 더욱 가까워지고 있었다. 그런 임정의 모습에 고산덕이 고개를 저으며 임정을 다독였다.

"아닐세. 내 한 번도 자네를 외인이라 생각한 적이 없었네. 자네의 일은… 이미 잊어버렸다네."

"후후, 모두 지나간 일입니다. 그리고… 사부님이 들으시면 경을 칠 것입니다."

임정의 말에 고산덕이 입을 열어보았으나 그의 입에선 끝내 아무 말도 나오질 않았다. 단지 쥐고 있던 손을 한 번 꼭 쥐어준 것이 그가 한 행동의 전부였다. 그리고 미끄러지듯 빠져나간 임정의 손이 방향을 바꾸어 철웅에게 향했다.

"장 대협께 임모가 다시 인사드립니다."

임정의 포권에 철웅이 마주 포권하며 입을 열었다.

"아니오. 임 대협이 아니었다면 실로 큰 낭패를 볼 뻔하였소. 이 장모가 감사드리오."

철웅의 말에 임정의 고개가 깊이 숙여졌다. 그에게 서찰을 남기면서도 자신의 이야기를 과연 믿어줄 것인가에 대해 심각하게 고민한 임정이었다. 하나 그는 자신을 믿어주었다. 그것이 그를 더욱 기쁘게 하고 있었다.

"서로 구면인 듯하군요."

고산덕이 가까이 다가와 물었다. 철웅이 고개를 끄덕이며 그와 만났던 이야기를 고산덕에게 해주었다. 그들의 인사와 이야기는 그것으로 끝이었다. 더 긴 이야기를 나누고 싶었지만, 사로잡은 자들을 처리해야 했고, 자신들을 기다리고 있을 하건과 주 왕자에게 서둘러 돌아가야만 했다. 무릎 꿇려진 자들의 수는 열다섯. 칠십에 달하던 자들 중 살아남은 이의 수는 고작 열다섯뿐이었다. 두려움 가득한 그들 앞에는 노기 띤 표정의 고산덕이 서 있었다.

"너희와 우리는 아무런 은원이 없었음에도, 너희는 수십의 무리를 지어 우리를 공격하였다. 지금 너희 목을 친다 하여도 옥황상제께 부끄러움이 없으니……."

고산덕이 허리에서 검을 뽑아 들었다. 서릿발 같은 청광이 포로로 잡혀 있던 자들의 눈을 어지럽혔다. 두려움을 느끼는 정도도 달랐고, 죽음을 받아들이는 자세도 제각각이었지만, 그들 모두 고산덕의 칼을 피할 길이 없음을 인정하고 있었다. 하나 고산덕의 칼은 쉽게 내려쳐지지 못하고 있었다. 그는 뒤이을 철웅의 말을 기다리고 있었다.

'아까의 접전에서 보여준 살의가 당신의 진심입니까?'

사실 고산덕은 철웅의 모습에 큰 충격을 받고 있었다. 그가 보여주었던 이전의 모습들이 그의 진심이었는지 의심스러웠을 만큼 조금 전

보여주었던 그의 무위와 결단은 잔혹하고 비정했다. 스무 명을 도륙하는 데에 걸린 시간은 찰나라 불릴 수 있을 만큼 짧았다. 그 무위가 두려운 것이 아니었다. 그렇게 쉽게 사람의 목숨을 취할 수 있었던 그의 판단이 두려운 것이었다. 어쩌면 파검이란 사람은 목적을 위해서라면 언제든지 사람의 목숨을 풀벌레 쫓듯 취할 수 있는 사람이었는지도 모른다. 고산덕은 그것이 두려운 것이었다.

"내가 막아주기를 바라는 것입니까?"

고산덕의 귓가로 들린 철웅의 목소리는 낮았다. 그래서 더욱 차갑게 들리는지도 몰랐다. 고산덕은 대꾸하지 않으며 철웅을 마주 보았다.

'당신의 진심이 무엇인지 말해 주시오.'

고산덕의 눈은 그렇게 말하고 있었다. 그리고 철웅은 이렇게 답했다.

"지금의 저들은 내 앞을 막고 있지 않으니 죽이라 말하지 않겠소."

고산덕은 가슴 깊은 곳에서 한기가 치밀어옴을 느끼고 있었다.

'다시 막아선다면… 주저없이 베어버리겠다는 뜻.'

고산덕은 고개를 끄덕이며 자신의 검을 검집으로 불러들였다. 그것이면 족했다. 필요한 살생과 필요하지 않은 살생을 구분하겠다는 대답. 자신이라도 그 이상의 답을 내어놓지는 못했을 것이다. 그것이면 족했다. 함께할 수 있는 사람이냐, 그렇지 못한 사람이냐에 대한 판단은.

"어서 떠나라. 다시는 우리 앞에 나타나지 마라. 두 번의 구명은 없는 법이다."

전립과 이승수가 가만히 미소 지었다. 어디선가 들어보았던 말. 고산덕은 철웅이 며칠 전 습격했던 자들을 놓아주며 했던 말을 반복하고 있었다. 이 밤에 뿌려야 할 피는 이미 바닥을 적시고 있던 것만으로도 차고 넘쳤다.

복면인들이 모두 줄행랑을 놓자, 남은 사람들은 서둘러 장내를 정리하기 시작했다. 구덩이를 팔 시간이 없어 죽은 시체는 한곳에 모으는 것으로 정리했다. 그리고 표사들의 시신은 작은 구덩이를 파 그곳에 묻고, 푯말을 세워 돌아오는 길에 찾을 수 있게끔 하였다. 열일곱이 함께 왔으나, 열한 명만이 왔던 길을 되돌아갈 수 있었다. 임정이라는 고수가 그들과 합류하였지만, 죽은 여섯 표사의 몫은 대신할 수 있을지언정, 그 빈자리를 메우기는 힘들 것 같았다.

큰 위험 하나를 넘었다는 기쁨보다는 동료를 잃은 허탈함이 더욱 크게 자리하고 있었다. 그리고 그들이 넘어야 할 진정한 위험은 그들이 예상치 못한 곳에, 그들이 예상치 못한 모습으로 기다리고 있었다.


"그대가 하건이로군. 낙양부의 동지 나리."

하건은 자신에게 다가오는 사내의 미소에 긴장했다. 상대는 자신이 누군지 알고 있었다. 그것 하나만으로도 상대를 경계하기에 충분했다. 더군다나 사내는 자신이 관부의 인물임에도 아무런 격식을 차리지 않았다. 자신보다 고위 관리이거나 관리에게 고개 숙일 필요가 없다는 뜻이었다. 좋은 쪽으로 생각하기 어려운 상황이었다.

"내가 누구인지 알고 있는 그대는 누구인가?"

하건의 목소리엔 무시 못할 위엄이 배어 있었다. 종육품의 품계에서 비롯된 행동이었고, 소림 속가로서의 무위가 뒷받침하고 있는 자신감이었다. 그런 하건의 목소리에 사내, 한수는 제법이라는 듯한 눈빛으로 하건을 바라보았다.

"임무를 완수하러 왔다고 하지 않았던가?"

"말장난 따위로 시간을 보내기엔 밤이 너무 깊었소."

하건의 눈빛이 한수의 눈빛과 얽혀 있었다. 나타난 사내의 의도가 좋지 않다는 것은 자신을 대하는 태도나 탐심호리를 죽인 손속만으로도 짐작할 수 있었다. 그리고 한수의 입에서 나온 말은 하건과 한수가 서로 양립할 수 없는 사이임을 확인시켜 주고 있었다.

"소림에서 못다 한 임무가 있지. 그때 베어버리지 못한 주고치의 목을 가져가려고 왔네."

하건의 눈에서 불똥이 튀었다. 적이라 짐작은 했지만, 소림에 난입했던 흉수였을 줄이야. 하건은 전신의 내력을 조금씩 끌어올리고 있었다. 들은 바로는 화산파의 상현 진인조차 쉽게 우위를 점하지 못했다고 들었다. 자신의 무위로 감당할 수 있다 말하기 힘든 상대였다.

"후후, 자네 말대로 밤이 너무 깊었군. 빨리 임무를 마치고 잠을 청해야겠어."

한수는 하건을 바라보며 자신의 오른 소매 끝을 살짝 걷어냈다. 그러한 속임수 같은 움직임에 시선을 옮길 리 없는 하건이었지만, 그 손목에서 울린 맑은 방울 소리에는 귀 기울이지 않을 수 없었다.

딸랑~ 딸랑~

분명 맑고 고운 방울의 울림이었다. 하지만 그 방울 소리에서 느껴지는 기이함에 하건과 표사들은 신경이 곤두서는 듯했다. 그리고 그 기이함이 몰고 올 공포를 아직은 알 수 없었다.

"나오거라, 칠령."

한수의 입에서 불려진 이름들이 어둠의 장막을 찢으며 한수의 등 뒤로 모습을 드러내고 있었다. 아니, 이미 드러나 있었다.

'뭐, 뭐냐, 저 움직임은?'

하건은 자신도 모르게 한 발 물러서고 말았다. 한수의 등 뒤로 나타난 괴인들. 어깨에는 짙은 남색의 장포를 걸치고, 머리에는 붉은 방갓을 뒤집어쓴 괴인들. 그들의 움직임은 신법이라 부를 수도 없는 극도의 빠름이었다.

'믿을 수 없는 빠름, 게다가 군더더기없는 동작. 절정고수들이다!'

하건의 목으로 마른침이 어렵게 넘어가고 있었다. 그들의 등장 하나만으로도 주변의 공기는 차갑게 얼어붙고 있었다.

피리리리링!

놀라고 있는 하건의 뒤로 기이한 소리가 들리고 있었다. 한수의 시선이 그곳으로 향하는 것과 동시에 하건의 고개가 뒤편으로 돌아갔다.

"적시(鏑矢)?"

화살 하나가 하늘 높이 날아가며 사방으로 기이한 음향을 퍼뜨리고 있었다. 적시는 화살 끝에 명적(鳴鏑)을 달아 신호하는 화살이었다. 피리 소리 같기도 하고 휘파람 소리 같기도 한 그 소리가, 잠자던 평원의 사방으로 요란하게 울리며 흩어지고 있었다. 사람들의 시선이 모인 마차의 위에서는 활을 든 영우가 겁에 질린 표정으로 아래를 내려다보고 있었다.

"하, 하시던 말씀, 계속 나누세요. 헤헤."

사람들의 시선을 피해 영우가 쏜살같이 마차 아래로 뛰어내렸다. 그 모습을 본 한수가 코웃음을 쳤다.

"시키지도 않은 짓을 잘도 했군. 하지만 칭찬해 주지. 나도 그자를 언제까지 기다려야 하나 생각하고 있었거든. 이 적시 소리라면 십 리 밖에서도 들을 수가 있겠군. 아주 잘했어. 후후."

영우는 한수의 이죽임에 비위가 상하면서도, 마차 밖으로 나와 있던 일삼의 등 뒤로 얼른 숨어버렸다. 한수의 이죽거림에 하건의 인상은 더욱 굳어질 수밖에 없었다.

'모든 것을 알고 있었다! 다른 일행이 십 리 밖에 있다는 것까지도. 이자는… 애초에 우리 모두를 죽일 셈이었구나.'

하건은 손에 들고 있던 검을 더욱 힘껏 잡아갔다. 눈앞의 사내만 해도 필승을 점치기 힘들어 보였다. 그의 뒤에 서 있는 일곱 사람은 눈앞의 사내보다도 더욱 강해 보였다.

"자, 그가 오기 전에 싸울 만한 동기를 부여해 놔야겠지?"

한수의 오른손이 하건에게 향했다. 그리고 마치 죽음을 내리는 주문과 같은 명령이 그의 입에서 떨어졌다.

"죽여라."

딸랑~

슈우욱!!

한수의 말이 떨어지기 무섭게 그의 우측에 있던 인영 하나가 하건에게 쏘아졌다. 하건은 물론 주위에 있는 사람 모두 눈이 화등잔만하게 커지고 있었다. 발을 구르지도 않았고, 도약의 동작도 없었다. 몸의 중심이 앞으로 쏠린 상태에서, 말 그대로 쏘아지고 있었다. 순식간에 서로의 거리가 좁혀지고 있었다. 하나 탐심호리의 잠영보다 빠른 그 움직임조차도 하건의 시야를 벗어날 수는 없었다. 소림의 정심한 내공은 그의 눈을 밝게 해주었고, 소림에서 내린 부동의 가르침은 제아무리 빠른 움직임이라 하더라도 능히 공세를 차단할 수 있었다. 하지만 그것은 상대가 범인일 때 통용되는 이야기였다.

카가강!

"……?!"

하건의 검이 날아오는 인영의 가슴을 후려쳤다. 하나 살을 찢는 파육음 대신, 강철을 두드리는 격타음이 들렸고, 날아들던 인영은 아무런 지장도 받지 않은 듯 쇄도를 멈추지 않았다. 당황한 하건이 보법을 밟아 뒤로 움직이며 연달아 삼검을 내려쳤지만, 붉은 방갓의 괴인은 양손으로 하건의 검을 튕겨내며 거리를 좁혀왔다. 하건의 양 옆에 있던 위사들이 하건을 돕기 위해 양쪽에서 검을 날렸고, 하건은 그들의 모습에 다급히 소리쳤다.

"안 돼! 맞서지 마라!!"

하나 하건의 외침은 공허한 메아리가 되어 가슴이 함몰된 채 피분수를 뿌리며 나가떨어지던 위사들의 뒷모습을 좇고 있었다. 붉은 방갓의 괴인은 자신의 양쪽으로 날아들던 위사들의 검을 몸을 비틀며 양손으로 쳐내었다. 그리고 회전하던 여력 그대로 달려오는 위사들의 가슴을 향해 일권을 내질렀다. 탐심호리가 죽어간 모습 그대로, 가슴이 함몰된 채 두 명의 위사가 어이없이 죽고 말았다. 하건이 전신의 내력을 집중한 일검에 붉은 방갓의 인영이 튕겨 나가며 거리를 벌렸지만, 이 장여를 밀려났던 그 인영의 몸에는 아무런 상처도 없었다.

"허억?! 이것은?!"

　죽은 위사들의 안위도 돌보지 못한 채 하건은 경악성을 터뜨릴 수밖에 없었다. 그의 주변에 서 있던 일삼과 강추, 영우마저도 이 장 앞에 멈추어 선 방갓괴인의 모습에 놀라고 있었다. 하건의 검은 분명 괴인의 몸을 갈랐건만, 괴인의 몸에서는 피 한 방울 흘러나오지 않았다. 하지만 괴인이 입고 있는 의복은 새파란 검기를 머금었던 하건의 검을 막아내기엔 너무나 연약하였다. 그렇게 잘려진 괴인의 의복이 바람에 나풀거리고 있었고, 절반으로 갈라진 붉은 방갓 사이로 괴인의 얼굴이 드러나 있었다.

　"…설마?!"

　달빛 아래 드러난 괴인의 모습. 차갑게 주위를 맴돌던 공기가 결국 그 흐름을 멈춘 채 얼어붙고 말았다. 방갓 사이로 보이는 괴인의 두 눈에는 어둡고 깊은 동혈이 자리하고 있었고, 숨을 쉬어야 할 코는 어디론가 사라진 채 두 개의 구멍만이 자리하고 있었다. 불어온 바람에 잘려진 방갓이 바닥으로 떨어져 내렸다. 달빛 아래로 드러난 괴인의 모습에, 방갓을 밀쳐 냈던 바람마저도 놀라 달아나 버리고 말았다. 검게 물든 피부와 뼈마디만 앙상한 껍질은 그가 이미 산 자가 아니라 외쳐 대고 있는 듯 보였다.

　"…강 …시."

　강추의 목소리에 반응하는 사람은 없었다. 그의 말에 고개를 끄덕여 주기엔, 눈앞의 공포가 너무나 크게 자리하고 있었다. 죽어도 죽지 않는 마물, 강시의 출현이었다.


　"이게 무슨 소리야?"

말을 달리던 두주개가 고개를 쳐들며 외쳤다. 그의 눈이 허공을 헤집고 있었지만, 피리 소리 같기도 하고 휘파람 소리 같기도 한 그 소리의 진원을 찾기란 쉽지 않았다. 하나 냉한상의 눈은 허공으로 날아들던 움직임을 정확하게 잡아내고 있었다.

"적시다."

두주개의 눈이 냉한상에게 향했다. 냉한상은 두주개가 무엇을 묻는 것인지 너무나 잘 알고 있었다. 그리고 굳이 대답할 필요를 느끼지도 못했다.

"이럇!"

냉한상의 말이 관도를 질주하고 있었다. 두주개가 그 뒤를 따라 박차를 가하고 있었고, 똥푸대 역시 그 뒤를 바짝 뒤쫓고 있었다. 냉한상이 달려가던 방향에는 작은 숲이 자리하고 있었다. 백 장, 적시가 쏘아진 숲과 냉한상과의 거리는 백 장에 불과했다.


적유의 눈이 빛나고 있었다. 칠령의 움직임이 그의 시선을 잡아끌지는 못했다. 그도 칠령의 존재는 익히 알고 있었으니까.

'소교주도 칠령의 존재가 세상에 알려져서는 안 된다는 것쯤은 알고 있겠지.'

적유가 몸을 감추고 있던 곳은 마차와 십여 장 정도 떨어진 숲의 한 곳이었다. 그의 존재를 눈치 챌 수 있는 사람은 아무도 없었다. 한수는 물론이고, 칠령조차도 그의 은잠을 찾아내지는 못하리라. 자신의 움직임을 밝히고 싶지 않았기에, 수하들마저 멀리 대기시킨 채 홀로 숲에 스며든 적유였다.

‘청수곡… 우사의 죽음으로 인해 그와 연결되어 있던 모든 연결 고리가 사라져 버리고 말았다. 청수곡이라는 이름은 마지막 지푸라기와도 같은 이름. 천하에 청수곡이란 이름을 가진 마을만 수천 곳이 넘었다. 청수곡이란 이름의 마을을 찾기 위해 얼마나 많은 교도들이 동원되었던가. 하나 수년간의 수색에도 아무런 성과가 없었다. 그렇게 잊혔던 이름이었건만, 이런 곳에서 다시 듣게 되다니……’

적유의 시선이 마차로 향했다. 인기척이 느껴지는 마차는 중앙에 있는 검은 마차뿐이었다. 아마도 주고치가 타고 있을 가능성이 농후했다. 검은 마차를 주시하던 적유의 눈이 반짝였다.

‘여아?’

마차의 창으로 보이던 얼굴은 분명 여아였다. 그는 자신의 기억을 더듬었다.

‘청수곡… 의원… 남아… 그리고 여아. 청수곡에서 나온 사람 중 분명 여아가 포함되어 있었고, 저 무리 중에 다른 여아가 있다고는 생각할 수 없다. 청수곡에서 온 여아라……’

적유의 시선은 소소에게 멈춘 채 움직이지 않고 있었다. 장내의 접전 따위는 관심밖의 일이었다. 칠령이 모습을 드러낸 마당이니 결과는 나온 것이나 진배없었다. 배교에서도 만들어내지 못한 활강시였다. 일반의 강시와는 그 차원이 달랐다.

본래 강시란 도교의 주술 중 하나로서 죽은 자를 장지로 옮기기 위한 수단 중의 하나였다. 임종을 앞둔 자에게 주술을 걸고, 임종과 동시에 부적으로 죽은 자의 혼령이 승천하는 것을 막아 얼마간 죽은 자의 몸을 조종할 수 있게끔 만들어진 사술이었다. 과거 모산파(茅山派)라는 도교 일문에서 강시술이 성행하였지만, 지금은 사라지고 그 명맥마저 끊겨 있었다. 그런 모산파의 강시술을 흡수한 배교였지만, 그들도 실혼인 이상의 조종이 불가능한 움직이는 꼭두각시를 만들어낸 것뿐이었다. 하나 도검이 불침하고 수화의 침입에도 아랑곳하지 않는 막강한 병기였기에, 과거 몇몇 문파에서 이를 이용한 음모를 꾸민 적이 있었다.

배교가 창궐한 당시에도 열 구의 강시를 막기 위해 수십 명의 일류 고수가 목숨을 내놓아야 했다. 하나 그런 희생으로 말미암아 강시들의 약점이 인후와 회음임을 알게 되었고, 더 이상의 발전이 없던 강시술은 강호공적이란 이름과 함께 강호에서 사라진 상태였다. 하나 배교의 강시술은 발전을 멈추지 않았다. 죽은 자가 아닌 산 자를 이용한 강시술을 개발한 것이 가장 큰 발전이었다. 이른바 활강시라 불리는 이 마물은 살아생전 가지고 있던 무공의 전이가 어느 정도 가능했다. 상대의 공격에 대한 자유로운 방어가 가능해지고, 실초와 허초를 구분한 공격이 가능해지니 이전의 강시와는 비교할 수 없을 정도로 막강한 전력이 되어 있었다. 그런 마물을 만들어낸 배교가 멸문된 것은 어쩌면 당연한 결과였을지도 모른다. 완성 직전 발각되어 파괴되지 않았다면, 강호에 불어 닥칠 피바람이 어느 정도일지 상상도 못할 일이었다. 그런 마물을 그들은 재탄생시켰다. 칠령이라는 공포의 이름으로…….

적유가 알고 있는 활강시는 칠령이 전부였다. 그들로서도 일곱 구 이상의 강시를 만들어낼 수가 없었다. 일 할의 성공 확률이었고, 그곳에 소모되는 은자도 감당하기 힘들 정도였다. 하지만 그들이 가지고 있는 가치는 마교에서 결코 무시할 수 없었다.

‘한 구로 능히 일류고수 수십을 감당할 수 있다. 마물 중의 마물.’

잠시 눈앞에 벌어지고 있는 상황을 지켜보던 적유의 눈이 다시금 마차로 향했다.

‘우사의 주작홍기. 성화령을 다시 피워 올릴 수 있는 그것의 행방. 혁련웅을 뒤쫓고 있던 그만이 유일한 희망이었지만, 이제 청수곡이라는 이름으로 인해 또 다른 희망이 생겼다.’

적유의 눈이 음유하게 빛났다. 아직은 자신이 실체를 드러낼 때가 아니었다. 소교주가 살심이 일어 모두 죽이려 한다면 모습을 드러내야겠지만, 아직은 상황을 지켜볼 여유가 있었다. 남쪽에서 달려오는 말발굽 소리도 그렇고, 북쪽에서 들려오는 말과 마차가 구르는 소리도 그랬다. 아직은 여유가 있었다.


“강시의 약점은 인후(咽喉)와 회음(會陰)이오!”

강추의 외침이 장내를 울렸다. 한수가 흠칫하는 표정을 보임과 동시에 하건의 신형이 서 있던 강시를 향해 달려나갔다. 하건의 검이 바람을 갈랐지만, 멈춰 있던 강시 역시 고이 목을 내어주지는 않았다. 가히 섬전이라 불릴 수 있을 만큼 빠른 반격에 하건의 검이 튕겨 나갔지만, 하건의 검이 다시금 강시의 인후를 노리며 날아들었다. 그 모습을 바라보고 있던 한수의 입가에 비릿한 미소가 지어지고 있었다. 쉴 새 없이 자리를 바꾸며 공방을 주고받는 모습에 사람들은 놀라고 있었다. 자신들이 알고 있던 강시에 대한 상식이 한순간에 무너지고 있었다.

‘강시에게 저런 반응이 가능한 것인가? 철갑과 같은 피부는 그렇다

쳐도, 하 동지의 검을 막아내는 저 모습은 도대체 뭐란 말인가? 마치 정교한 무공 초식을 운영하는 듯한 모습이 아닌가?

강추의 놀람은 극에 달하고 있었다. 그가 들어 알고 있던 강시라면 저런 움직임을 설명할 수가 없었다. 가히 일류고수의 움직임과 비교해도 손색이 없는 초식의 운영이었다. 강시가… 초식을 운영한다는 이야기는 듣도 보도 못한 이야기였다. 하지만 그것은 강추의 오해였다. 강시의 움직임은 초식의 운영이 아닌 조건 반사적인 움직임일 뿐이었다. 그것이 너무 빠르고 정확하여, 마치 초식을 운용하는 것처럼 보였을 뿐.

"차핫!"

하건의 검에 맺히던 검기가 비할 수 없이 짙어져 있었다. 나름대로 자존심이 상했는지, 그의 얼굴은 굳어질 대로 굳어져 있었다. 하건이 이리저리 보법을 밟으며 강시의 주위를 맴돌고 있었다. 강시 역시 그런 하건을 상대로 분명한 보법을 밟고 있었다. 믿을 수 없었지만, 분명한 현실이었다. 그런 하건의 눈이 빛났다. 일순 아래로 내려가 있던 검이 강시의 틈을 노려 하늘을 향해 긴 빗금을 그어버렸다.

샤샥!

길게 올려쳐진 하건의 검로에 강시의 인후가 걸리는 듯 보였다. 하나 어깨를 흔들던 강시는 재빠르게 고개를 돌리며 하건의 공세를 피해버리고 있었다. 그 순간,

피잉!

픽!

고개를 돌리며 몸을 돌리던 강시가 균형을 잡는 순간, 한줄기 파공

성과 함께 섬전 같은 화살 한 대가 날아와 강시의 인후에 틀어박혔다.

"……."

목에 긴 화살이 절반이나 박혀 버린 강시가 뒷걸음질치고 있었다. 하건도 그 모습에 놀라 강시와 거리를 벌리고 있었다. 한수의 차가운 시선이 하건의 뒤, 사람들이 모여 있는 곳으로 향했다. 일순 어리둥절해 있던 사람들의 시선이 그 시선을 좇았고, 한 사람의 모습과 마주칠 수 있었다.

"에… 맞췄네?"

활을 든 채 멍청히 서 있는 영우. 자신이 쏜 활에 강시의 목 줄기가 관통된 것을 보고도 한동안 아무 말도 할 수가 없었다. 주춤거리며 뒷걸음질치던 강시의 무릎이 꺾였다.

털썩!

사람들의 눈에 환희에 가까운 표정이 떠오르고 있었다. 강시의 제련 중 유일하게 철갑과 같은 외피로 변화시키지 못하는 두 부분이 바로 인후와 회음이었다. 그런 강시의 약점이라는 인후를 정확하게 명중시킨 영우가 환호를 지르기 위해 주먹을 불끈 쥐었다. 하건이 검을 고쳐 쥐고 강시의 목을 완전히 끊어놓기 위해 도약하려던 순간,

그그그극…….

살갗 찢는 소리와 함께 자신의 목에서 뽑은 화살을 들고 일어서는 강시의 모습이 좌중의 시선을 압도하고 있었다.

"활강시에게… 약점 같은 것은 없다."

적유의 혼잣말을 들었다면 좋았겠지만, 한수의 득의에 찬 표정만으로도 그 사실을 알 수 있었던 하건과 그 일행이었다. 몸을 일으킨 강시

의 고개가 돌아갔다. 그리고 아무것도 보이지 않을 동공이 영우에게
향해 있었다. 섬뜩한 느낌을 받음과 동시에, 강시의 신형이 번개처럼
움직이며 영우에게 쇄도하고 있었다. 달려오던 강시의 얼굴 근육이 꿈
틀거리고 있었다. 사람이었다면 분노로 일그러졌을 법한 움직임이었
다.

"으… 으아!!"

영우가 그 모습에 다급히 뒷걸음질쳤다. 놀란 위사 몇은 다급히 몸
을 피했고, 다른 몇은 하건과 함께 달려오는 강시와 마주쳐 갔다.

카가강!

카강!

세 사람의 연수합공을 막던 강시의 신형이 한순간 연기처럼 꺼져 버
리고 말았다. 두 위사가 강시의 위치를 찾고 있을 때, 하건의 외침이
터져 나왔다.

"위험해!"

고개를 뒤로 꺾은 하건의 다급한 외침이었지만, 하건의 머리 위로
날아가 영우의 코앞까지 당도한 강시의 발목을 잡기엔 너무 늦고 말았
다.

쉬이익!

날아든 강시가 두 손의 날을 세우며 바닥에 넘어져 뒷걸음질치는 영
우에게 달려들었다.

"으히히힉?!"

영우의 얼굴이 파랗게 질려가고 있었다. 자신에게 달려드는 강시의
모습은 공포 그 자체였다.

"안 돼!!"

강추가 검을 빼 들어 강시에게 달려들었지만, 네 걸음 사이 그들의 거리는 멀기만 했다.

푸우욱!!

"끄아아악!!"


철웅은 자신의 귓가로 들린 소리를 바람 소리로 착각한 것이라 생각했다.

'비명 소리……?

철웅은 고개를 흔들며 불안한 마음을 떨쳐 내고 있었다. 적시 소리에 서둘러 말을 몰아 마차를 숨겨둔 곳으로 내달리고 있었다. 저만치서 따라오는 마차와 다른 일행의 모습이 보였지만, 철웅의 시선은 오로지 자신의 앞으로 나 있는 관도만을 향해 있었다. 그리고 말고삐를 잡고 있는 그의 손에 힘을 더하고 있었다.

'제발… 아무 일 없기를…….'

철웅의 마음은 다급해져만 갔다. 혹시 모를 위험이 닥쳤을 때, 알리라고 영우에게 만들어준 적시였다. 그것을 영우의 손에 쥐어줄 때만 하더라도 설마 그 적시가 야공을 가를 일이 생기리라곤 상상하지 못했다. 쉽게 놓이질 않는 마음을 달래려 만든, 장난 삼아 만든 그런 물건이었다. 한데 사용치 않을 것이라 믿었던 적시가 쏘아 올려졌다. 서둘러야만 했다. 예상치 못했던 변수는 그 어떤 위험보다도 더 큰 상처를 남기기 마련이다.

철웅의 채근에 그를 태우고 달리던 말이 거칠게 투래질을 한 번 하

곤, 더욱 힘차게 관도를 박차고 있었다. 철웅을 태운 말이 바람을 가르
고 있었다. 이제 조금만 더 가면 일행이 숨어 있는 곳이건만, 철웅의
마음속 두근거림은 멈출 줄을 몰랐다.

第四十八章
어느 삼류무사의
죽음, 그리고 분노

# 어느 삼류무사의 죽음, 그리고 분노

너는… 살아남아라…
살아서… 나처럼… 삼류로… 살지… 말아라…

카가강!

카강!

달려온 하건과 강추의 검에 피를 뒤집어쓴 강시의 신형이 삼 장 밖으로 튕겨 나갔다. 하나 강추와 하건 모두 그 강시를 쫓지 못했다. 피를 머금은 강시보다는 피를 내뿜은 그를 구하는 것이 먼저였다.

"일… 일삼?"

영우의 얼굴 위로 피가 흐르고 있었다. 뺨을 타고 내리는 그 느낌에 두 눈을 꼭 감고 있던 영우의 눈이 놀라 크게 떠졌다.

"일삼!!"

영우를 덮쳤던 일삼의 몸이 하건과 강추의 부축으로 바로 세워졌다. 영우의 눈에 어린 눈물을 바라보던 일삼이 히죽 웃었다.

“울지… 마라……. 쿨럭!”

웃음을 짓던 일삼의 입에서 다시금 피분수가 뿜어져 나왔다. 그 피가 영우의 얼굴을 덮치고 있었지만, 영우는 피하지도 닦아내지도 않았다. 일삼의 고통스러운 표정을 보며 고통스럽게 울고 있을 뿐이었다.

“왜… 왜 그랬어요!”

영우가 악에 받친 듯 고함을 질렀다.

“쿨럭… 살려줬으면… 고맙다고 해야지…….”

일삼의 능청에 영우의 얼굴이 일그러졌다. 일그러진 얼굴을 타고 내린 눈물이 방울져 떨어지고 있었다.

“씨팔! 고맙긴 뭐가 고마워! 누가 구해달라고 했어?!”

영우의 거친 고함에도 아무도 입을 열지 못했다. 끝없이 흐르던 영우의 눈물이 어떤 뜻인지 모를 이는 아무도 없었다.

“후후… 너도 나처럼 했을 것 아니냐…….”

“이… 이…….”

영우는 아무 대답도 하지 않았다. 단지 꽉 깨문 입술 사이로 붉은 피가 내쳐 흐를 뿐이었다.

“너…….”

일삼의 눈에서 기력이 빠져나가고 있었다. 무언가를 붙잡기 위해 안간힘을 쓰던 그의 눈빛이 영우의 망막에 하나도 빠짐없이 새겨지고 있었다.

“장 대인께… 먼저 가서… 죄송하다고… 감사… 했다고…….”

힘없이 들어 올려지던 일삼의 손을 영우의 손이 붙잡았다.

“너는… 살아남아라……. 살아서… 나처럼… 삼류로… 살지… 말아라……."

일삼의 동공이 열리고 있었다. 영우의 눈이 커지며 다급히 일삼을 흔들었다.

"일삼! 일삼! 정신 차려요! 일삼! 야, 이 새끼야! 정신 차려! 일삼! 일삼!"

일삼이 숨을 헐떡이고 있었고, 그의 입가로는 마지막 숨과 함께 피가 섞여 나오고 있었다.

"내… 이름은… 진(振)… 기(起)……."

일삼의 손이 힘없이 떨어져 내렸다. 영우의 눈이 그의 손과 얼굴을 번갈아 바라보았다.

"일삼? 정신 차려요. 예? 이제… 이제야… 제대로 대접받게 되었다고 좋아했었잖아요? 이제야 쓰레기 취급 안 받게 되었다고 좋아했었잖아요? 이제야 제대로… 제대로… 무인으로 살아갈 수 있게 되었다고 좋아했잖아요? 예? 일삼, 우리 다시 시작하자고 했었잖아요? 예? 일삼, 일삼? 일삼!!"

영우의 외침이 대기를 갈라내고 있었다. 찢어질 듯한 목청이 잠자는 대지를 울리고 있었다. 영우는 일삼을 안고 오열하고 있었다. 일삼의 등 뒤로 난 두 개의 상처. 활강시의 철수(鐵手)가 파고든 그 상처를 어루만지며 영우가 흐느꼈다.

"이렇게 죽으면 안 되잖아요……. 이렇게 죽으면… 으흐흑."

하북의 어느 이름없는 관도 위, 이름없는 숲, 이름없는 삼류무사의 품에서 이름없던 삼류무사가 죽음을 맞이했다. 그 이름 없던 무사의 이름은 진기였으나 누군가의 가슴에 일삼이라는 이름으로 더욱 깊이 새겨질 아픔이었다.

강추의 눈에 슬픔이, 슬픔이 분노가 되어 이글거리고 있었다. 그리고 손에 쥔 검을 굳게 잡으며 일삼의 등 뒤로 섰다.

"일삼 형……."

강추의 눈이 붉게 물들고 있었다. 한때는 자신의 수하였고, 이제는 좋은 친우로 거듭나고 있었다. 서로 깊은 말은 하지 않았지만, 사내들에게 말보다 더한 무언가가 있음을 알고 있던 두 사람이었다. 일삼의 죽음은 그에게 있어 동료의 죽음 그 이상이었다. 강추의 시선이 서 있는 활강시를 지나 한수에게 향했다. 그 눈빛의 이글거림을 알면서도 한수의 입에서는 미소가 떠나지 않았다.

"눈물겹군. 하지만 선후의 차이일 뿐, 너희 모두 그의 뒤를 따르게 될 것이니 그리 슬퍼할 일만은 아니야."

한수의 손이 떨쳐지며 다시금 죽음의 방울 소리가 사방으로 퍼졌다.

딸랑~ 딸랑~

"모두… 죽여라."

한수의 명령이 떨어지자, 멈추어 있던 강시는 물론 한수의 등 뒤에 있던 여섯 구의 강시 모두 하건과 강추 등을 향해 쏘아져 나갔다. 그 모습을 바라보는 사람들의 눈에 더 이상의 두려움은 없었다. 두려움이 사라진 자리에는 분노가 가득 차 있었다.

"으아아!!"

강추의 검이 허공을 가르며 강시들을 마주쳐 갔다. 하건과 위사들 역시 악에 받친 괴성을 지르며 강시들을 향해 검을 휘둘렀다. 하지만 분노가 힘이 되어줄 수는 없었다.

카가강!

푸욱!

"으악!"

"크어억!"

무공이 약한 위사들이 몇 수를 버티지 못하고 강시들의 제물이 되고
말았다. 강추와 하건도 강시들의 철수를 피해 검을 휘두르고 있었지만,
그들이 일삼의 뒤를 따르는 것도 시간문제였다.


'흠, 마차로 달려들기 전에 막아야겠군.'

상황을 주시하던 적유가 생각했다. 저 생각없는 강시들이 남녀노소
를 가리지는 못할 것이다. 련의 대계 완성을 의미하는 성화령. 그 성화
령의 불꽃을 다시금 피워 올릴 수 있는, 그 열쇠가 될지 모르는 사람들
이 강시들의 손에 허무하게 죽어가는 꼴을 보고만 있을 수는 없었다.
그것은 무슨 일이 있어도 막아야만 했다. 설사 소교주가 그의 일을 훔
쳐본 자신을 우습게 보는 한이 있더라도. 그런 적유의 시선을 잡아끄
는 것이 있었다.

'음? 설마 벌써 도착한 것인가?'

적유의 눈에 작은 놀람이 일고 있었다. 달려온 방향은 북쪽. 먼저 도
착하리라 여겼던 남쪽의 인물들보다도 한 발 앞서 도착한 자가 서둘러
숲 안으로 달려오고 있었다. 적유의 눈에 잠시 놀람이 일긴 하였지만,
그것으로 그만이었다. 한 사람의 힘이 보태진다 하여 장내의 상황을
바꿀 수는 없었다. 그러나 백련교의 군사, 혈공작 적유의 계획은 그렇
게 조금씩 틀어지고 있었다. 그 역시도 변수라는 적을 제거하는 데에

는 실패하였다.

이제 장내에 남아 있는 사람은 하건과 강추, 그리고 죽은 일삼을 부둥켜안고 있는 영우가 전부였다. 마차 안의 장 의원과 소소, 주고치는 마차의 문을 열지도 못한 채 죽음의 공포 속에서 떨고 있었다.

'이것으로 끝인가?'

힘겹게 검을 놀리던 강추의 입가에 뜻 모를 미소가 걸리고 있었다.

'곧… 뒤따라가리다, 일삼 형.'

강추의 검이 모로 누웠다. 다가오던 강시의 복부를 향해 힘껏 내둘렀으나 오히려 반탄력에 밀려 바닥을 구르고 말았다. 다시 일어설 기력조차 남지 않았다. 그런 강추의 머리 위로 한 구의 강시가 손을 뻗은 채 내려 꽂히고 있었다. 강추의 두 눈이 감겼다.

'조금 더 살았어도 괜찮았을 텐데…….'

강추의 뇌리로 한 사람의 영상이 스쳐 지나갔다. 잊어버린 부모도 아니었고, 순정을 바쳤던 여인의 모습도 아니었다. 그는 그를 향해 미소 짓고 있었다. 강추의 입가에 아쉬운 미소가 그려지고 있었다.

'괜찮은 사내였는데…….'

강추의 가슴 어림으로 떨어져 내리던 강시의 두 손은 그런 그의 미소에도 아무런 동요가 없었다. 그 강시가 바닥으로 세차게 구른 것은 강추의 미소와는 아무런 상관도 없는 일이었다.

퍼벅!

강추의 눈이 크게 떠졌다. 자신의 시야를 가리던 강시의 모습은 보이질 않았다. 다급히 몸을 일으킨 그의 눈앞에 그가 서 있었다.

"장 대인?!"

강추의 부름에도 철웅은 대답하지 않았다.

"……."

자신이 서 있던 곳까지 길게 이어진 핏줄기. 철웅은 힘겹게 걸음을 옮겨 그에게 다가서고 있었다.

"일… 삼?"

철웅의 부름에 답했어야 할 일삼은 이미 차디차게 식어 있었다. 그 한기가 다가서던 철웅에게까지 전해지는 듯했다. 그의 전신을 휘감던 한기가 얼마나 고통스러웠던지 오그라들던 가슴이 금방이라도 심장을 터뜨려 버릴 것만 같았고, 쥐어진 두 손은 바수어질 듯 굳게 쥐어진 채 가는 경련을 멈추지 않고 있었다. 너무나 고통스러워 당장이라도 시선을 돌리고 싶었지만, 철웅은 그럴 수가 없었다. 영우의 품에 안긴 일삼이 자신을 부르고 있었다. 애타게 부르고 있었다.

싸움은 잠시 멈추어져 있었다. 철웅의 등장으로 인해 잠잠해진 바람이었지만, 다시금 몰아칠 바람이 어떠할지 알 수 있는 자는 아무도 없었다.

그리고 그는 그 바람의 중심에 서 있었다.


『노병귀환』 6권에 계속…

# 청 어 람 신 무 협 판 타 지 소 설

## 최고의 신무협 작가 『설봉』의 최신작!

다시 한 번 당신을 잠 못 들게 만들
**불후의 대작!**

# 사자후
### 獅 子 吼

사자후(獅子吼) / 설봉 지음

## 깊게 깊게 빠져드는 몰입의 세계!
## 온몸을 전율케 하는 찌를 듯한 강렬함을 느낀다!

그에게서는 묘한 악취가 풍겼다. 그가 창을 겨눴을 때……

화염이 이글거리는 눈동자를 보았을 때……

비로소 악취의 정체를 짐작해 냈다.

피와 땀이 켜켜이 쌓여 자연스럽게 뿜어져 나오는 살인마의 냄새.

그는 허명(虛名)을 좇아 비무를 즐기는 낭인(浪人)이 아니라 야성(野性)이 살아서 꿈틀거리는 진짜 살인마였다.

투지가 끓어올라 활화산처럼 꿈틀거렸다.

그의 눈길을 정면으로 맞받으며 묘공보(妙空步)를 밟기 시작했다.

우리의 첫 만남은 그렇게 시작되었다.

- 환봉개(幻棒丐)의 회고록(回顧錄) 中에서 -